신인호 수필집

내 마음의 지우개

국립중앙도서관 출판예정도서목록(CIP)

내 마음의 지우개 : 신인호 수필집 / 지은이 : 신인호. -- 서울 : 한누리미디어, 2017
p. ; cm

ISBN 978-89-7969-761-2 03810 : ₩12000

한국 현대 수필[韓國現代隨筆]

814.7-KDC6
895.745-DDC23 CIP2017027833

신인호 수필집

내 마음의 지우개

한누리미디어

| 자서 |

'사람이 책을 만들고 책이 사람을 만든다' 고 한다.

인생은 만남의 존재다. 무엇을 어떻게 만나느냐에 따라서 운명이 바뀔 수도 있다. 무수한 만남 중에서 좋은 책과의 만남은 가장 소중한 만남이다. 그러기에 좋은 책을 쓰기란 더 더욱 어려운 것이다.

철학자 니체는 피로써 쓴 책만이 사람을 감동시킨다고 했다.

조개의 피맺힌 고통이 진주를 낳듯, 백조가 무수한 발을 움직여야 호수 위에 한 폭의 아름다운 그림으로 떠 있을 수 있다. 노력 없는 명작이 있을 수 없으며, 진액을 뽑는 노력의 산물이 곧 명작이 되는 것이라 생각한다.

세월이 바래면 인간도 가고 정권도 가고 나라도 망하지만 영원히 살아남는 것은 위대한 명작이다.

나는 여러 작가들이 쓴 책을 읽으며 책속에서 그들과 만나고 함께 살면서 지혜와 영감을 얻으며 생기와 희열을 느낀다.

공자는 갔어도 '논어' 는 남아있듯이 괴테, 셰익스피어, 톨스토이 등등 모두가 갔어도 그들의 명저는 남아있다.

명저 속에는 '지식의 향연이 있고, 진리의 빛이 있고, 지혜의 진미

眞味가 있고, 사상의 대화가 있고, 교훈의 말씀이 있고, 계시의 공명이 있고, 영감의 힘이 있고, 신념의 메시지가 있다.'

좋은 책을 만날 때 가슴이 뛰고 삶에 의미를 느끼며 내 생이 얼마나 남아 있을지 모르지만 한 권이라도 명저를 남기고 갔으면 하는 바람이 간절하다.

산다는 것은 가치가 있는 업적과 유산을 남기는 것이라고 말하듯, 위인은 위업을 남긴 사람이요, 천재는 비범한 작품을 남긴 사람이요, 대현은 놀라운 말씀을 남긴 사람이다.

문학을 하는 사람들은 당연히 좋은 책을 남기고 가야 할 것이라고 생각한다. 나는 그동안 인생 여정 속에서 내 삶속에 숨어있는 진솔한 마음의 소리, 영혼의 소리, 느낌과 감동을 모아 수필로 엮어본다.

잘된 그림은 명화요, 잘된 작품은 명작이듯, 나 자신이 인간의 삶 속에서 숭고한 아름다움을 발견하고 내가 정화되고 깨어질 수 있어 자아가 완성된 사람으로서의 걸작품이 되는 길을 글 속에서 찾고 싶다. 그러기 위하여 혼신을 다한 열정으로 내 인생의 바구니에 가치 있는 명저 하나 담아놓고 가야 할 것이라고 생각한다.

미숙한 글을 보시고 정성껏 평을 써 주신 김정오 박사님께 감사를 드리며, 많은 독자와 깊은 만남을 갖게 되기를 기대한다.

2017. 10. 9.

코스모스 향기로운 가을에 신 인 호

차례

제 1 부

배꽃이 필 때면

제 2 부

문학의 길목에서

차례

제 3 부

그곳엔 휴가도 없나요

제4부

알바니 초원의 집

제 1 부

배꽃이 필 때면

지우개

학용품에서 최초의 지우개는 누가 생각하고 만들었는지 모른다. 만약 그것이 없었다면 수많은 종이를 낭비했을 것이다. 인생 삶에도 이 지우개가 없다면 숱한 일들이 뇌리에 입력되어 머리가 풍선처럼 부풀어 터지고 말 것이다.

우리 어릴 때는 공책도 지우개도 연필도 품질이 좋지 않았지만 지금은 품질도 좋고 수입 명품으로 연필 지우개가 10만 원 이상 가는 것을 사용하고 있는 초등학생도 있다고 하니 참으로 씁쓸하면서도 행복한 세상이다.

나는 초등학교 때 산수 숙제를 하다가 문제를 풀고 지우고 반복할 때 연필은 계속 부러졌다. 지우개도 돌덩어리처럼 딱딱하여 침을 발라서 지우고 하다가 드디어 공책에 구멍이 나고 찢어져 아버지께 꾸중 듣고 벌까지 섰다. 울면서 새 공책을 사서 밤잠도 못 자고 다시 숙제를 하여 학교에 가지고 간 적이 있다. 이런 일은 나뿐만은 아니었다. 그 시대의 아이들은 누구나 겪었던 일이다.

어떻게 보면 인생은 산수 숙제와 같다. 인생이 존재하는 한 항상 문제는 따르게 마련이다. 연속 문제를 풀고 지우고 또 지우고 풀고 흔적을 남기기도 하고, 풀리지 않으면 계속 쓰고 지우다 잘못하여 구멍 나고 찢어진 인생을 울면서 걸어가는 것이 또한 인생길이 아닌가 싶다.

나는 가끔 바닷가에 갔을 때 모래 위에 마음대로 글씨를 쓰고 지우고, 그림을 그리고 지우고 하면서 내 인생도 내 마음대로 잘못된 부분은 이처럼 쉽게 흔적 없이 지워 버리고, 새로 쓰고 그림을 그렸으면 얼마나 좋겠는가 할 때가 있었다.

어릴 때, 얼굴에 기미로 얼룩진 데다가 깨를 뿌려놓은 듯 점이 많은 이웃집 깨떡 아줌마 동네 아이들 말로를 볼 때도 왜 얼굴의 지우개는 못 만들까 생각했다. 만약 내가 그때부터 얼굴의 지우개만 연구했더라면 난 지금쯤 돈방석 위에 올라앉아 교만이 하늘을 찌르고 세상을 다 가진 듯 목에 힘주고 잘난 척 으스대고 살지 않았을까 웃어본다.

요즘 나이가 들어감에 따라 인생을 돌이켜 보는 시간이 많아진다. 기억하고 싶은 일보다 지워 버리고 싶은 일들이 더 많지 않은가. 혹시 지우지 않아야 될 것을 지우고 지워야 될 것을 지우지 않고 사는 것이 아닌가 생각하게 된다. 내가 은혜를 베푼 것은 얼마나 되며 행여 상대에게 은혜를 입은 것을 까맣게 지우고 살고 있지는 않나 골똘히 생각해 본다.

인생을 행복하게 살아가려면 내 마음에 많은 색깔의 지우개를 준비해야 하지 않을까 싶다. 즉 시간의 지우개, 망각의 지우개, 이해의 지우개, 관용의 지우개, 사랑의 지우개 등 많은 지우개를 준비하여 적절하게 사용할 줄 알아야 행복하리라 여긴다.

지우개를 잘 사용하느냐 못 사용하느냐에 따라 행 · 불행도 결정이 된다고 본다.

하늘에는 먹구름을 지우는 태양의 지우개와 바람의 지우개가 있듯이 내 마음의 먹구름은 어떤 지우개로 지우겠는가?

근심 걱정의 먹구름, 증오의 먹구름, 복수심의 먹구름, 시기 질투의 먹구름, 욕망의 먹구름, 죄의 먹구름 등 끝도 한도 없이 떠있는 마음의 먹구름도 지우개를 잘 선택하여야 되리라 생각한다.

청아한 푸른 하늘에 목화꽃송이처럼 떠있는 하얀 구름은 그대로 한 폭의 그림으로 더 아름다운 것처럼 내 마음에 떠 있는 사랑의 흰 구름, 기쁨의 흰 구름, 나눔의 흰 구름, 소망의 흰 구름, 용서의 흰 구름, 이해의 흰 구름, 은혜의 흰 구름 등 이런 것들은 지워서는 안 될 것이다.

지우개는 작은 것보다는 보드랍고 커야 많이 지워지리라 생각한다.

나의 형제들이 저마다 갖고 있는 지우개 중에는 작은언니 선호의 지우개가 가장 크다. 도저히 용서할 수 없는 것을 용서하는 큰 지우개를 가졌다. 인내와 마음의 폭이 항상 바다 같아 무엇이건 품고 지우는 작은언니가 존경스러웠다.

손양원 목사님 같은 분은 아들을 둘이나 죽인 원수를 용서의 지우개로 지우고 아들을 삼아 목사를 만들었다. 신神은 우리에게 망각의 지우개를 주셔서 어떤 것은 기억조차 없이 하얗게 지워져 버린 것도 있다. 시간도 세월도 지우개였다.

내 인생에 충격적으로 다가와 뼈저리게 아팠던 일들은 지우고 싶어도 쉽게 지워지지가 않는다. 이런 좋지 않은 일들을 속히 지울 줄 아는 사람이 행복하게 사는 사람이라고 본다.

속담에 '여자가 한을 품으면 오뉴월에도 서리가 온다' 는 것은 결국 지우개로 지우지 못한 삶은 불행한 삶이라는 것이다.

한을 품고 죽어 귀신 되어 복수를 해 본들 귀신인 본인이 뭘 어쩌겠으며 그 귀신의 삶이 과연 행복한 삶이라고 말할 수 있겠는가?

복수復讐는 또 다른 복수를 부를 뿐이다. 과거로 인하여 현실과 미래까지 망쳐서는 안 된다고 생각한다.

이를 악물고 한을 품어 보았자 지우지 못하는 삶은 자신이 더 큰 고통을 안고 살아야 하므로 어리석은 삶이요, 불행한 삶이다.

천재天才하면 천부적으로 기억력이 뛰어난 사람이다. 그러나 현대를 살아가는 천재는 좋지 않은 일, 기분 나쁜 감정은 속히 잊어버릴 줄 아는 사람이라고 본다.

어떻든 괴롭고 고통스러웠던 일들, 좋지 않은 일들은 그냥 두면 내 마음, 정신, 영혼, 육체까지 좀먹어 들어가 언젠가는 병들어 쓰러지게 만들기 때문이다. 이럴 땐 빨리 잊어버리도록 망각의 지우개를 사용해야 될 것이며 자기 인생에 고통을 주었던 미움의 대상은 용서의 지우개로 지워야 할 것이다.

마음 속에 시시때때로 돋아나는 시기, 질투, 교만, 허영, 욕심, 거짓, 불의한 것들인 죄성罪性은 차분한 기도의 지우개로 깨끗하게 지워가며 사는 것이 참된 삶이 아닐까 생각된다.

나 또한 삶에 참 기쁨의 장미꽃을 피우고 향기롭고 행복한 삶을 위하여 지울 것은 열심히 지우며 살아가리라.

품질 좋은 크고 아름다운 색깔의 내 마음의 지우개로…….

배꽃이 필 때면

봄이 얼음으로 응고된 침묵을 깨고 화산처럼 터졌다. 온통 꽃 바다다. 산수유, 개나리, 진달래, 벚꽃, 매화, 복사꽃, 앵두꽃, 살구꽃 등등. 신神은 저리도 앙상한 가지에서 탐스런 꽃들을 쏟아내게 만드시는지…. 빛깔, 향기, 자태를 볼 때마다 탄성이다. 신神의 창조물 중 최고의 걸작품은 꽃이 아닌가 싶다.

나들이객 모두가 온통 꽃물에 젖어 얼굴이 꽃으로 핀다. 꽃피는 환희의 봄이 있기에 자연도 인생도 겨울을 견디나 보다. 조용히 집에 있어도 창밖 뜰에서도 공원에서도 산에서도 꽃들이 부르는 소리가 요란하여 그대로 앉아 있을 수가 없다. 그래서 옛 선비의 집에서는 특히 복사꽃을 심지 못하게 했나 보다.

아침 이슬 머금은 복사꽃에 화사한 햇살 내리면 영롱한 보석으로 그 빛이 그려내는 투명한 붉은 보랏빛 향기는 사람을 설레게 하고 들

뜬 행복으로 요동치게 한다. 더욱이 담홍색 복사꽃은 신비한 황홀경에 빠져 마음과 정신, 영과 혼을 송두리째 빼앗아간다.

고대소설 속에 나오는 이도령과 성춘향의 스캔들도 꽃피는 봄에 생겨난 일이요, 흘러간 노래 속의 주인공들, 앵두나무 우물가에 동네 처녀 봄바람 나서 복순이, 금순이도 단봇짐을 싸가지고 야반도주하여 기구한 인생으로 노래 속 또는 소설 속의 주인공들이 된 것도 꽃들의 손짓 때문이다.

꽃의 회상은 즐겁다. 진달래꽃을 보면 시인 '소월' 이 생각나고, 목련꽃 하면 소설 '베르테르의 슬픔' 이, '에델바이스' 하면 영화 '사운드 오브 뮤직 sound of music', 백합을 보면 성서의 '솔로몬의 영광이 한 송이 백합만 못하다' 는 교훈이 생각나고, 알프스의 설원에서 눈 녹은 물을 먹고 자란 애잔한 풀꽃들이 눈에 아른거린다.

그러나 나는 무엇보다 배꽃이 필 때면 시골 초가가 한 폭의 동양화처럼 떠오른다.

그 집은 6.25 한국전쟁 때 피란 가서 잠시 살던 집이다. 첩첩 산이 안고 있는 솔향기 날리는 작은 시골마을, 낮에는 산꿩 울음소리가 '꿩! 꿩!' 산을 울리고, 밤에는 두견이 '소쩍 소쩍' 구슬피 우는 소리가 가난한 사람들의 배고픈 서러움의 눈물로 흘러내리는 곳. 달밤, 산속에서 흐르는 도랑 물소리에 박꽃이 하얗게 피는 이곳. 전쟁 포화 속에서 어머니를 잃고 목이 쉬도록 부르면서 발등이 깨질 주먹 같은 눈물을 떨구며 찾고 찾아 발이 부르트도록 흘러온 곳이다.

내가 살았던 집은 동네 한가운데 자리 잡고 있는 아담한 초가집. 안마당엔 아름드리 큰 배나무 한 그루가 터줏대감처럼 서 있었다.

시골 마을은 보리춘궁기엔 먹을 것이 없어 굶는 이도 많고, 나물로 근근이 연명하다 얼굴이 부어 죽는 이들도 있었다. 우린 아버지가 지주地主이셨는데 토지개혁으로 소작인들에게 땅을 나눠주게 되고 전쟁으로 집이 불타서 가세는 기울어졌으나 끼니 걱정은 없었지만 나라의 불안정으로 인해 새로운 환경에서의 적응이나 미래에 대한 대책 등이 힘겨워 너나없이 어려운 때였다.

그럼에도 불구하고 우리 가족들은 함께 모여 매일 무엇이 그리 즐겁고 재미있었던지 큰 웃음소리가 폭소로 터져 나와 동네를 뒤흔들었다. 동네 사람들은 "저 서울집은 뭐가 그리 좋아서 매일 노랫소리가 흘러나오고 웃고 사는지 모르겠다"고 했다.

동네에서 우리 집 별명은 '서울집' 이었다. 그리고 '중앙방송국' 이라고도 했다. 그도 그럴 것이 8남매가 남자 넷, 여자 넷 모두 유아부터 초 · 중 · 고 · 대학을 다니다 오고 죽음의 사선을 넘고 어머니를 찾아 산야를 누볐으니 이야기의 소재가 많았던 데다 모두가 유머 감각들이 뛰어나 흉내도 잘 내고 노래도 잘 불러 형제중 하나가 부르기 시작하면 합창이 되면서 매일 노랫소리와 웃음소리가 그친 날이 없었다.

어린 나는 이런 형제자매들 덕분에 초등학교 때 이미 웬만한 가곡은 다 불렀고, 동화책도 귀해 밤이면 언니 오빠들이 보는 소설책을 몰래 훔쳐보다 혼나곤 했지만 그 덕에 '로미오와 줄리엣' 등을 읽고 이야기해 주면서 사투리 쓰고 코 흘리는 시골 아이들과 친해졌다.

피란 간 동네에도 봄은 어김없이 찾아왔다. 온 동네에 산수유, 살구꽃, 복사꽃, 앵두꽃, 자두꽃할 것 없이 시새워 필 때 우리 집 배나무는 다른 꽃들을 제패하고 하늘을 향해 있는 대로 기상을 날려 하얗게 꽃을 피워 온 집을 흰 눈꽃 송이로 뒤덮은 천상의 집처럼 만들었다. 낮이면 우리들의 웃음 따라 그 많은 꽃들이 다닥다닥 붙어 까르르 까르르 웃어댔다.

밤에 달빛 받은 배나무 꽃을 바라보는 것은 어린 나에게도 이 세상이 아닌 별천지 별세계에 서 있는 느낌으로 다가와 신비스럽고 오묘하고 아름다웠다. 언니 오빠들은 배나무 달그림자를 밟고 서서 고려 말 이조년(李兆年, 1269~1343)의 시조를 읊었다.

이화梨花에 월백月白하고 은한銀漢은 삼경三更인제
일지춘심一枝春心을 자규子規야 알랴마는
다정多情도 병病인 양하여 잠 못 들어 하노라

감상에 젖었지만 어린 나는 새로 사귄 동네 아이들과 술래잡기하며 배나무 기둥에 몸을 숨기고 놀았다.

배꽃이 낙화로 지면서 공깃돌만한 열매를 달고 우리의 웃음소리가 함박꽃으로 필 때마다 점점 커져 노란 달덩이들을 가지가 찢어지도록 달고 부풀어 갔다. 이 배는 돌배라서 크는 동안은 이가 들어가지 않을 정도로 딱딱하나 초겨울 서리를 맞으면 싱싱하게 농익어 한 입 베어 물면 답답한 가슴이 뻥 뚫릴 정도로 시원하고 또 달고 맛있었다. 배를 따면 동네에 배 잔치를 벌려 가난한 이들에게 배의 꽃말처럼 다소나마 위안을 주었다.

여름엔 시원한 배나무 그늘에서 책을 읽고 매미들은 누구의 목소리가 더 큰가 내기라도 하듯 울어댔던 그 배나무가 항상 고맙고 믿음직스러웠다.

배나무와 함께했던 가족들은 배꽃 낙화로 흩어지듯 뿔뿔이 흩어지기 시작했다. 공부로 군으로 직장으로, 다정도 병인 양 잠 못 들던 오빠들은 공부를 마친 후 다정한 사람들을 찾아 결혼을 했고, 언니들 역시 언젠가 배꽃 필 때 찾아왔던 바바리코트 신사들 중에서 하나는 외국배우 '로버트 테일러' 로 하나는 '알랭 들롱' 으로 착각하고 시집들을 갔다. 나와 동생들은 공부 중이었고 부모님만 피란 온 곳이라고 그곳에서 더 사시다 떠나셨다.

그 후 배나무 소식이 궁금했다. 동네 사람들은 배나무가 사람을 알아본다고들 영물이라고 이구동성으로 떠들었다고 한다.

'서울집' 이 이사 오기 전에는 꽃도 안 피고 썩은 열매 몇 개 달리다 떨어졌는데 그 집이 이사 온 후 그렇게 맛있는 배를 해마다 수십 가마니씩 땄는데 그 집이 다 이사 간 후 또 다시 예전같이 꽃도 안 피고 썩은 열매만 눈물처럼 떨구고 있다는 말에 가슴이 저렸다.

아직도 그곳에 살고 있는 어릴 때의 동생 친구는 그 집 앞을 지날 때마다 함박꽃 웃음소리가 곧 터져 나올 것만 같아 자꾸 뒤돌아보게 된다고 한다.

식물을 연구하는 과학자들은 식물이나 우리 몸의 지체도 말을 다 알아들으므로 칭찬의 말, 위로의 말, 긍정의 말, 좋은 말 등을 해 줄 때 식물도 잘 자라고 우리의 몸도 건강해진다고 한다. 이 학설로 볼 때 우리 가족과 함께 웃고 함께 꽃피웠던 배나무가 우리와의 이별이 얼마나 서러웠으면 그 옛날로 돌아가 울고 서 있을까?

먼 수 세월의 아득한 봄이 지나가고 올 때마다 두고 온 배나무와의 정을 잊을 수 없어 이 봄도 다정도 병인 양하여 잠 못들 것 같다.

창 너머 동산에 저리 산벚꽃이 부르니 나가봐야겠다. 뒤늦게 봄바람이 날려나….

꽃 속의 봄을 줍는다

'호지무화초胡地無花草 춘래불사춘春來不似春.'

—오랑캐 땅인들 화초가 없으련만/ 봄이 와도 봄같지가 않구나.

이 시구는 중국 한나라 때 원제의 후궁으로 중국의 4대 미인 중 한 명으로 꼽히는 왕소군(王昭君, 기원전 1세기)이 궁중 화가 모연수에게 뇌물을 바치지 않자 그 화가가 얼굴을 추물로 그려놓아 흉노족 호한야呼韓邪에게 원치 않는 시집을 가서 읊은 구절이다.

자연은 진실하여 올해도 어김없이 봄은 왔다.

그러나 나라는 대통령 탄핵 등 선거판으로 어수선하고 국경을 건너온 미세먼지는 푸른 하늘을 잿빛으로 물들이고 바람마저 전쟁터의 적군처럼 기세등등하여 거리의 여인들의 곱게 빗은 머리를 폭탄 맞은 것처럼 휘젓고 다닌다.

봄이 와도 봄 같지가 않아 나는 두문불출하고 책과 씨름하고 있었다. 웬일로 햇살이 고개를 들어 창 너머로 스며들고 생명들의 뛰는 소리가 요란하게 나를 불러내어 산책길에 나섰다.

아파트 뜰에 나오니 온갖 새싹들이 꽉 닫힌 나무의 문을 찢고 서로 나오려고 경쟁에 온 힘을 쏟고 있다. 겨우내 사막의 마른 막대기 같던 벚나무 가지에서 꽃들이 쏟아져 나와 꽃구름을 만들고, 목련 개나리 진달래 라일락 등 온통 꽃천지요 별천지다. 하마터면 봄이 주는 이 환희의 축복을 놓칠 뻔했다. 볼수록 신비와 오묘함, 정교와 섬세함, 황홀함과 경이로움에 탄성이 저절로 쏟아진다.

꽃은 신의 창조물 가운데 최고의 걸작품이며, 이런 신의 천재성에 놀랄 수밖에 없다.

'지상의 별은 꽃이요, 천상의 꽃은 별이다' 라는 말에 공감이 간다. 특히 꽃들 중 내 발걸음을 잡는 꽃이 있었다. 지남철처럼 향기에 끌려가 보니 라일락이었다. 그 향기가 주는 그윽한 행복감은 말로 표현할 길이 없다. 등에 울산바위라도 지고 다니는 듯한 무거운 몸이 가벼워지고 혼탁한 영혼이 맑게 씻긴 듯 산뜻하다. 라일락은 우아한 목련이나 화려한 장미에 비하면 그리 우아하지도 화려하지도 않으며 가지 끝에 잘디잔 꽃들이 한 데 어울려 서로의 숨결소리를 들으며 송이를 이루는 수수함을 지녔는데 내면에서 뿜어져 나오는 향이 너무나도 향기로워 가던 걸음을 멈추고 그 곁에 오래 머물고 싶은 충동을 느낀다.

사람에게도 마찬가지인 것 같다. 빼어난 미모는 아닐지라도 교양과 지성이 한 데 어우러져 고귀한 인품이 빛과 향기로 나타날 때 모든 사람들이 우러러보게 되고 함께 하고픈 마음이 생긴다.

젊음이 장미라면 노년은 국화로 볼 수 있다. 젊음 자체가 아름다워 사랑과 꿈의 계절이 5월의 장미라 하지만 내적 미숙함이 어설프고, 노년은 외적 아름다움은 늘 서서히 사라지나 세월로 쌓이는 내적 완숙미를 풍기는 국화의 은은함이 있다. 하늘에는 별이 있고, 땅에는 꽃이 있고, 사람에게는 내적 향기가 있어 꽃보다 아름다운 것이 아닌가 싶다.

꽃의 향기, 바다의 향기, 숲의 향기, 나무의 향기 등 만물은 저마다의 색깔과 향기를 지니고 있다.

시인 하이네는 '아름다운 꽃은 낮에는 진리를 말하고 밤에는 사랑을 말한다' 라고 했다. 향기로 말하면 백합을 빼놓을 수가 없다. 꽃말의 의미와 같이 순결과 결백함을 나타내는 고귀한 자태와 향기를 어찌 다른 꽃에 비할 수 있을까? 특히 가시밭에 바람이 불 때일수록 백합의 향기가 더욱 짙다.

인생도 고난과 역경의 가시에 찔릴 때 더욱 빛을 발하며, 사막과 굴곡의 파도를 넘은 사람일수록 시련의 무게만큼 숭고한 향기를 나타내는 것을 볼 수 있다. 예수 그리스도도 전무후무한 부귀영화를 누린 솔로몬의 영광이 이 한 포기의 백합꽃만 못하다고 했다.

혹한을 견딘 꽃일수록 향기가 짙고 모습도 아름답다. 눈 속에서 피는 매화는 한평생 춥게 살아도 향기를 팔아 안락함을 구하지 않는다는 그 고결한 마음, 그리고 기품, 결백, 품격을 지닌 꽃이다. 불굴의 의지와 표현, 선비정신과 같아 선비의 꽃이라고도 한다. 벚꽃을 담기는 했으나 벚꽃처럼 야단스럽지 않고 배꽃처럼 청상靑孀스럽지 않으며 군자의 그윽한 자태를 연상시키는 격조 있는 꽃이 바로 매화이다.

오동나무는 천년을 살아도 곡조를 간직하고
매화는 백년을 춥게 살아도 향기를 포기하지 않으며
달은 천년을 이즈러져도 본질이 변하지 않으며
버드나무는 백년 이상 꺾어져도 새순이 돋아난다.

이 글은 긍지와 지조를 나타내는 글로 김구 선생도 좋아했다고 한다. 인간관계에서도 비바람이 불고 찬 서리가 내려도 변함없이 의리를 지키는 사람이 있는가 하면 자기에게 이익이 없으면 하루아침에 돌아서는 사람이 있다. 배신자의 뒷모습에서 참된 사람의 가치를 찾을 수 있겠는가? 정계에 권력을 팔고 지조를 팔아 이기적인 사욕을 찾는 철새가 많은 이 나라가 걱정이 된다.

꽃에게는 슬픈 전설들이 있다. 옛날 중국 산동지방에 그릇을 만들어 살아가는 용래라는 청년이 살고 있었는데 약혼한 지 3일 만에 그만 약혼녀가 몹쓸 병에 걸려 죽었다.

용래 청년은 너무나 슬퍼서 매일매일 약혼녀의 무덤에서 엉엉 울었다. 이에 하늘도 감동했는지 그의 눈물이 떨어진 자리에 한 작은 매화나무가 돋아났다. 용래는 그 매화나무를 가져와 마당에 심고 약혼녀의 넋이라 쓰다듬으며 늙도록 살았다.

하루는 문이 굳게 닫혀 동네사람이 들어가 보니 용래는 없고 뚜껑 덮인 질그릇 속에서 휘파람새 한 마리가 날아갔다. 그래서 동네사람들은 용래의 혼이 휘파람새가 되어 매화나무를 따라다닌다고 했다. 이처럼 고귀한 사랑, 그래서 더욱 매화향이 짙은가 보다.

어느덧 꽃 생각을 밟으며 공원 산에 올랐다.

좀처럼 잊혀지지 않는 꽃 풍경이 눈앞에 떠오른다. 유럽여행에서 알프스의 눈 녹은 물을 먹고 자란 애잔한 풀꽃들. 클로버 깔린 초원 위에 명상에 잠긴 젖소들. 사랑하는 애인을 위하여 꽃을 꺾어 던져주고 힘을 잃고 물에 떠내려가 죽으면서도 "나를 잊지 마오"(forget me not)라고 유언을 한 물망초, 여수 오동도의 붉은 동백꽃, 안면도의 꽃축제 등등 꽃의 회상처럼 즐거운 것이 없다.

멀리 북한산이 동양화처럼 펼쳐진다. 연한 연둣빛과 볼그스름한 색깔이 옅은 안개와 어우러져 새싹과 꽃봉오리들이 터지는 소리가 들려오는 것 같다. 저 산 너머 또 산 너머에는 피란 갔던 어린 시절이 되살아온다. 아이들과 진달래 꺾으러 갔다가 어떤 사람이 문둥이가 진달래 꽃 뒤에 숨어 있다가 애들을 잡아먹는다고 하여 꽃들을 꺾다 말고 무서워서 걸음아 나살려라 하고 줄행랑을 쳐서 달리는데 늦게 오는 아이는 울고 넘어지고 엎어지며 신발도 잊어버리고 왔다.

또 한 번은 보리수 따고 산밤을 따러 산에 갔다가 땅벌 집을 잘못 건드려 온통 벌에 쏘여 온산을 통곡으로 물들이고 얼굴이 퉁퉁 부어 눈도 뜰 수 없이 생명을 잃을 뻔한 일도 있었다.

머물지 않고 흐르는 시간 속에 추억을 밟으며 걷는다. 개나리, 싸리꽃, 진달래, 제비꽃이 이곳저곳에서 고개를 내밀며 화사하게 반긴다. 더욱이 바위틈 사이로 생명을 걸고 나온 하늘하늘 바람에 흔들리는 진달래꽃의 아련한 운치는 그리움처럼 남아 있다. 머리 위로 이름 모를 새들이 이 나무에서 저 나무로 옮겨 다니며 자기들만의 목소리 빛깔로 봄을 노래한다.

나는 오늘 꽃 속의 봄을 주웠다.

봄은 봄이어야 한다. 봄이 봄 같지 않으면 '춘래불사춘春來不似春'으로 구름 낀 삶이다.

봄 같은 삶, 봄 같은 나라가 될 때를 기도하며, 나는 꽃 속을 올해도 내년에도 미래에도 계속 걸을 것이다.

작은 보람들

창을 열면 목전에 근린공원으로 지정된 도봉구 산이 한 폭의 동양화로 펼쳐 있다.

4계절의 정취는 항상 나를 감동시킨다.

봄엔 생명의 꽃을 피워 환희의 풍경을 선사하여 우울의 날, 비애의 날, 절망의 날이 달아나고 새로운 탄생의 희열로 약동의 삶을 살게 한다.

여름은 풀냄새 짙은 녹색의 물결이 출렁이는 풍경을 볼 수 있어 마음의 푸르름, 생활의 푸르름, 인격의 푸르름으로 발랄하고 용기 있는 삶을 살아가게 한다.

가을은 가을대로 노을빛 같은 단풍의 황홀한 화폭을 펼친다. 마지막 지는 단풍의 찬란함, 지는 석양의 황홀함같이 그런 무엇을 남기고 가야 되겠다는 다짐을 해 보기도 한다.

겨울에 눈꽃이 피는 설경은 탄성을 자아내고, 소리 지른 만큼 움츠린 겨울에도 환희의 삶을 살게 하여 좋은 곳이다.

산장 같은 이곳에서 풀벌레 울음에 가을의 정취가 묻어나는 요즘 상수리 나뭇가지에 앉은 아침 산까치가 생동감 있게 '깍! 깍!' 짖으면 도토리 굴러 떨어지는 소리에 놀란 다람쥐들이 솜방망이 꼬리를 휘저으며 달아난다.

온산의 정기를 모아 불어오는 바람을 맘껏, 가슴을 젖히고 들이마시는 상쾌함은 나만이 갖는 행복일까.

이곳에 이사 온 지도 어제 같은데 벌써 3년째 접어들었다. 살고 있던 아파트 전체가 리모델링을 하기 때문이다. 이곳에 오니 새삼 살던 곳에서 묻어둔 일들이 얼핏 소슬 바람에 스쳐간다.

탁 터진 시원한 도로를 활보하고 유람선이 떠가는 한강변을 거닐며 세파에 오염된 탁한 마음을 흐르는 물줄기에 씻어 보내곤 하던 일, 강남 강북을 연결하는 청담교 밑에 청둥오리떼들 은파 위에 흐를 때 어디선가 날아온 왜가리 한 마리 강가 작은 바위에 서서 먼 하늘을 바라보는 풍경이 가슴에 묻어둔 그리움을 파도 위에 출렁거리게 한다.

뱃고동소리 없는 유람선이 떠나갈 때마다 아쉬움이 남아 하루는 유람선 선착장에 전화를 했다. 뱃고동소리를 울릴 수 있느냐고 물었다. 울릴 수 있다고 했다. 그러면 탁한 사막 같은 숨 막히는 도심 속에서 삶의 무게로 지친 사람들에게 가끔 '빠— 앙—' 하고 울려주면 갈매기 나는 머언 바다를 생각하며 지친 피로를 다소나마 덜어주지 않겠느냐고 했더니, 참 좋으신 말씀이라고 그렇게 하겠다고 했다.

다음날 소파에 앉아 책을 읽고 있는데 '빠– 앙–' 하고 뱃고동소리가 울려왔다.

그때의 그 희열이란, 그 여운이 지금도 두고두고 작은 보람으로 행복이 되어 밀려온다.

지나간 어느 해 봄날엔 친구와 같이 창경궁을 찾았었다.

벚꽃이 화사한 봄날 위로 비둘기들이 날고 있었다. 언제 보아도 수도 서울의 역사를 안고 육중한 무게와 운치 있는 아름다운 궁들을 드나들며 볼 수 있다는 것은 우리만이 갖는 거친 격랑 끝에 찾아오는 고요함 같은 평화로운 행복일 것이다.

궁을 돌고 호수를 바라보며 식물원을 관람하게 되었다. 갖가지 식물들이 저마다의 특징과 아름다움으로 어우러져 감탄을 자아낼 즈음 빗자루와 대걸레 등의 청소도구들을 그대로 방치해 보는 이들로 하여금 눈살을 찌푸리게 했다. 나는 서슴지 않고 관리인을 찾았다. 우리나라 국보인 창경궁에 외국인들을 비롯해 수많은 사람들이 관람을 하는데 청소도구를 보이지 않는 곳에 놓아야지 미관상 안 좋으니 치워야 하지 않겠느냐, 했더니 귀찮은 듯 못마땅한 얼굴이기에 그러면 제가 치워드릴 테니 놓을 장소를 말하라고 했다. 그때서야 주섬주섬 치우는 것을 확인하고 나오니 벚꽃이 잘했다는 듯 화사하게 웃어준다. 나도 따라 해맑게 웃었다.

문화민족은 하루아침에 되는 것이 아니다. 시민의식이 어느 때나 확실히 달라질까 의심이다. 이 작은 일이 벚꽃 필 때마다, 또 하나의 잔잔한 보람으로 가슴에 흐른다.

잠시 이사 온 근린공원을 가끔 오를 때면 나무들이 향기로 뿜어내는 피톤치드가 정화수 되어 무겁던 머리는 산뜻해지고, 실바람에 흔들리는 자작나무 사이로 몰려온 콩새 떼들은 비둘기들이 흘리고 간 먹이를 주워 먹느라 재잘거린다. 숲속 바위에 앉아 있을 때면 발등 밑에 눈물처럼 떨어지는 도토리들을 잽싸게 주워 물고 도망치는 다람쥐를 바라보노라면 생존의 신비를 느낀다.

신의 창연創然의 솜씨는 너무나 신비롭다. 그래서 산은 명상의 장소요, 묵상의 학교요, 영감靈感의 산실이요, 일신의 성역聖域이다. '네 영혼이 고독하거든 산으로 가라'는 말이 있다. 나는 이 공원산에 올라 솔향기 맡으며 앉아 있는 것만으로도 뿌듯한 행복을 느낀다.

강바람이 부는 강남도 좋지만 산내음이 몸에 감기는 강북은 더욱 좋은 것 같다. 주말 아침마다 엎드려 담배꽁초 휴지조각 병 깨진 오물들을 줍는 한 사람을 보았다. 처음에는 미화원인가 했다. 알고 보니 강 건너 사시던 분이 이사를 온 것이다. 이사 오기 전에 그쪽 까치산에서도 역시 똑같이 휴지를 주웠고, 등산 다닐 때도 마찬가지로 주웠다고 했다. 이 신선하고 아름다운 산에 휴지 등 오물들이 떨어져 있는 것을 보고 다닐 수가 없어 줍는다고 했다. 누구를 탓하고 원망하기에 앞서 나 한 사람이라도 치워주면 많은 사람들이 즐겁게 다닐 것이 아니냐고 하며, 이런 날엔 이 작은 일이 행복한 잠을 가져다준다고 했다.

대다수의 우리나라 정치계 고위층에 있었던 사람들은 퇴직 후에 골프나 치러 다니고 호화로운 생활을 하는 것이 상례인데 이분은 그런 위치에 있었으면서도 청렴결백하고 검소한 생활을 하며 많은 이들을 위하여 휴지를 줍는 희생의 모습으로 더욱 귀하게 보이고 존경스러웠다.

행복은 멀리 있는 것이 결코 아니다. 그렇다고 누가 가져다주는 것도 아니다. 내 삶의 주변 가까이에서 찾아야 한다. 남이 하기 싫은 일을 희생하는 마음으로 찾아야 할 때 오는 작은 보람이 행복을 불러오는 것이라고 본다.

부나 명예, 권력이 사람에 따라 행복의 기준이 될 수도 있겠지만 나의 작은 인류애적인 희생이 많은 이들에게 기쁨이 된다면 거기서 오는 보람은 그 이상의 행복을 낳고 그것은 큰 행복을 부르는 초석이 될 것이다. 받는 기쁨은 짧고 주는 기쁨은 길 것이며, 늘 기쁘게 사는 사람은 주는 기쁨을 가진 사람이라고 생각한다.

사색의 계절 이 가을에 근린공원 산에 앉아 우이동 산을 바라보며 이곳에서 찾을 작은 보람은 무엇일까 생각해 본다.

사라져가는 품앗이

'오뉴월 품앗이 고드랫돌이 안 넘어간다' 는 속담이 생각난다. 오뉴월에는 농촌에서 농번기에 일이 많아 여러 집이 모여 함께 한집 일을 하고 나면 쉴 틈도 없이, 마치 발이나 자리를 엮을 때 고드랫돌을 넘겨야 하는데 그것을 넘길 사이도 없이 품을 갚아야 한다는 말이다.

우리나라는 예로부터 향약, 두레, 품앗이, 계 등 서로 돕는 상부상조와 공존의 전통이 발달하였다. 품앗이의 경우 일반적인 노동의 교환형식으로 이해되고 있으나 그 원초적인 의미는 '품(노력, 努力) 앗이(수, 受)' 에 대한 '품 갚음(보, 報)' 으로 도움 받은 것을 그대로 갚는 것으로 증답贈答의 관계였던 것으로 여겨진다.

주로 손이 부족한 농번기나 김장철에 품앗이를 하여 서로 돕는 좋은 풍습으로 어려울수록 서로 돕고 사는 미덕과 고유의 전통이었던 것이다.

농촌의 하루는 새벽닭이 울면서부터 시작된다. 여인들은 밥을 짓고 농부들은 논으로 밭으로 들로 산으로 나간다. 간간이 젖 뗀 송아지 '음메' 하고 울면 뒷산 알을 낳은 산꿩도 보조를 맞추어 '꿩! 꿩!' 하고 고요한 산천을 울린다.

농촌의 할 일이 얼마나 많은가. 모내기, 감자 고구마심기, 보리타작, 밀타작, 고추따기, 벼베기, 김장하기… 등등. 열거하자면 한없이 많고 거기에다 혼례, 장례, 회갑연, 돌잔치 등등 품앗이할 일이 너무나 많다.

동네 사람들이 오순도순 모여 품앗이하는 동안은 그곳이 대화의 장소요, 스트레스 해소의 장소요, 끈끈한 정이 오고 가는 정을 나누는 장소이기도 하다.

누구네 집 딸이 바람이 나서 아무네 집 총각하고 나갔다는 둥, 누구네 할머니가 치매에 걸려 옷을 홀랑 벗고 신발을 벗어 머리에 이고 마실을 갔다는 둥, 자기가 누굴 좋아하다 남편에게 뒤지게 맞아 죽을 뻔했다는 이야기까지 온 동네 흉이란 흉은 다 동원하고, 김치 속을 배추로 싸서 서로 먹여주고 웃고 떠들며 수다를 떨다 보면 어느새 산더미 같은 배추가 김치로 만들어져 항아리에 담게 된다.

그 다음에는 다른 집에서 새로운 스토리가 한없이 쏟아진다.

들녘에서 모내기를 한다든지 벼베기를 할 때 민요 '새타령' 도 나오고 '육자배기' 도 나오고, 땀을 노래로 해소하다 보면 여인들은 텃

밭에서 나는 채소로 반찬을 만들고 따뜻한 밥을 지어 광주리에 담아 머리에 이고 막걸리를 받아 한 주전자 들고 와서 풋풋한 풀밭에나 밭 언덕배기 잔디에 푸짐하게 차려놓는다.

그리고는 식사하라고 손짓하여 부르면 일손을 잠시 놓고 모두 모여와 풋고추를 된장에 꾹꾹 찍어먹는 맛, 상추쌈을 싸서 있는 대로 크게 입을 벌리고 먹는 맛, 호박부침에 막걸리를 따라 서로 권하며 먹는 그 맛은 그때 그 일을 하는 농부들이 아니면 그 진미를 아무도 느끼지 못할 것이다.

하루 두 번의 새참까지 다섯 끼를 먹는다. 밥 먹는 시간이 더 긴지 일하는 시간이 더 긴지는 헷갈리지만 좌우간 품앗이를 통하여 이웃간에 정이 오고가는 미풍은 생각할수록 뜻 깊고 아름답다. 그래서 '콩 반쪽이 있어도 나누어 먹는다' 는 속담이 나오고 '이웃사촌' 이라는 말이 나오게 된 것이리라.

혼례 때나 장례 때에도 손님을 접대하려면 모두 협력하여 어느 집은 식혜를 만들어 오고, 어느 집은 부침을 부쳐오고, 어느 집은 떡을 또는 과일을 마련해 오는 등등 나름대로 자기 집에 있는 것으로 정성껏 음식을 만들어 부조하면 과방을 잘 보는 사람이 오는 손님에게 고루 분배하여 상을 차려 대접하고 자기 일처럼 모두가 힘을 모아 큰일을 치루는 것이다. 이것이야말로 품앗이에서만이 볼 수 있는 진풍경이다.

산다는 것은 서로 주고받는 것이다.

그래서 '인간은 수수적收受的 존재'라고 하지 않는가. 서로 돕고 도움을 받는 것, 서로 주고 받는 데 기쁨이 있고, 보람이 있고, 행복이 있고, 삶의 의미가 있다.

나는 2년 전부터 '오우가五友歌'라는 좋은 만남을 갖고 있다. 우린 자기 생일이 돌아오면 산이든 호수든 같이 걷고 점심을 나누며 정겨운 대화를 나누고 있다.

연륜이 쌓인 무르익은 완숙미가 가을꽃 향기처럼 은은히 한 분 한 분에게서 풍겨올 때 서로의 마음을 주고 받는다. 점심을 돌아가면서 대접하는 품앗이보다 더 깊은 그 무엇이 우리 속에 품앗이로 돌아갈 때 희열과 행복감을 느낀다.

이제 세월은 흐르고 시대는 바뀌어져 농기계의 발달로 인하여, 또는 병원 장례식장, 결혼 예식장이 농촌의 품앗이를 빼앗아가고 있다. 농촌을 지나다 보면 젊은이들은 다 도시로 떠나고 육칠십대 남자 어른이 혼자 남아 콤바인이나 트랙터로 일을 하다가 핸드폰으로 짜장면 배달을 시켜 홀로 논둑에서 먹고 앉아 있는 풍경을 볼 수 있다.

왁자지껄 모여 웃고 떠들며 노래하며 일하고 정을 나누었던 그들은 다 어디로 갔는지….

이젠 김장김치도 몇 포기 하지 않고 김치 전문으로 하는 기업체에 의탁하여 사먹는다. 낄낄대며 수다 떨던 여인들은 모두 어디로 갔는지….

병원 장례식장, 결혼 예식장에서 얼굴 한 번 쳐다보고 봉투 주고 오면 간편해서 좋을지 모르지만 그 끈끈한 정은 어디에 가서 찾을까. 차츰 사라져가는 품앗이 그 쓸쓸함이란….

따뜻한 미소라도 보내자. 그러면 남도 나에게 환한 미소로 답할 것이다.

친절한 말을 하자. 남도 나에게 친절한 말을 할 것이다.

훈훈한 사랑을 보내자. 그러면 남도 나에게 훈훈한 사랑을 보내올 것이다.

이렇게라도 사라져가는 품앗이를 붙잡아 봄이 어떨지….

하늘을 향해 생명을 던진 영혼들

진리와 정의가 묵살당하는 시대時代의 이야기는 항상 분노와 아픔과 답답함을 느끼게 한다.

소설 '흑산' 을 읽게 되었다. 제목부터가 뭔가 음산하고 암울한 괴이한 사건이 일어날 것 같은 암시를 받았다.

지명 '흑산' 은 본래 상록수림 사철나무로 덮인 섬으로 안쪽이 들여다보이지 않고 산이 검다 하여 흑산이며, 정약용의 형제 중 둘째형인 정약전이 흑산도로 유배간 곳으로 수많은 순교자들의 한이 서린 영혼의 피울음이 파도에 떠도는 그림자를 읽을 수 있었다. 소설의 제목은 유배지인 흑산도에서 가져왔다.

소설 '흑산' 은 역사를 재구성한 역사소설이라는 점과 차분하면서도 때론 건조한 문체를 느낄 수 있다는 점이다. 책을 통한 역사적 사실을 인지하는 것보다 소설로 읽어야 할 것이며 재미를 느껴 독자를 사로잡는 것이 소설의 가치로 증명된다고 볼 수 있었다.

'흑산'의 시대적 배경은 18세기 말에서 19세기 초 조선의 사회적 전통과 충돌한 천주교 지식인들의 내면세계, 그리고 부패한 관료들의 학정과 신분 질서의 부당함에 눈을 떠가는 백성들의 모습이 담겨 있다.

이 시대의 백성들의 삶은 먹을 것이 없어 초근목피로 연명하며 묵은 종이로 옷을 해 입으며 의식주 문제가 해결 안 되는 피폐할 대로 피폐한 시대였다. 민초들의 힘겨운 삶, 무거운 세금, 관군들의 횡포, 매일의 삶이 죽지 못해 사는 고통 속에서 목숨을 부지하는 당시의 백성들의 모습이 저린 가슴으로 와 닿는다.

내용 전개는 조선 순조 때 섭정을 한 정순왕후의 천주교 박해가 한창일 무렵 정약용 형제 4형제와 큰 사위가 천주교를 믿게 되고 포교하는 과정에서 체포되어 수난을 겪게 되는 수난사를 묘사하고 있으며, 죄목은 사학죄邪學罪로 요사스럽고 간사한 학문으로 치부되었던 천주교의 책 또는 새로운 종교와 개혁을 추구한다는 이유로 정약종은 조선 최초의 조선 천주교 회장을 지낸 인물로 목이 잘려 저자거리에 내걸리고, 정약전의 큰사위 황사영은 육시를 당하고, 정약전과 정약용은 배교각서를 쓰고 목숨을 부지하여 귀양살이를 하게 된다.

소설의 진행은 정약전이 흑산도로 유배 가는 과정을 설정하면서 천주교를 믿는 양반들과 천주교 신자들을 찾아내 그들의 뿌리를 뽑으려는 조정, 한때는 신자였지만 살기 위해 배교를 하는 사람, 그와는 반대로 죽음을 두려워하지 않고 끝끝내 자신의 목숨을 내놓고 믿음을 지켜나가는 사람들의 삶의 모습을 그려내고 있다.

흑산의 주요 인물은 정약전과 조카사위 황사영을 큰 축으로 이루어지고 있지만 소설 전반에 걸쳐 커다란 비중을 차지한다고 할 수는 없다. 오히려 이 두 사람을 둘러싸고 있는 사람들, 오히려 신유박해라는 역사적 소용돌이 속에서 둘 중에 하나의 삶을 살 수밖에 없었던 역사적 기록으로 이름을 남기지 못했던 사람들의 모습을 담담하게 전해 주는 듯하다.

정약전은 한때 세상 너머의 구원을 엿보았으나 다시 세상으로 돌아와 배반의 삶을 살았다. 그는 유배지 흑산 바다에서 눈앞의 물고기들을 들여다보며 실증적인 어류생태학 서적인《자산어보》를 썼다.

그의 사람됨을 작가는 "그의 위엄은 조용했고, 평화로워서 이슬비처럼 사람의 마음에 스몄다. 그의 집에서는 닭들이 맨 마당을 쪼아 다투지 않고, 개들도 사람을 공경해서 흙발로 뛰어오르거나 행인을 보고 짖지 않았다. 노복을 고함쳐 꾸짖는 소리가 울타리를 넘어서지 않았다" 고 기술했다. 황사영은 세상 너머의 구원을 위해 박해에 굴하지 않고 하늘에 생명을 던졌고, 그럼으로써 기존 사회의 질서와 이념에 맞섰다.

이 소설은 한 문장 한 문장에서 박해로부터 오는 피를 부르는 고통을 이해하는 데 초점을 두고 그려 나간 작품이라 할 수 있다. 따라서 실존인물을 소설에 담고 있지만 연대기적 사상에 바탕을 두기보다는 그 시대의 정황을 근거로 재구성한 소설이다.

조선 후기에 있었던 천주교 박해 사건은 더러 영화에서나 역사기간을 통해 막연하게만 알고 있었고, 이런 일련의 사태가 양대 양요를 유발하게 되는 계기가 된다는 점을 역사공부를 통해 희미하게 기억할 뿐이다.

그러나 '흑산'을 통해 그 당시 천한 마부 마노리에서부터 궁궐의 궁녀 길갈녀까지 천주교를 믿었던 등장인물이 20여 명이 넘는다. 배교자도 있었지만 피비린내 나는 박해에 굴하지 않고 구원을 향해 하늘에 생명을 던진 순교자들의 신앙의 지조에 감탄하지 않을 수 없으며 썩고 있는 조선왕조의 구조에 새로운 개혁을 죽음으로 맞서는 대담함이 놀라웠다.

황사영 백서로 알려진 북경교회에 보내는 편지글, 비단 폭에 일만 삼천 삼백여 글자로 이루어진 이 글에서 황사영은 박해의 참상을 고발하고 낡은 조선을 쓰러뜨릴 새로운 천주의 세상을 열어달라고 호소한 글도 있는데 소설 속에서는 순교자들의 호소나 절규가 한 마디도 언급되어 있지 않은 점이 못내 아쉽다.

이 소설은 사실의 사건으로 허구가 많은 부분을 차지했으나 실제의 상황은 더욱 비참했으리라 생각되며 책을 읽는 내내 분노와 아픔과 답답함이 마음을 짓눌렀다.

작가의 후기 중에서, "나는 말이나 글로써 정의를 다투려는 목표를 가지고 있지 않고 다만 인간의 슬픔과 고통과 소망에 대하여 말하려고 한다"고 기술했다.

절두산 아래를 통과해서 비관하는 날들이 오래 계속되었다.

나는 흑산도나 남양, 배론 성지 같은 사학죄인들의 유배지나 피흘린 자리를 답사했다. 나는 흑산에 유배되어 물고기를 들여다보다가 죽은 유자儒者의 삶과 꿈, 희망과 좌절을 생각했다. 그 바다의 넓이와 길이가 내 생각을 가로 막았고, 나는 그 격절의 벽에 내 갈등을 쏘아댔다. 새로운 삶을 증언하면서 죽음을 당한 자들이나 누구도 삶을 단념할 수 없다. 쉽고 평이하게 쓰여진 문장, 하지만 문장 속에 담겨져 있는 의미에서 유배지에 갇혔던 정약전의 가슴에 묻은 새로운 삶, 믿음을 지키려는 자의 마음을 깊게 생각해 보게 해 준다.

작가의 후기에서 고백했듯이 잠두봉이 절두산이 된 사연과 배론 성지 양화진을 거닐면서 느낀 절박감을 이 소설은 풀어내고 있다. "인간의 삶은 중요한 것"이라고. 그것이 배교의 삶이든 순교의 삶이든 어느 한쪽의 편을 들지 않고 인간이 꾸려나가는 삶 자체를 응시하며 이 소설을 썼음을 암시한다.

더욱이 연대기와 참고문헌을 후미에 기록함으로써 실체의 사건을 입증하며 역사를 보는 차원 높은 작가의 혜안으로 그 시대의 생생한 사건을 소설로 엮어 풀어내는 작가 특유의 냄새가 진동하는 작품으로 역사로나 문학적 차원에서나 유익한 공부가 되었다.

나를 울리고 떠난 기쁨이

개나리꽃이 만개한 14년 전 봄날이었다.

딸에게 강북에 사는 여동생으로부터 전화가 걸려왔다. 강아지를 한 마리를 주겠다는 내용이었다.

딸은 그 전화를 받자 뛸 듯이 기뻐하며 강아지를 데려오겠다는 것이다. 나는 강아지는 귀엽지만 아파트에서 냄새도 나고 정들면 떼기도 힘들고, 오빠는 외국 가고 너는 학생이고, 엄마는 교사로서 학교에 나가고 누가 어떻게 기르니, 하며 단호히 거절을 했다.

그러나 딸은 자기가 깨끗이 잘 기르겠다고 고집을 피워 데려왔다. 2년 정도 기르다 버린 주인 없는 강아지를 교회 꼬마들이 이집 저집 데리고 다니다 부모들이 반대하여 목회하는 여동생이 교회에 데려다놓고 갔다는 것이다.

막상 데려온 강아지를 보니 털이 하얗고, 까마면서 동그란 눈을 가진 말티즈 비슷한 푸들이었다. 그동안 고생을 많이 해서인지 슬퍼보였다. 할 수 없이 불쌍하기도 하여 기르게 되었는데 딸은 며칠간은 잘 돌봐주었으나 공부하느라 물러서고 결국 예상대로 나의 일이 되어 버렸다.

집안에 슬픈 일이 있었기에 딸이 강아지 이름을 '기쁨이' 라고 지었다. 곧바로 예방접종을 하러 갔다. 다른 사람들은 강아지를 안고 오고, 점퍼 속에 넣어 품고 오고, 또 얼굴을 비비며 귀여워하는데, 나는 혹시 콧물이라도 묻을까 봐 엉거주춤한 상태로 가슴에서 간격을 두고 두 손으로 들고 갔더니 애견병원 의사가 '강아지는 예쁜데 사랑하지 않으시나 봐요?' 할 정도로 별다른 애정이 가지 않았다.

그러나 아침저녁 딸과 내가 출퇴근을 할 때면 기쁨이는 하루도 어김없이 환하게 웃는 표정으로 꼬리를 흔들며 손짓 발짓해 가며 배웅을 했다. 앉으라면 앉고 손 달라면 손(앞발)을 주고, 졸졸 따라다니며 재롱을 떨었다. 조그만 인기척만 나도 제법 앙칼지게 짖으며 집을 지키는 파수꾼의 사명을 다하여 너무나도 귀엽고 사랑스러웠다. 차츰 '기쁨이' 에게 정이 들어가는 속도만큼 가정의 슬픔도 사라져 갔다.

물이나 밥을 먹고 싶을 때나 변을 보고 싶어 나가고 싶을 때는 언제나 다가와서 발로 툭 툭 딸이나 나를 건드리며 몸의 언어로 의사 표시를 했다.

기쁨이가 손을 줄 때면 예쁘다고 머리를 쓰다듬어 주었더니 자기가 실수하여 소변을 방바닥에 싸놓고는 얼른 와서 조심스럽게 손을 주는 것이다. 말하자면 예뻐하고 용서해 달라는 뜻이다. 가끔 내가 몸이 아프거나 우울해 할 때면 그렁한 눈으로 내게 손을 준다. 세상에는 부모의 속을 괴롭히는 불효자식도 많은데 비록 말 못하는 강아지이지만 주인을 위로하고자 애쓰는 모습이 너무나 대견스럽고 감동을 주는 것이었다.

그래서 개만도 못한 '놈' 이라든가 '년' 자를 붙이는 일이 많은가보다. 또 개에 얽힌 미담美談이 얼마나 많은가. 흔히 사람들은 자기들이 잘못을 해놓고도 거기에 애꿎은 개를 끌어다 붙인다. 개새끼니 개같은 놈이니 하는데 개가 뭘 잘못했다고 그러는지, 그러나 개들은 억울해도 침묵을 지킬 뿐이다.

나는 전에 실화를 영화로 제작한 일본의 충견 '하치' 를 보고 얼마나 울었는지 모른다.

대학 교수인 주인이 기차를 타고 아침저녁으로 출퇴근을 하는데 매일 기차역에 가서 배웅을 하고 올 시간만 되면 늘 기차역으로 쫓아나가 주인을 기다렸다. 주인을 맞이하여 기쁘게 뛰고 반기며 집으로 돌아오곤 했는데 주인이 강의 중 심장마비로 사망했다. 이 사실을 받아들이지 못한 개 '하치' 는 매일 기차역에 나가 돌아오지 않는 주인을 애타게 기다렸다. 때로는 사람들에게 얻어맞기도 하고 돌팔매질도 당하고 굶주려가며 생을 다하는 날까지 기다리다 기다리다가 눈이 펑펑 쏟아지는 어느 날 주인이 오는 영상을 안고 길거리에 쓰러져 생을 마감한다.

나는 기쁨이를 기르면서 많은 것을 배웠다. 주인이 하라면 하라는 대로 싫어도 한다. 불평이 없고 언제나 'Yes' 만 있지 'No' 가 없다. 죽어가면서도 주인과 집을 지키는 사명을 다한다. 잘못하여 꾸지람을 듣고 맞아도 변함없이 반기고 한결같이 따른다.

사람은 변화가 무쌍하다. 자기에게 유익하지 않으면 조석으로 변하고 배신도 하며 원수도 지는데 '기쁨이' 는 가식과 꾸밈이 없고 배신이 없는 진실한 모습으로 대해 주니 더욱 귀여웠다.

친정어머니께서 '기쁨이' 가 예쁘니 새끼를 내도록 권하셨다. 동물병원 주선으로 '기쁨이' 는 새끼를 갖게 되었고 숫강아지 한 마리, 암강아지 두 마리를 낳았다. 내가 바쁜 이유로 동생이 새끼들 산후조리를 하여 한달 후에 데려왔다. 기쁨이는 너무 고생을 하여 가여웠지만 새끼들은 너무 예뻤다.

40일이 지난 후 딸이 피아노를 치는데 새끼들 중에 숫강아지가 입을 벌리고 하늘을 보며 노래를 부르는 것이 아닌가. 너무 신기하여 딸이 성악가 '루치아노 파바로티' 이름을 따서 '루치' 라고 이름을 지었다. 나머지 두 마리는 기를 수가 없어 선물하고 노래하던 가수 '루치' 만 어미와 함께 기르기로 했다. '기쁨이' 와 '루치' 는 밥을 먹을 때도 싸우는 일 없이 양보하고 어미가 늘 보살펴 주고, 잘 때도 방석을 따로 놓아주어도 꼭 어미 옆에 가서 잔다.

어느 날 밤 찌개 냄비를 올려놓은 채 나는 그냥 잠이 들었었다. '기쁨이' 와 '루치' 가 방문을 계속해서 발로 긁으며 있는 힘을 다해 짖어댔다. 잠결에 하도 시끄러워서 깨어 보니 온통 온 집안이 연기가 자욱하고 목이 터지는 것같이 아프고 질식하여 죽을 것 같았다. 나와 보니 찌개 냄비가 다 타고 곧 화재가 날 상황에서 강아지들이 막아준 것이었다.

'기쁨이' 와 '루치' 는 항상 집에만 갇혀 있었기 때문에 밖에 나가는 것을 매우 좋아하지만 내가 바쁘고 귀찮기도 해서 잘 데리고 나가지 못한다. 어쩌다 한 번 데리고 나가면 세상 만난 듯 이리 뛰고 저리 뛰며 좋아서 어쩔 줄 모르고 행복해 했다.

그런 사이 세월은 흘러 친정어머니께선 하늘나라로 가시고 딸도 시집을 갔다. 모두가 떠나고 겨울 한강 바람이 휘몰아쳐 오는 썰렁한 아파트에 들어서면 고독이 밀물처럼 밀려오는데 그래도 문 앞에서 방울소리를 내며 나를 기다려 주는 '기쁨이' 와 '루치' 가 있어 마음에 위안이 되었다.

그러다 3년 전에 나는 퇴직을 했고 나와 '기쁨이' 와 '루치' 가 함께 늙어가고 있었다. '기쁨이' 는 두 번이나 수술을 하며 종양으로 자궁을 들어냈고, '루치' 는 네 번이나 수술을 하였는데 정관 절제, 요로 결석, 탈장, 염증제거 등의 수술을 했다. 비용도 만만치 않아 관리를 제대로 못해 주었더니 '기쁨이' 는 이도 다 빠지고 혀가 내려오고 귀도 완전히 절벽이 되어 듣지도 못해 내가 집에 들어가면 루치가 어미를 툭 건드려야 그때서 알고 일어났다. 몸이 몹시 아파도 내색하지 않고 나를 기쁘게 반겼다.

기쁨이가 몹시 아픈 나날을 보내던 중에 시집간 딸이 둘째 아이를 낳게 되었다. 나는 남동생에게 출퇴근할 때 강아지 밥 좀 주라고 부탁하고 딸의 집에 가서 40여 일 있다가 와 보니 강아지들이 극도로 쇠약해져 있었다. 더욱이 안타까운 것은 동생과의 연락에 착오가 생겨 강아지들이 굶고 있었다. 기막힌 일이다. 일주일을 굶은 강아지들이 그래도 죽지 않고 살아 있는 것이 기적이었다.

어미 '기쁨이'는 눈도 보이지 않는다는 것을 뒤늦게 알았다. 눈이 퉁퉁 부어올라 병원에 갔더니 녹내장이 되어 이미 시력을 잃은 상태라 했다. 눈을 포기하고 통증제거 수술을 하든지 어쩌라는데 그것도 노견이라 위험하니 우선 약을 5일치 먹이기로 했다. 외손주도 보러 가야 하고 바쁜 일이 있어 다니다 보니 아픈 '기쁨이'를 제대로 돌보아주지 못했다. '기쁨이'는 앞이 보이지 않으니 저 혼자 돌아다니다가 의자 모서리나 소파에 부딪쳐 부어 오른 눈도 터지고 밥그릇도 못 찾을 정도로 잘 걷지도 못하며 힘든 날을 보냈다.

어느 날 딸의 집에 가서 손주를 보아주고 밤늦게 왔는데 '기쁨이'가 캄캄한 아파트 현관에서 배를 깔고 나를 종일토록 기다리고 있었다. 나는 '기쁨이'를 얼른 안아 다리를 주무르고 기쁨이 자리로 데려다 앉히고 밥을 주었는데 그렇게 잘 먹던 밥을 조금밖에 먹지 않았다. 나는 기쁨이가 싸놓은 오물을 치우고 청소도 하고 밤늦게 잤다. 아침에 일어나 밥을 주니 고개를 저으며 먹지 않았다. 암만해도 숨소리가 이상하여 병원에 전화로 증상을 말하니 곧 죽는다고 하면서 병원에 와서 안락사를 시키겠느냐 집에서 운명을 시키겠느냐 하는 것이다. 살린다면 몰라도 죽는 길이라면 생명을 거두시는 하나님께 맡기는 것이 순리라 생각하여 병원에 가지 않고 집에 머물렀다. 죽어가는 '기쁨이'를 가슴에 안은 나는 눈물이 끝없이 쏟아져 내렸다.

언젠가는 헤어지겠지만 자기의 시간이 얼마 남지 않았다는 것을 안 기쁨이는 일보러 나간 나를 얼마나 애타게 기다렸을까. 내가 아플 때 기쁨이는 내 곁에서 위로를 해 주었는데 나는 기쁨이가 아플 때 제대로 곁에 있어 주지 못했으니…, 잘 돌보아 주었더라면, 병원이라도 자주 데리고 갔었더라면 몇 년은 더 살 수 있었을 텐데…, 죄책감 때문에 견딜 수가 없었다. 기쁨이가 종일토록 고통 중에 애를 쓰며 숨을 거두지 못하고 있어 나는 눈물의 기도로 호소를 했다.

"기쁨아! 그동안 네가 나에게 기쁨을 주어서 고마웠다. 잘해 주지 못한 걸 용서해 줘. 네 새끼 루치를 잘 돌보아 줄게. 안심하고 가거라. 힘들지 않게, 고마웠다. 기쁨아!"

그랬더니 숨을 몰아쉬면서 운명을 하는 것이었다. 기쁨이가 숨을 거두자 기쁨이와 함께했던 날들, 재롱을 떨며 사랑의 손짓으로 나를 위로하고 반기며 행복을 주었던 순간순간들, 또한 잘해 주지 못한 죄책감이 한데 범벅이 되어 나는 복받치는 눈물을 참을 길 없어 엉엉 울었다.

순간 이李 목사님이 집에서 기르던 개가 죽었을 때 아버지가 돌아가셨을 때보다도 더 애통하여 통곡을 하였다는 이야기가 이해되었다.

어느 날 이 목사님이 모처럼 어떤 성도가 양복을 맞추어 줘서 찾아 입고 기분 좋게 집에 돌아오는데 그날 하필 비가 오는 중에 집에서 기르는 개가 뛰어나오며 반기는데 자기발이 지저분하다는 것을 알지 못하는 개는 그저 반가워서 뛰어오르며 반기니 양복이 온통 흙투성이가 되어 버려 순간 이 목사님은 생전 처음 호되게 야단을 쳤는데 그 길로 개가 충격을 받아 쓰러져 앓다 죽었다는 것이다.

주인을 반기는데 왜 야단을 치는가. 너무도 좋기만 했던 주인에 대한 신뢰가 한 순간에 무너져 내린 섭섭함이 그 개를 쓰러뜨려 아무리 잘못했다고 빌어도 그냥 죽더라는 것이다. 참으로 어처구니가 없어 이 목사님은 길을 걷다가도 통곡을 하며 한동안 많이 울었다고 한다. 그 후 목사님은 원인 모를 암으로 돌아가셨다.

사람들은 더러 말하기 좋다고, 뭐 개새끼 하나 죽었는데 그렇게 우느냐, 미쳤지, 하겠지만 그러는 그는 어려울 때 위로의 말 한 마디 해주었던가. 비록 나는 기쁨이가 개일망정 내가 외로울 때 친구가 되어주었고, 내가 아플 때 위로를 주는 치료자요, 내가 슬플 때 기쁨과 행복을 주는 친구이자 스승이었다고 생각한다.

그의 까만 눈망울 속에는 내가 미처 깨닫지 못하는 많은 교훈이 들어있었다. 사람도 죽음 앞에서의 가슴 찢는 통곡은 그를 잃었다는 아픔도 원인이겠지만 함께 있을 때 그에게 잘해 주지 못한 죄책감 때문이며 함께 있을 때 그가 나에게 잘해 주었던 고맙고 행복한 시간들 때문이다. 내 곁에 누군가가 있을 때 그가 내게 즐거움이 되든 괴로움이 되든 함께 있다는 자체가 행복이라는 것을 기쁨이가 일깨워 주고 떠난 것이다.

함께 있다는 것은 내가 그에게 베풀 수 있는 시간이 있다는 것이다. 먼 훗날 누군가와 헤어져도 영원히 그의 가슴에 남는 멋있는 사람이 되기를 떠나간 기쁨이는 바랄 것이다. 13년 동안을 어미 '기쁨이'와 함께한 '루치'는 죽음이 무엇인지 이별이 뭔지 알리가 없다. 매일 어미와 같이한 집안 곳곳을 돌며 어미를 찾고 흐느낀다. 이 루치의 피눈물의 시간을 함께하는 나의 쓰라림이 기쁨이에 대해 다소 속죄가 될까?

오늘도 어미 기쁨이를 생각하며 우는 루치를 데리고 개나리꽃이 만개한 한강가를 걸으며 달래본다. 그리고 흐르는 강물을 보며 소리 질러 본다.

"기쁨아! 미안해~ 잘 가~. 너무나 고마웠어~. 잊지 않을게~."

기쁨이를 찾아 떠난 루치

나는 1년 사이에 개나리꽃 피는 동산에 애견 두 마리를 묻었다. 이 미어지는 아픔을 누가 이해하겠는가?

겪어본 자가 아니고는 아무도 모른다. 하나님이 주신 생명은 그것이 식물이든 동물이든 살아 숨 쉬고 움직이는 자체가 아름답고 고귀한 것이다.

처절한 아픔 속에 어미 기쁨이가 떠나고 남겨졌던 새끼 루치가 어미가 떠난 후 1년이 못되어 어미를 애타게 찾다가 끝내 어미 곁으로 갔다.

15년 전 이모의 선물로 딸에게 안겨온 강아지는 나에게도 그의 이름처럼 기쁨이었다. 기쁜 일이 계속되라고 딸이 지은 이름이다.

그도 그럴 것이 우리 집은 그동안 모두가 뿔뿔이 낙엽 흩어지듯 떠나기에 바빴다.

달빛 쏟아지는 어느 날, 어머니는 천사의 날개를 다시고 하늘로 향하셨고, 아들은 공부하러 미국행 KAL 비행기로 떠났고, 딸은 새 둥지를 찾아 신혼 열차로 떠났다. 모두가 떠나가 버린 텅 빈 집엔 회색빛 우울이 감돌았고, 때론 그 회색은 먹구름으로 변해 소낙비로 쏟아져 내릴 때도 있었다.

그나마 내게 희망을 안겨준 것이, 작고 예쁜 두 강아지들이 하얀 털에 까만 눈동자를 굴리며 나를 바라보고 있지 않는가. 그동안 그들은 때로 아파오는 나의 그리움과 고독의 일부를 담당해 주었고, 그들의 재롱은 나의 몸속에 다소나마 엔돌핀을 돌게 했다.

루치가 선택된 것은 기쁨이가 새끼 세 마리를 낳았을 때 딸이 피아노를 치는데 그중 한 마리가 입을 하늘로 향하고 소리를 내어 노래를 따라 불렀다는 것이다.

그리하여 이태리 성악가 '루치아노 파바로티' 이름을 따서 '루치'라고 이름을 지었고, 다른 강아지들은 선물로 입양되고 루치만 어미와 함께 사는 축복을 누렸다. 그러나 그 선택이 루치로 하여금 더욱 처절하게 생을 마감하도록 할 줄을 누가 꿈엔들 생각했으랴.

루치에게 기쁨이는 그의 꿈이자 희망이요, 어미이자 친구요, 애인이자 삶 자체였다.

가끔 한강 공원에 데리고 나가면 둘이 뛰고 달리며 세상을 다 가진 듯 좋아하고 서로 위로하고 아끼며 배려하고 사는 모습이 사람에게도 교훈이 되었다.

루치가 아기일 땐 어미 기쁨이가 더러운 오물까지도 깨끗이 핥아 주고 먹이도 양보했다. 어미가 늙었을 땐 루치가 어미의 눈곱 등 더러운 곳을 치워주고 봉양을 잘했다.

내가 나갔다 들어올 땐 어미 기쁨이가 귀가 먹어 알아듣지 못하므로 루치가 얼른 어미의 몸을 건드려 같이 반겼다. 밖으로 나갔을 땐 기쁨이가 기력이 달려 따라오지 못할 때 기다렸다가 같이 오는 등 빛과 그림자처럼 사랑하며 함께 지냈다.

동물도 새끼를 사랑하고 늙은 어미를 돌보는데 하물며 만물의 영장이라고 자부하는 사람들이 개만도 못한 짓을 서슴없이 자행하는 자가 얼마나 많은지에 대하여는 재론할 여지도 없다. 사회를 더럽히는 인간의 사악한 행동이 어디 한두 가지랴.

부모 자식지간에 살인은 물론 노부모를 모시기 싫어 내다버리는 일, 서로 가족간에 원수가 되어 재판하고 싸우는 일, 나라를 걱정해야 할 사람들이 후딱하면 못된 무리들과 어울려 데모나 하고 등등 어찌 다 열거할 수 있으랴. 그러고도 개들을 발길로 차고 구박하고 동물학대를 하지 않는가.

전에도 열거했지만 무엇이든지 나쁜 것은 '개' 자를 붙여 말하고, 음식 떡에도 맛이 없고 아무렇게나 만든 것은 개떡이다. 사실은 개만큼 충직하고 자기는 죽으면서까지 주인을 위기에서 살리는 의리 있고 충직하고 희생적인 동물이 어디 있겠는가?

개들이 참고 있으니 망정이지 우스운 말로 전국에 있는 개들이 일어나 이에 항의하여 데모를 하면 감당도 못할 것이다.

루치와 생生을 함께했던 기쁨이가 어느 날 노환으로 앓던 중 새끼 루치를 남겨둔 채 눈을 감았다. 시신을 루치 옆에 잠시 두었으나 그것이 죽음이라는 것을 알리가 없는 루치는 그저 자기 옆에 자고 있는 것으로만 생각했을 것이다.

오래 둘 수 없어 베란다로 옮겨 상자에 넣어가지고 나갔다. 루치는 13년을 함께했던 어미를 잃었다. 하루아침에 이별의 인사도 없이 사라진 것이다. 루치는 기가 빠졌다.

온 집안을 찾고 찾아도 보이지 않는 어미!

소리가 나는 것 같아 뛰어나와 보아도 흔적도 없는 어미, 체취를 맡으며 구석구석 살펴도 나타나지 않는 어미, 밤낮으로 미치도록 찾고 울어도 대답 없는 어미, 집안은 눈물골짜기요 사막이고, 어미를 찾는 루치의 갈증은 마침내 그를 병들게 했고 죽음으로 몰아갔다.

어미의 죽음에 대해 이해를 시키려고 열변을 토하여 말을 한들 알아듣기를 하나, 행여 위로가 될까 맛있는 음식을 주어도 먹지 않는다. 밖으로 데리고 나가는 것을 그리도 좋아했기에 데리고 나가면 금세 집으로 도로 뛰어 들어오고, 한강공원에 데리고 나가도 집으로 되돌아와 온 집안 구석구석을 찾다가 어느새 까만 눈망울에 고인 눈물이 강물처럼 흘러내린다.

내가 보기엔 어미 없는 루치에게는 한강물이 푸르게 흘러간들 또한 봄꽃이 아름답게 핀들 아무 의미가 없었고, 어미 기쁨이와 함께 그렇게 기뻐 뛰며 즐기던 그 아름다운 경치마저도 더욱 짙은 슬픔이 되어 그를 미치게 하는 것 같았다.

나는 이런 루치를 보며 6.25 한국전쟁 때 포화 속에서 엄마를 잃었을 때를 떠올렸다. 걸어가기는 힘들고 업고 가기는 무거운 나이 때 엄마를 잃었다는 사실은 아무리 아버지께서 유창한 설득력으로 위로의 말씀을 해 주어도 용납이 되지 않았다. 엄마 없는 세상이란 의미도 없고 존재할 수도 없었다. 살아있는 하루하루가 죽음의 생활 그 자체였고, 아예 죽고 싶었다.

처음에는 소리 내어 울고 나중에는 소리도 나오지 않았다. 너무 울어 어른들께 걱정 끼칠까 봐 소리 없이 주먹 같은 눈물을 떨구며 걸었었다. 몇 개월이 지난 후 엄마를 찾은 다음에는 엄마 치마꼬리를 붙잡고 다녔고, 시집가서도 물론 돌아가실 때까지 거의 엄마와 함께 지냈다.

나는 사람이기에 위로도 받을 수 있었고 대화로도 약간의 해소를 할 수 있었겠지만 루치는 무엇으로도 위로 받을 길이 없었다. 이런 루치의 모습을 보고도 나는 볼일이 있어 루치를 홀로 두고 집을 비울 수밖에 없었으니, 친구도 없이 홀로 하루 종일 텅 빈 집에서 엄마 없는 아픔을 견디게 내버려둔 것이 얼마나 못할 짓이었던가.

데리고 나가도 편치 않고 두고 다녀도 마음이 아팠다. 루치는 드디어 쓰러져 누웠고 피부병이 생겨 병원에 가야만 했다.

병원에서 종합검진하고 치료하려면 많은 시간이 걸려 맡기고 오후에 오라 하여 병원에서 나오는 순간 루치의 비명소리가 들렸다. 들어갈까 하다가 치료의 과정이겠거니 생각했다. 볼일을 보고 오후에 병원에 갔을 때 루치는 온몸의 털을 다 깎고 종합검진으로 시달렸는지 순하고 착한 루치가 악에 받쳐 주인도 못 알아보고 안아주려 해도 물려고만 하였다.

계속해서 병원에 다니고 약을 먹였는데 나중엔 발작을 일으키고 정신에 이상까지 왔다. 죽어가는 루치의 가여운 모습은 나를 매일 울렸다.

어미 기쁨이가 죽은 지 10개월 되는 어느 날 너무 고통스럽고 아파하던 루치는 가슴에 안고 한없이 울며 속죄하는 나를 버려둔 채 어미 기쁨이 곁으로 떠나갔다. 가슴 도리는 아픔이었다.

아무리 돌처럼 차갑고 굳은 사람이라도 죽은 어미를 애타게 찾다 숨을 거둔 루치의 모습을 보고 어찌 눈물을 흘리지 않겠는가?

"개의 끈에 이끌려 그의 조절에 이끌려가는 것처럼 나는 강아지와의 정의 끈이 죽음으로 끊어질 때의 아픔 앞에 통곡이 저절로 나왔다"는 전 문화부장관 이어령 교수님의 글에 공감이 갔다.

생각해 보면 그동안 루치는 어미의 사랑을 잃고 무섭도록 아픈 고독과 싸웠다. 고독은 그 어떤 고통보다 감당하기 어려운 것이다. 그래서 고독은 무서운 병이다.

그러므로 극복하지 못하면 정신을 황폐하게 만들고 죽음에 이르도록 하는 것이다.

철학자 피히테는 '사랑은 인간의 주성분' 이라고 말했다.

'사랑은 인생의 종합 비타민이요, 인간의 원기소다.' '불행은 사랑의 고갈이요, 행복은 사랑의 충만이다.' '비극은 사랑의 기근이요, 희극은 사랑의 풍요이다.' '절망이란 우리 마음 속에 사랑의 등불이 꺼지는 것이요, 희망이란 우리 마음 속에 사랑의 등불을 밝게 켜는 것이다' 라고 안병욱 숭실대 명예교수님도 열거했다.

인간이나 동물도 사랑이라는 정신적 양식을 먹어야만 행복해질 수 있다는 것을 루치는 더욱 밝히고 갔다. 오랜 시간을 같이한 루치에게 사랑하는 어미를 잃는다는 것은 삶 자체를 잃은 것이요, 삶은 무덤과 같았을 것이다. 그에게는 극복의 힘도 그 무엇도 있을 수가 없었던 것이다.

나는 루치의 죽음 앞에서 어미 기쁨이의 죽음 앞에서와 같은 참회를 반복할 수밖에 없었다.

비록 동물이라 할지라도 기쁨이가 운명할 때 루치를 사랑하며 잘 돌보아주겠다는 약속을 지키지 못한 안타까움과 그들이 나에게 기쁨을 주었던 그 순간들을 다시는 볼 수 없는 사랑스럽고 귀여운 모습들이 한순간에 휘몰아쳐 봇물처럼 터지는 통곡을 주체할 수가 없었다.

사람도 누군가와 함께할 수 있을 때 그 자체가 행복이며 베풀 수 있는 시간이 남아 있다는 것은 참으로 행운처럼 생각해야 될 것이다. 개나리 피는 동산에 루치가 그리도 찾아 헤맸던 어미 기쁨이 옆에 루치를 묻었다.

행여 그들의 내세가 있다면 얼마나 좋을까? 그리던 어미와 만나 함께 행복을 만들 수 있으니, 그러나 종교가 기독교인 나는 불확실한 바람일 뿐이다.

그동안 쏟은 눈물의 깊이만큼 남은 생은 기쁨을 창조하며 꿋꿋이 더욱 아름답게 모든 것을 사랑하며 가치 있는 삶을 다시 한 번 생각하면서 이젠 강아지들마저 떠나버린 텅 빈 집을 향해 발걸음을 옮겼다. 어설피 깔린 어둠이 눈물을 삼키는데 개나리꽃들도 꽃잎을 떨구고 있었다.

떠도는 별

정열을 토하는 태양이 차츰 기력을 잃어가고 있다. 산들바람이 가을을 데려온 9월의 어느 날, 나는 언제나처럼 아침 일찍 긴 머리칼을 바람에 날리며 S여고 교정에 들어섰다.

오늘 따라 교정의 하늘이 맑고 신선했다. 간간이 합창반의 음악소리도 들려 왔다. 나는 아침 조회 때, 어떤 교훈적인 말을 해 줄까 골똘히 생각하며 교실에 들어섰다.

내가 맡은 학급은 3학년 2반이었다. 가정 형편이 어려워 취업을 우선으로 하는 학생들이 많은 반이었다.

출석 확인을 마치고 학생들에게 말을 했다.

"여러분! 주어진 환경이 나를 고달프게 하지만, 이 고난과 역경이 결코 나쁜 것만은 아니에요. 이 지구상에 태양빛만 있었으면 벌써 사막이 되고 말았을 겁니다. 평탄한 환경 속에서 사는 사람들보다도 오히려 어려운 고난과 싸워 승리한 사람들 중에 훌륭하고 위대한 사람들이 많아요!"

등의 예를 들면서 '오늘을 감사하며 긍정적으로 살자, 주어진 오늘 하루도 기쁨으로 살자' 며 조례를 마치고 교실 문을 나오려는데, 얼핏 뒤에 앉은 성숙(가명)이의 눈빛이 예사롭지 않아서 다시 돌아보았더니, 아무 일도 없었다는 듯 평상적인 모습이었다. 그래서 '내가 잘못 보았나' 생각하며 교무실로 돌아왔다.

오전 수업을 마치고 점심시간이 되었다. 때마침 열린 교무실로 성큼 들어서는 사람이 있었다. 한 스물 서너 살쯤 되어 보이는 예쁜 숙녀였다. 은행원들이 입는 유니폼을 입고 있었다. 한눈에 보아도 그녀는 나를 찾아온 것 같았다. 왜냐하면 그녀는 우리 반 성숙이와 쌍둥이라고 할 정도로 너무나 닮아 있었다.

성숙이는 얼굴이 예쁘고 인상이 매우 좋았다. 우윳빛 피부에 볼이 항상 도화색으로 붉고 볼우물이 있어 눈길을 끌었다. 키는 165cm 정도이며 윤기 있는 까만 머리에 항상 생글생글 웃고, 몸은 통통하게 살이 좀 붙어 있었다. 성적은 반에서 4~5등을 놓치지 않는 성실한 아이였다. 청소시간에도 남들이 하기 전에 항상 먼저 빗자루를 들었다. 그런 성숙이와 너무나도 닮았기에 '아! 성숙이 언니로구나' 생각하고 두리번거리는 그녀 앞으로 다가가서 "성숙이 언니시죠?" 했더니 그렇다고 했다.

그러고는 그녀는 나를 붙들더니 울면서 말했다.

"선생님! 큰 일 났어요, 성숙이가 미쳤어요."

"그럴 리가 있나요? 학교에선 지금까지 아무 이상이 없었는데요. 내가 비교적 자주 교실에 가보는 편인데 정말 아무 이상이 없었는데…."

"네, 친한 친구들도 학교에선 모르겠다고 하더군요. 그런데 집에서는 완전히 미친 아이 같아요."

언니의 이야기는 이러했다.

성숙이는 밥을 먹지 않으려 들고, 세수를 하고 나서 세숫대야가 깨지도록 내동댕이쳤다. 그러고는 영어책을 가위로 다 오려서 혼자 중얼거리며 방에다 훌훌 뿌려 날려놓고 한참 있다가 '아니, 누가 어질렀지? 남의 방을…' 그러면서 빗자루로 다 쓸어내고 또 한참 있다가 쓰레기가 없는데도 있는 것처럼 쓸어내고, 빗자루와 쓰레받기를 같이 버리고 히죽히죽 웃고, 밤에는 어디를 돌아다니다 오는지 머리도 헝클어지고 신발도 벗어놓고 맨발로 오기도 하고, 밤바람에 커튼이 날리면 소스라쳐 놀라며 '어머나, 스님이!' 하고 소리를 지른다는 것이다. 이렇게 완전히 정신 이상이 되었으니 어찌하면 좋으냐며 정신병원에 가기 전에 먼저 학교에 왔다는 것이다.

나는 즉시 교실로 갔다. 성숙이의 동정을 살피기 위해서였다. 혹시 다른 아이들이 눈치 챌까 봐 혼식 도시락 검사를 하는 척하면서 성숙이에게 다가갔다. 다른 아이들은 모두 도시락을 펴놓고 둘씩 셋씩 모여서 밥을 먹고 있는데 성숙이는 도시락도 꺼내 놓지 않고 멍하니 앉아 책상 모서리 쪽만 바라보고 있었다.

"성숙아, 식사를 해야지. 도시락 꺼내 봐. 혼식인지 보자."

그러나 성숙이는 내 말을 들은 척도 하지 않고 그대로 한 곳만 바라보고 있었다. 내가 거듭 얘기하자 성숙이는 마지못해 도시락을 꺼내 놓았다. 그래도 밥 먹을 생각은 하지 않았다. 어서 먹으라고 재촉을 하자 건성으로 대답만 하기에 수저를 손에 들려주었더니 역시 멍하니 딴 데만 쳐다보고 있었다. 그 때, 성숙이의 눈빛을 자세히 보니 확실히 정상이 아니었다. 눈자위가 이상했다.

"성숙아, 네 언니가 맛있는 점심 사준다고 왔는데, 나가 보렴."

그러고는 자연스럽게 손을 잡고 나오는데, 갑자기 이상한 행동을 하는 것이었다.

"선생님, 난 선생님이 제일 좋아요!"

"그래, 선생님도 성숙이가 제일 좋단다."

그러자 성숙이가 내 손을 꽉 쥐는데 웬 힘이 그렇게 센지…. 그리고는 내 팔을 잡고 원을 그리며 빙글빙글 돌리면서 뛰기 시작했다. 자연히 나도 손이 붙들렸으니 같이 뛸 수밖에 없었다.

"선생님, 재미 있죠?"

그러면서 희죽 웃는데 완전히 제정신이 아니었다. 이 모습을 보며 뒤에서 따라오던 성숙이 언니가 울음을 터뜨린다.

"선생님, 그것 보세요, 틀림없이 미쳤잖아요."

그렇게 한참을 뛰는데, 복도에 지나가는 남자 선생님들이 의아한 표정으로 쳐다본다. 나는 뛰는 것을 억지로 중단케 하고 성숙이의 손에서 간신히 내 손을 뺐다.

순간 성숙이는 발길을 멈추더니 불쑥 한 마디 한다.

"선생님! 저요, 생식해요."

"생식? 날로 먹는다고? 무슨 생식을 하는데?"

"쌀을 씻어서 입에다 넣고 착착 씹으면 얼마나 맛있는지 알아요?"

그러더니 손으로 삿대질하듯 나를 가리키며 다시 묻는다.

"당근 있죠?"

"그래."

"그것을 입에 넣고 씹으면 또 얼마나 맛있는지 알아요?"

그러더니 무, 과일을 들며 끝없이 같은 말을 되풀이하는 것이었다.

"그래, 선생님이 잘 알았다. 그런데 성숙아, 언니가 너 맛있는 점심 사준다고 데리러 왔는데, 가 봐야지?"

"나요? 나는 언니가 없어요. 난 무남독녀예요. 싫어요!"

그 때 성숙이와 가장 친한 친구 이강례가 뭔가 이상했던지 옆으로 다가왔다. 나는 강례에게 성숙이의 가방을 챙겨 오도록 했다. 언니가 맛있는 거 사준다는데 성숙이가 안 가면 우리가 간다고 하니까 어떻게 생각했던지 성숙이가 따라나섰다. 나는 언니에게 가방을 들려서 같이 보냈다.

성숙이의 상태는 상상을 초월할 만큼 심각했다. 나는 반 아이들에게 성숙이가 몸이 좀 아파서 당분간 학교에 못나온다는 것을 알리자,

한 아이가 다급하게 말한다.

"선생님, 며칠 전 저녁 7시쯤 느닷없이 성숙이가 우리 집에 찾아왔었어요. 어쩐 일로 왔냐며 들어오라고 하니까, 너희 집인 것 같아서 들렀다면서 바쁘다고 잘 있으라며 바로 갔어요. 저희 집 전화번호도 모르고 주소도 모르는데요. 성숙이 집은 정릉이고 저희 집은 중곡동인데(공동학군 때). 그리고 저는 키도 작고 앞에 앉아 있어 키가 큰 성숙이하고는 친하지도 않은데요."

그러자 또 다른 아이가 자기 집에도 찾아왔었다는 것이다. 너무 이상했다는 것이다.

그 말에 나는 술렁이는 분위기를 잡아야겠다고 생각했다. 소문나서 좋을 것 없기에….

"이상할 것 없다. 그곳에 볼 일이 있어 잠시 들렀겠지. 좌우간 성숙이는 당분간 쉬게 됐으니 그리 알고…. 입원하면 면회도 사절이라니 마음 속으로 기도해 주면 곧 나아서 올 테니 여러분은 학교 수업에 충실하면 돼요."

모두가 수수께끼 같은 이야기다. 어떻게 전화번호도 모르고 약도도 모르는데 친구 집엘 찾아갔을까? 밤에 커튼이 흔들리면 "어머나 스님이!" 하고 놀란다는 말에 의문을 갖기 시작하고, 성숙이가 그렇게 된 동기를 찾기 위해 가장 가까운 친구 강례를 불렀다.

강례의 말에 의하면, 성숙이는 평소에도 항상 무엇이든지 대충 넘기는 일이 없이 너무 깊이 파고들고, 아무 것도 아닌 일에도 지나치게 신경을 쓰는 경향이 있었다는 것이다. 그리고 학교가 끝나면 늘 둘이 손잡고 버스 타는 곳까지 같이 가서 헤어지고, 어디를 가도 바늘과 실처럼 붙어 다녔는데, 요즘은 혼자 간다는 것이다. 이유를 물으면 볼 일이 있다며 먼저 가라고 하여 처음엔 그저 그런 줄 알았는데, 나중에 알고 보니까 1반 어떤 아이하고 손잡고 교문을 나가더라는 것이다.

나는 곧 강례가 말한 그 1반 아이를 불렀다. 방과 후 그 아이와 단둘이 마주 앉았다.

그 아이는 마르고 약간 긴 얼굴에 쌍꺼풀진 눈이 매우 수척해 보였다. 앞에 앉았는데, 그 아이 손목에 염주가 끼워져 있었다.

"어! 너 절에 다니는구나?"

순간 성숙이가 '어머나 스님이…' 하던 말이 떠올랐다. 분명 연관이 있으리라는 생각에 좀처럼 입을 열지 않는 그들의 비밀을 기필코 알아내는 데 성공했다.

이야기는 대략 이러했다.

성숙이와 전혀 몰랐는데 도서실에서 책을 보다 우연히 옆자리에 앉게 되어 이야기를 나누다 서로의 환경이 너무 비슷해 친해졌다는 것이다. 성숙이도 아버지가 돌아가셨고, 가정형편이 어렵고, 무엇보다 문학을 좋아하는 것 등, 일치하는 점이 많아 급속도로 친해졌다는 것이다.

그 아이는 아버지가 돌아가신 후, 어머니가 너무 큰 충격에 빠져

횡설수설하다가 무당이 되어 충남 어느 절에 계시고, 자신은 서울에서 자취를 했는데 방세를 못 내어 쫓겨서 정릉 어느 절에서 묵게 되었다는 것이다.

그 절에 묵기까지의 경로는 엄마로 인하여 절에 발을 들여놓기 시작했는데, 주말이나 학교 수업이 끝나고 심심하면 자주 절에 갔었다고 한다. 그곳 주지스님을 알게 되어 당시 거처가 없다고 사정을 이야기했더니 절 뒤쪽에 작은 방 하나를 내주어 그냥 와서 생활하라 하여 기거하게 되었다는 것이다.

그런데 그 절에 젊은 남자 스님이 있었다. 그 스님은 대학을 다니면서 데모에 앞장서다 퇴학당하고, 군 제대 후, 사법고시 준비한다고 절에 들어왔다가 스님이 된 지 얼마 안 되었는데, 아주 잘 생기고 특히 문학을 좋아하여 자기도 절에 들어간 후, 시나 수필을 써서 그 스님에게 보이면 평가도 해 주고 수정도 해 주면서 가까워지게 되었다는 것이다.

그러던 어느 여름, 비가 억수같이 쏟아지던 날, 새벽 1시경 잠을 자고 있었는데 누가 문을 두드리며 문을 열라고 하여 깜짝 놀라 문을 열었더니, 비를 흠뻑 맞은 그 젊은 스님이 들어오자마자 자기를 덮쳐 안음으로 해서 꼼짝없이 그 스님을 받아들이게 되었다는 것이다.

그 후부터 주지스님 몰래 밤마다 그 젊은 스님과의 동거생활이 시작되었고, 그 아이가 졸업하면 둘이 멀리 떠나 살자고 약속한 사이였다는 것이다.

그런데 학교 도서관에서 성숙이를 만났을 때 자기가 절에 살고 있으니 절 구경을 가자고 하여 그 젊은 스님을 소개하고 셋이서 매일처럼 저녁이면 산에 올라 구름을 바라보고 산의 경치를 글로 담아 표현하곤 했다.

성숙이로서는 그저 도를 닦는 순수하고 거룩한 스님으로만 생각했지 그 두 사람의 동거 사실을 전혀 상상조차 못하고 있었다.

그러던 어느 날, 1반 아이는 학교대항 농구시합 응원을 학교에서 단체로 가야 했고, 2반(성숙이 반)은 응원에서 제외되었다. 당시 성숙이는 혼자서는 절에 못가겠다 하였고, 1반 친구가 먼저 가 있으면 끝나자마자 곧바로 가겠다는 말을 하자 성숙이는 혼자서 늘 가던 대로 절에 갔다는 것이다.

젊은 스님은 성숙이에게 반가워하며 물었다.

"왜 혼자 왔냐?"

"친구는 응원이 있어 좀! 늦게 온다고 했어요."

성숙이는 아무 생각 없이 스님을 따라 산에 올라갔다. 구름 한 점 없는 가을 하늘은 유난히 푸르고 눈이 부시도록 아름다웠다.

시도 쓰고 스님과 이야기도 하면서 한참을 기다려도 1반 친구는 오지 않았다. 이미 해는 저물고 어두워지기 시작하여 성숙이는 스님에게 무섭다며 내려가자고 했다. 숲이 우거진 산은 차츰 으슥해지고 찬 기운마저 감돌았다.

스님이 좀더 기다려 보자는 것을 성숙이는 무서운 마음에 앞장서서 내려오고 스님이 바로 뒤를 따랐다. 내려오는 동안 점점 더 어두워지므로 길도 잘 보이지 않았다. 갈대와 나무숲이 바람에 일렁이기 시작했다.

그런데 갑자기 뒤따라오던 스님이 뒤에서 성숙이를 덮치며 꽉 껴안고 뒹굴었다.

"어머나! 스님! 이럴 수가! 안 돼요…."

너무 놀란 성숙이는 거룩하게 도를 닦는 스님이 설마 이런 짓을 하리라고는 꿈에도 생각 못하고 너무나 큰 충격을 받아 있는 힘을 다해 소리 지르고 반항을 했다. 한참 뒤 성숙이는 이빨로 스님의 팔뚝을 물어 뜯고 간신히 빠져 나와 정신없이 죽을 힘을 다해 산 아래로 뛰었다.

스님도 반쯤 벗겨진 바지를 추켜잡고 뒤따라 뛰었다. 성숙이의 교복은 단추 하나 없이 다 떨어져 나갔고, 상의가 풀어 헤쳐진 채 헝클어진 머리를 흔들며 맨발로 뛰어 내려오는데, 마침 1반 친구가 올라오다 성숙이와 딱 마주쳤다.

1반 친구는 성숙이의 헝클어진 모습과 헉헉거리며 뒤따라오는 스님의 이상한 모습에서 순간 자기와의 첫날밤 기억이 스쳐갔다.

친구는 스님에 대한 증오가 되살아나 분노의 소리로 성숙이를 불렀다. 성숙이는 그 소리를 들었는지 못 들었는지 허둥지둥 뛰어 큰길로 나가 버스를 타고 가버렸다.

그 후 성숙이는 자주 스님의 짐승 같은 행동을 떠올리며 시달려야 했고, 이상한 행동이 나타나기 시작했다는 것이다.

이야기를 쏟아놓은 1반 아이는 엉엉 울기 시작했다. 저도 그놈이라면 치가 떨리고 성숙이가 저 때문에 그렇게 되었으니 어떻게 하냐면서 한없이 울었다.

나는 그 이야기를 듣는 순간 피가 거꾸로 솟기 시작했다. 생각할수록 분했다. 순진한 어린 소녀들의 순결을 짓밟고 성숙이를 이 지경으로 만든 그 중놈이 죽이고 싶도록 미웠다. 나는 울분이 터졌다.

"내 이놈을…. 내일 당장 가자. 이놈을 가만두지 않겠다."

나는 두 아이의 억울함에 대한 책임을 묻고 어떤 조치라도 취하려고 다음 날 방과 후 함께 가자고 약속했다.

그러나 다음날 아침 일찍 등교한 1반 아이의 말이 전날 집(절)에 가 보니 그 중이 쪽지 한 장만 달랑 남기고는 어디론가 떠나가 버렸다는 것이다.

그가 남기고 간 쪽지엔 '미안하다. 부디 좋은 사람 만나 행복하게 살아라' 라고만 쓰여 있었다.

참으로 기가 막혔다. 그리고 찾을 길이 없었다.

나는 오랜 나날을 1반 아이와 상담하였다. 죽어버리겠다는 그녀에게 삶의 소중함을, 생명의 존엄성을, 그리고 새 출발을 하도록 온 정열을 다 쏟았다. 그 아이는 차츰 수긍하면서 마음을 새롭게 다져가기 시작했다.

한편, 성숙이는 병원에 입원하여 2개월 남짓 치료를 받고 다시 학교에 나왔다. 졸업 무렵 나는 성숙이를 서울 시내 M백화점 사원 모집에 응시하도록 하여 취직을 도와주었다.

내가 가끔 백화점에 나가 만나게 되면 매우 반가워했고, 둘이서 차도 마셨다. 그렇게 몇 년 동안 근무를 잘하고 있다는 소식을 간간이 들었다.

어언 5년이 흘렀다. 내가 공립학교로 전보 발령을 받고 한참 짐을 꾸리고 있는데 뜻밖에도 성숙이가 찾아왔다. 롤케익을 사들고 온 성숙이는 얼굴이 매우 수척해 보였다.

“이게 얼마만이냐? 그래, 어떻게 지냈니?”

나는 너무너무 반가웠다. ‘어머나! 날아간 카나리아!’라 되뇌며 마음 속에 고이 기르던 카나리아가 다시 내 품에 찾아든 기쁨이었다.

“선생님이 보고 싶어서 왔어요.”

“오 그러니? 나도 네가 많이 보고 싶었단다.”

우리는 한동안 이야기를 나누었다.

그런데 요즈음은 작은 교회에서 주일학교 학생들을 데리고 봉사하고 있다면서 지금 그 아이들을 데리고 세종문화회관에서 공연을 해야 하므로 가야 한다고 이야기를 하다 말고 갑작스럽게 일어서서 가는 것이었다.

불러도 뒤도 돌아보지 않고 휑하니 가버렸다. 그 순간 나는 이상하게 생각했다. 세종문화회관에서의 공연은 아무나 하는 것이 아니잖은가? 롤케익을 동료 선생님들과 나누어 먹었다. 그러나 한 입 베어 입에 넣었으나 케익이 목에 걸려 잘 넘어가지를 않았다.

그 후 성숙이의 소식을 백방으로 알아보았지만 알 길이 없었다. 그러던 어느 날 거리에서 성숙이 친구를 만났다. 성숙이는 정신병이 재발하여 집을 나가 떠돌아다닌다고 했다.

아, 이 일을 어찌하랴! 차라리 죄로 오염된 만상을 잊고 수정처럼 맑고 깨끗한 별이 되어 찬란한 세계를 찾아 나래를 펴고 떠도는 별이기를 바라는 마음이다.

가여운 성숙이를 생각하면 푸른 하늘 구름도 눈물이 되어 쏟아진다. 교직 30년이 넘도록 문제 아이들에게 나름대로 해답을 주었다고 자부해 왔었는데, 이렇게 가슴이 미어지도록 아파 오는 성숙이가 유일하게 내 가슴에 못이 되어 남는 제자가 될 줄이야….

'성숙이는 지금 어디서 무엇을 하며 떠돌고 있을까?'

나는 지금도 행여 옛날의 착하고 영롱한 성숙이가 다시 돌아오기를 애타게 기도한다.

제 2 부

문학의 길목에서

둥지

둥지는 살아있는 생명의 소중한 보금자리다.

나의 집 창 앞 근린공원 산언덕 참나무가지엔 까치둥지 하나가 높이 매달려 있다.

까치들의 높은 이상과 꿈을 담은 둥지, 새끼들을 튼튼하게 길러 스스로 세상을 높이 날 수 있도록 엄동설한에도 먹이를 물어다 먹이는 어미의 눈물겨운 희생이 숨 쉬는 둥지를 바라보니, 30여 년 이상 교육에 둥지를 틀고 눈 비바람 맞서며 제자들이 훌륭하게 자라 멋있게 세상을 맘껏 날 수 있도록 사랑으로 품고 지혜 지식을 물어다 먹이고자 나름대로 노력해 왔던 날들이 새록새록 생각에 꼬리를 문다.

교육의 제단 앞에 정열을 불사르는 일처럼 보람된 일이 어디 있을까.

교육자는 사람을 만드는 인생의 농부다. 그동안 제자와 스승이 한

둥지 안에서의 삶은 많은 이야기꺼리를 남기며 고되고 힘들 때도 있었으나 보람과 가치로 깊은 의미를 부여하는 삶이기에 행복했다.

그동안 교육의 큰 둥지 안에 많은 학교의 작은 둥지를 옮겨 다녔지만 그중 S여고의 둥지 속이 가장 큰 그리움으로 남아 가슴에 돌고 있다. 1970년대 이 학교는 사립학교로 미션스쿨(기독교학교)이었다. 병풍처럼 남산이 둘러진 자리에 세워져 한눈에 서울 시내가 내려다 보였고 늘 싱그러운 남산의 솔향기가 불어왔다.

아침에 출근할 때면 명동에서 버스를 내려 등산하듯 부지런히 걸어 운동장에 올라서면 교실 이곳저곳에서 음악이 흘러나왔다. 1주일에 한 번 채플 예배 시간이 있어 학급별로 돌아가며 특송이 있었기 때문이다.

그러다보니 음악 수준이 자연히 높아져 두세 명만 모여 노래를 불러도 아름다운 화음을 창출하기도 했으며 정신적으로나 정서적으로 교육에 더할 나위 없이 양약이 되었다.

아침 운동장 조회시 애국가를 불러도 학년별로 소프라노 알토 베이스로 나누어 하모니를 이루는 합창이 남산자락에 울려 퍼졌다. 더욱이 애국가 2절 가사에 '남산 위에 저 소나무 철갑을 두른 듯' 하고 부를 땐 실감이 나고 애국심도 저절로 솟아났다.

아침 학급 조회시 나는 기도하고 하루를 시작하고 명언이나 성서를 통한 훈화를 꼭 해 주었다.

수업을 하다 보면 교실 창 앞에 다람쥐들이 돌아다니고, 꿩이 알을 낳아놓고 '꿩! 꿩!' 소리 내어 울다가 아이들이 '꿩이다!' 하고 소리 지르면 푸드득 날아갔다.

봄이면 개나리 진달래 벚꽃 라일락 아카시아꽃 등 가지각색 꽃향기로 교정이 물들고 꽃들 앞에 찬사를 보내는 제복의 소녀들은 꽃보다 더 아름다웠다. 꽃처럼 맑고 꽃처럼 아름답고 꽃처럼 향기로운 학창시절을 보내는 아이들은 이상과 꿈을 향해 매진했고, 그들 속에 묻혀 사는 나는 그들에게 물들어 매일 소녀로 살았다.

학기가 시작되면 교실 환경미화 심사가 있다. 그럴 때면 나는 방과 후 학급 임원들과 사제 동반하여 그리고 오리고 붙이고 같이 웃고 이야기하며 학급정서에 맞는 환경을 꾸민다.

그러다보면 그들이 털어놓는 고민도 듣게 된다. 가족관계 교우관계 문제점 등 모든 것을 쉽게 파악하게 되어 방향제시나 치유에 도움을 주다 보니 사제지간이 정겹고 이들에게 더 무엇을 해 줄까 생각하게 되면서 그 둥지 안은 늘 사랑의 온기가 감돌았다.

환경평가에서 1등하면 기쁨의 환성이 터지고 쌀을 모아 1등 턱을 하여 돌리고 파티하며 다음을 다짐한다. 우리 다음 중간고사에서 1등하자고…. 오월이면 교내 합창대회가 있어 교정은 음악의 물결에 출렁이고 체육활동으로 체육복 갈아입고 꽃피는 남산을 꽃들인 여학생들이 오를 때면 남산은 싱글벙글 소나무처럼 팔을 벌리고 환영했다.

농구 국가대표 선수들이 다 이 둥지에 살고 있었기 때문에 때론 장충체육관이 떠나가도록 응원으로 목청 높일 때도 있었다. 가을 체육대회 땐 반끼리 모여 힘차게 응원하다 보면 싸웠던 친구들도 한 덩어리가 되어 미운 감정도 풀어지고 오히려 더 친해지기도 했다.

특히 잊을 수 없는 일은 수학여행이었다. 그때 여행지는 무덤의 도시 경주 견학이 주로 많았다. 모처럼 잠시 가정 학교의 둥지를 떠나는 아이들의 가슴은 부풀어 올라 터지기 직전으로 마음은 공중을 날고 있었다. 행여 사고라도 날까 선생님들의 엄한 지도는 그들의 가슴에 찬물을 끼얹기도 했다.

여러 번 수학여행을 함께한 학생들 중 유난히 장난끼가 많은 익살꾼들이 있는 해가 있었다.

여행코스에서 부산 해운대를 거쳐 문무왕 묘소를 견학하기 위해 포항 앞바다 모래사장에 아이들을 내려놓았다. 탁 트인 푸른 바다, 파도는 바위에 부서지고, 소녀들의 함성 '와! 바다다' 와 함께 물결이 출렁일 때마다 물결 따라 뛰어갔다 뛰어나오고, 발이 물에 빠져도 좋아라 서로 떠밀어 물에 빠뜨리고 장난들을 쳤다.

남자 선생님들이 물에 떠밀려 빠져서 흠뻑 옷을 적셔 나오면 재미있어 깔깔 웃던 철없는 소녀들, 웃음의 수많은 발자국을 모래사장에 남겨놓고 경주 불국사로 향했다.

대형여관에서 여장을 풀고 저녁 식사 후 캠프파이어도 하고 반별 장기자랑도 한다. 전국노래자랑 흉내를 내는데 사회를 보는 학생이 노래자랑에 참가한 학생에게 "이름이 뭡니까?" 물으니, "경상도에서 온 맹순이라 하옵니다." "무슨 노래를 부르실까요?" "한 많은 미아리 고개요" 하더니 구성지게 부르고 나서는 노래 중간에 대사를 만들어 큰소리로 외치면서 끝부분에 "아!? 아직도 나는 죽어도 못 잊을 당신의 이름을 오늘도 불러 봅니다. 야! 뱁새야~~" 하고 큰소리로 부르고 내려온다.

그 뱁새는 그 당시 학생주임 별명이었다. 온통 폭소와 웃음바다를 자아냈던 아이들, 모자를 거꾸로 쓰고 곱사춤도 추고, 가곡 무용 판토마임 연극 등 다양했다.

우렁찬 박수가 터지고 격려의 휘파람이 나오고…, 저렇게 끼가 많고 재능이 있는 아이들을 대입시라는 주제로 묶어놓고 지식만 주입시키니 얼마나 힘들까. 가만히 있어도 심장에 물레방아가 돌아가는 때에 그래도 탈선하지 않고 견디는 것이 대견스러웠다.

다음 날을 위하여 취침시키고 선생님들은 번갈아 순시를 한다. 모처럼 친구들과 함께 자는 이들이 쉽게 잠을 잘 리가 없다. 안 잔다고 야단을 맞으면서도 이 방 저 방에서 킥킥대고 웃고 야단이다. 어느 정도 고요해질 때 쯤 잠을 안 자고 일을 벌리는 아이들이 있다.

좀 쉬고 있는데 반 아이가 와서 '선생님! 어떤 애가 아프다' 고 하여 쫓아갔다. 취침하라고 불을 꺼서 캄캄한데 이쪽 방이라고 하여 문을 열었더니 하얀 소복 차림에 머리를 풀어 산발을 한 귀신이 서 있었다. 뻔히 아이들 장난인 줄 알면서도 얼마나 놀랬는지 소리 지르며 나왔는데 자기들은 재미있어 배꼽을 잡고 웃었다.

심장 약한 아이들을 위해 그런 장난하지 말라고 타일렀다. 자기들끼리도 귀신장난으로 놀래키고 법석을 떨었다.

조금 지나 취침할까 하는데 어떤 아이가 헐레벌떡 달려와 화장실에서 우는 소리가 들려온다는 것이다. 나는 '너희들 장난이지?' 라며 타이르는데 죽어도 아니라는 것이다. 불국사 뒷산은 우중충하고 밤은 깊어 캄캄한데 덩그마니 흉물스럽게 화장실은 딴 채에 있었다. 가기가 망설여졌는데 혹시 사고라도 난 것이 아닌가 싶어 그 아이와 함께 갔다.

두 아이가 소복을 하고 머리를 풀어 산발하고 얼굴에 귀신화장을 무섭게 하고 화장실에 숨어 있다가 하필이면 학생주임 뱁새 선생님이 마침 볼 일을 보러 들어섰는데 난데없이 떨리는 음성으로 '선생니임~, 선생니임~' 하고 나오니 얼마나 놀랐는지 뒤로 넘어질 뻔하더니 아이들의 빰을 한 대씩 때리고 야단을 치셨다는 것이다.

장난인데 때리셨다고 분해서 둘이 울고 있었다. 정말 귀신이 곡을 하고 있는 광경이었다. 내가 보아도 너무나 무서웠다. 귀신 차림으로 우는 아이들을 달래고 학생주임보고 왜 때리셨느냐 했더니 자신도 너무 놀라 졸도할 뻔하여 얼떨결에 때렸다는 것이다.

장난하는 아이들을 아무리 말려도 말을 잘 안 들어서 음성적으로 하던 것을 아예 멍석을 깔았다.

다음날 저녁엔 반별 귀신콘테스트를 열고 마당에 전학생이 둘러앉아있는 데서 제일 무섭게 놀래도록 하는 귀신 5등까지 시상하겠다고 선포하고 시행하니, 반별로 준비하느라 서로 기발한 아이디어가 나오고 웃고 떠들고 합동 준비하는 그 과정에서 마음은 모아지고 반별로 등장하는 귀신도 다양했다. 몽달귀신 처녀귀신 총각귀신 굶어 죽은 귀신 늙은 귀신 애기귀신 거지귀신 여우귀신 미라귀신 붕대감은 드라큐라, 별의별 귀신들이 등장하여 웃음을 자아냈다.

그 후 별 장난 없이 무사히 많은 추억을 남기고 돌아왔다.

어느 때보다도 그해 아이들이 반 단합이 잘 되었고 스승과의 끈끈한 정에 교우관계도 좋았고 대학 진학률도 매우 높았다.

그들을 떠나보냈던 빈 둥지의 허전함을 어느 누가 알까.

오늘도 눈비 속에 지워진 세월 속에서도 S여고 둥지에서의 삶만은 또렷이 창 앞 까치둥지 속에서 날아오고 있다.

지금쯤 그 둥지를 떠난 아이들은 어느 세상을 날고 있을까?

까치의 눈물

꽃들의 폭소가 대지를 흔드는 봄날.

꿈을 향해 떠나는 소녀처럼 괜한 설레임에 가방 들고 멀리 떠나고 싶은 충동을 마음의 채찍으로 다스리며 교회로 향한다. 잘 사는 나라를 향한 어느 대국의 심술인가.

황사로 날려 뿌우연 장막을 밀치고 나온 파란 하늘이 바람기 없는 평온한 바다처럼 잔잔하다. 저 하늘의 푸르름이 푸르면 푸를수록 더욱 저려오는 마음은 무엇이며, 꽃들은 나를 향해 웃는데 웃는 꽃을 보는 나는 왜 눈물이 고일까?

이는 유난히 꽃을 가꾸고 좋아하셨던 어머니의 모습이 봄꽃 위에 어리고 내 주변에 있어야 할 사람들이 하나 둘 저 하늘에 있기 때문인지도 모른다.

누군가와 좋은 것을 함께할 수 있다는 것은 무한한 행복이다. 좋은 날 좋은 것을 볼수록 아픔은 짙어만 가는지 아직도 성숙치 못한 마음을 정화시키고자 교회문전에 다가서는데 등 뒤에서 어머니가 나를 부르는 것처럼 난데없이 '깍! 깍!' 까치가 반긴다. 깜짝 놀라 쳐다보니 교회 지붕 높은 십자가 탑에 까치 가족이 둥지를 틀었다. 너무 신기하고 고맙고 반가웠다.

싱그러운 산속 넓은 들, 나뭇가지에 평화롭게 집을 짓고 살아야 될 까치들이 어찌 이곳 도심 속 서울에 그 생명 없는 딱딱한 콘크리트에 집을 짓고 살게 되었는지?

어떻든 까치 가족이 함께한다는 것이 기뻤다.

우리나라에서는 까치는 예로부터 길조요, 까마귀는 흉조로 전해지고 있다. 그래서 아침에 까치가 와서 울면 손님이 오고 좋은 소식을 알려주는 예지의 새로 사랑을 받았고, 까마귀는 울면 흉한 일, 불길한 일이 생긴다 하여 재수가 없다고 예방으로 침을 '퉤! 퉤!' 뱉았다.

고려 말 충신 정몽주의 자당께서도 이방원을 대하러 가는 아들에게 까마귀에 비유하여 시조 한 수를 읊어주었다.

까마귀 싸우는 골에 백로야 가지 마라
성낸 까마귀들이 너의 흰빛을 시샘하나니
맑은 물에 깨끗이 씻은 몸을 더럽힐까 하노라

이처럼 까마귀는 어둡고 바르지 못한 흉물스러운 존재로 표현되었다. 기독교에서도 비둘기는 성령, 까마귀는 마귀로 상징했다. 전설의 고향 등 사극에서도 까마귀 '까옥! 까옥!' 날고 검은 고양이 울고 지나가면 반드시 귀신이 나타나든지 아니면 괴이한 사건이 터진다. 그런가 하면 주검, 시체가 있는 곳에는 언제나 까마귀가 등장한다.

그러나 까치는 우리가 새해를 맞는 가장 즐거운 설날에도 우리와 대등하게 등장시켜 "까치 까치 설날은 어저께고요, 우리 우리 설날은 오늘이래요" 할 정도로 까치는 길조로, 까마귀는 흉조로 전해지고 있다.

까치는 외모의 색깔부터 마음에 든다. 많은 새들이 다양한 목소리와 깃털의 아름다움을 자랑하나 까치가 지니는 흰색과 검은색의 조화, 그 깔끔함을 어찌 따르며 몸이 크지도 작지도 않으면서 고상하고 단아한, 그러면서 해맑은 신선함을 어찌 따르겠는가?

난 고교시절 까치와 닮은 까만 상·하의에 풀 먹인 흰 칼라의 교복을 입은 청순한 우리들이 푸른 전당인 학교에 모여들 때마다 까치처럼 미래에 부모님들께 기쁨을 드리고, 또한 이 나라에 기쁜 소식을 전할 아름다운 꽃들이 될 것이라고 생각하곤 했었다.

그렇게 홀대하는 까마귀는 실제로 사전에 보면 익조益鳥요, 자조慈鳥요, 효조孝鳥로 되어 있다. 해충을 잡아먹으며 새끼를 낳아놓고 자기 색깔과 같지 않아 잠시 도망하여 나뭇가지에 앉아서 우나 차츰 새끼가 자라면서 자기와 닮음으로 다시 돌아오고, 또한 먹이가 있으면 혼자 먹지 않고 어미를 불러놓고 먹는 효심이 지극한 훌륭한 새이다.

성서에는 이스라엘의 악한 아합왕에게 쫓기는 선지자 엘리사에게 까마귀들이 떡과 고기를 물어다 먹인 일도 있다. 또한 까마귀에 대한 찬사의 시조도 있다.

까마귀 검다 하여 백로야 울지 마라
겉이 검은들 속조차 검을쏘냐
겉 희고 속 검은 이는 너뿐인가 하노라

각 나라마다 국화國花가 있듯이 나라마다 국조國鳥가 있다. 미국은 독수리, 독일은 황새, 일본은 새뫼, 호주는 제비, 덴마크는 종달새, 한국의 국조는 까치다. 칠월칠석날 견우와 직녀를 만나게끔 다리를 놓았다는 고마움의 새, 그래서 기쁘고 반가운 새이고 길조다.

내가 까치를 유난히 사랑하는 데는 분명한 사연이 있다.

오래 걷기도 힘든 어린 시절에 6.25 동란을 겪어야 했다. 1.4후퇴 때 하늘에서 내리는 눈마저 비극으로 변했다. 꽁꽁 언 땅을 미끄러지고 넘어지며 너나 할 것 없이 경기도 서울 시민 거의가 흰옷을 많이 입고 하얗게 물밀듯이 남쪽으로 내려가고 있었다. 자기의 몸집보다 더 큰 짐을 이고 지고 남쪽으로 향하는 피난민의 물결 속에서 두고 온 고향을 향해 등 돌리고 울고 있었다.

이윽고 물결의 흐름이 용인에 닿았을 때 별안간 하늘이 무너지는 소리가 나며 수를 헤아릴 수 없이 많은 비행기가 하늘을 삼킬 듯 날아오더니 우리의 머리 위에서 그대로 폭탄 세례를 퍼붓고, 기관총 사격을 콩 쏟아붓듯 했다. 시신이 다 날아가 버리고 하얀 눈길은 피로 붉게 물들어가고 있었다.

빗발치듯 불을 뿜는 총알이 바람에 날리는 내 오버자락을 뚫고 옆에 있던 아기 업은 어떤 아줌마의 배를 뚫었다. 창자가 쏟아지며 쓰러지고 등에 업힌 아기는 악을 쓰며 사정없이 울었다. 보는 순간 울 수 있는 경황도 생각할 겨를도 없었다.

중공군 선발대가 용인까지 들어와 피난민 속에 섞여 있었기 때문에 정보를 입수한 UN에서 미군 비행기들을 보내어 양민이 있거나 말거나 완전히 쑥밭을 만들고 가버린 것이었다.

어처구니없는 현실 앞에 시체더미 속에서 가물에 콩나듯 한 사람 한 사람 일어나는 사람들이 더러 있었는데 그 사람들이 우리 가족들이었다. 떨어져 나간 신체의 부분들이 무질서하게 뒹구는데 우리 가족들은 한 사람도 다친 데가 없었다.

이건 기적이었다. 그 당시엔 모두가 대가족들이었는데 한 명도 남지 않고 몰살한 집도 있고, 한 집에 두 명 살기도 어렵고 살아남아도 불구자가 많았다.

정신이 들고 보니 아홉 식구 중에서 둘째 오빠는 학도병으로 군에 갔고, 어머니가 세 살 된 여동생을 업고 함께 계셨는데 행방불명이 되어 버렸다.

포화 속에서 어머니를 잃어버린 어린 나는 완전히 하늘이 무너져 내린 듯 삶 자체를 잃어버렸다. 통곡하며 지옥의 나날을 걷고 있었다. 모두가 다 돌아가셨다고 생각했다. 우리도 언제 죽을지 모르는 상황에서 십중 일의 확률을 가지고 아버지의 말씀대로 최대한으로 어머니를 찾으며 막연한 행진을 하고 있었다.

몇 날 몇 달을 산을 넘고 물을 건너 온 가족이 헤매며 목이 터지도록 어머니를 찾으며 불렀다. 발이 꽈리처럼 부풀어 터지고 몸들은 서리 맞은 풀처럼 되어 버렸다.

언니 오빠들은 산속의 맑은 물 따라 걸을 때면 '남쪽 나라 십자성은 어머님 얼굴' 을 큰 소리로 부르며 갔고, 나는 뜻도 모르는 채 저절로 암기가 되었다. 어린 나는 등에 맨 가방이 너무 등을 누르고 발이 아팠지만 엄마를 만난다는 실낱같은 희망에 주먹만한 눈물을 뚝뚝 떨구며 참고 걸었다.

우리는 남쪽으로 흘러 충북 어느 산골짜기로 접어들었는데 어디서 날아왔는지 아침부터 까치 떼들이 우리 머리 위로 뱅뱅 돌면서 계속 짖어댔다.

저녁 무렵에 뜻밖에도 어머니와 동생이 살아계시고 그곳 가까운 곳에 피란하고 계신다는 소식을 알게 되었고, 그토록 애타게 찾던 어머니를 만나는 순간 우리는 부둥켜안고 시골동네가 떠내려가도록 "엉 엉" 소리 내어 울었다.

그런데 이게 웬일인가? 무엇을 알기에 누가 연락해 준 일도 없는데 까치 떼들이 수백 마리 날아와 발에 밟힐 정도로 통통 뛰면서 "깍! 깍! 깍! 깍!" 이구동성으로 짖어대는 것이 아닌가? 너무 신비스럽고 장관이었다. 뭔가 예사로운 동물이 아니라는 것을 그때 실감케 했다. 그래서 길조라는 것을 체험으로 알게 되었다.

그 후 피란하던 곳에서 언니 오빠들이 공부하러 서울로 떠나고 군에 입대하고 모두가 자기 갈 곳으로 뿔뿔이 떠났다. 마당가에 터줏대감같이 서 있는 배나무에서 까치가 짖는 날이면 언제나 마음이 설레었다. 반드시 언니 오빠가 오든지 반가운 손님이 올 때도 있고, 우편배달부가 편지를 전해 주고 가기도 했다.

얼마 후 나도 그곳을 떠났다. 부모님도 동생도 모두 떠났다. 그 눈물겹도록 고마운 까치들만 남겨두고….

헌데, 수십 년 전 그 까치가 내가 엄마를 찾아 헤매듯 수만리 나를 찾아와 우리 교회에 와서 둥지를 튼 것이다. 이 뛸 듯이 반가운 까치에게 먹이라도 갖다 주고 싶은데 지붕 꼭대기라 쉽사리 올라갈 수도 없고 잘 살아주기만을 고대하고 볼 때마다 눈인사를 했는데, 어느 날 교회를 가 보니 까치집채로 없어져 버렸다. 교회에 오시는 장로님이 뜯어 버렸다는 것이다. 가치가 집을 지을 때 철사 조각도 주워서 지으므로 전깃줄이 합선되어 십자가 등에 불이 꺼지고 불이 날 우려도 있어서 제거했다고 했다.

종일토록 까치들이 지붕에서 시끄럽게 울고 떠났다는 것이다. 나와 상의 한 마디 없이 까치들을 몰아낸 그 장로님이 원망스러웠다.

수만리 나를 찾아온 까치들이 피눈물을 흘리고 어디론가 날아갔을 생각을 하면 잠을 이룰 수가 없다.

조선일보에 까치, 까마귀, 기러기 등을 잡아서 화장을 시킨다는 보도를 보고 가슴이 아팠다. 농작물을 해치기 때문이라고 했다. 그러면 사람들이 농약을 살포해서 새들의 먹이인 벌레들을 없애므로 자연히 먹을 것이 없는 새들은 농가에 내려와서 사과 배라도 쪼아 먹을 수밖에 없다.

이곳 저곳에서 쫓기고 교회에서까지 박대를 하면 새들의 갈 곳은 어디인가? 문명이 인간에게 많은 행복을 가져다주었겠지만 새들을 잡아 화장시키고 그들의 지저귐이 끊긴 삭막한 산, 황망한 들을 바라보며 사는 삶이 과연 행복한 삶인지 묻고 싶다.

지금도 어디선가 까치소리가 나면 나를 부르시는 어머니의 목소리로 들린다.

문학의 길목에서

낙엽을 안고 달아난 세월이 또 한해의 노을을 만든다. 역사의 뒤안길로 사라져가는 해를 어느 누군들 막을 수 있을까?

흐르는 시간은 한 치의 오차도 없이 자기의 길을 묵묵히 걷고 있지만 그 시간 속에 사는 인생은 놓쳐 버린 시간의 후회와 아쉬움으로 몸살을 앓을 때가 많이 있다. 대해와 같은 인생의 강변에 앉아 해가 뜨면 누구나 숙연히 성찰의 시간을 갖게 될 것이라 생각된다.

나 또한 어떤 가치 있는 일을 했나? 쓸모 있는 사람으로서의 인격을 갖추었는가? 얼마나 피의 창조적인 글을 썼나? 생각을 하게 된다.

퇴직 후 글을 쓰면서 J문학작가회의 회장을 망설이며 맡게 되어 연임까지 4년을 보냈다. 비록 J문학이 역사와 전통을 자랑하는 만개한 꽃도 아니요, 귀한 열매로 한국문단에 명名을 떨치는 인물을 많이 배출한 깊고 큰 우물도 아직은 아니다.

하지만 나무의 새순에서 꽃이 피고 열매를 맺듯 무한한 가능성으로 미래를 향해 가고 있는 소박하고 진지하고 열정이 있는 분들과 함께 걸었다는 것은 보람 있는 일이다.

우선 결과야 시간이 지나야 노출되겠지만 인생이라는 대리석을 문학으로 조각하며 간다는 것이 참으로 의미와 가치를 부여한다고 생각된다. 신神은 인간에게 놀라운 무기와 방법을 주셨다. 사람처럼 다채롭고 풍성하고 오묘한 표현력을 가진 자는 없을 것이다. 노력의 산물로 얻어진 자기만의 성취감은 의미 있고 보람 있는 삶이라 생각된다.

그러나 문학을 하며 좋은 작품을 쓴다는 것은 결코 쉬운 일이 아닌 것을 알고 있으면서도 그 어려운 진통과 피를 흘리기에 생을 던져야 하는데 그것이 여러 구실로 행동으로 옮겨지지 않는 자신을 돌이켜 생각해 본다.

백조가 호수의 물 위를 조용히 떠 있는 것 같지만 그 아래 물 밑에선 발이 수없이 움직이듯, 산의 정상에 오르려면 험난한 계곡과 수많은 돌을 넘어야 하듯, 쉬지 않고 흐르는 물만이 대해를 이루듯 어찌 문학의 꿈을 안일하게 쉬며 얻을 수 있을까 하는 자책도 해 본다.

'인간이 산다는 것은 가치 있는 업적과 유산을 남기는 것' 이라고 말하는 이도 있다. 분명 문학작품의 위대한 업적을 남기는 것은 무엇보다 중요하다.

하지만 '문인이 되기에 앞서 인격을 갖추라' 는 말이 있듯이 문단

세계에도 어두운 여러 뒷면이 있어 열심히 글을 쓰는 이들에게 행여 힘을 빼는 일이 될까 걱정도 된다. 어떻든 별이 반짝일 수 있는 것은 하늘이 있기 때문이며, 고기가 맘껏 헤엄칠 수 있는 것은 물이 있기 때문이듯 문학의 터전이 있기에 맘껏 글을 쓸 수 있다는 것에 보람을 느낀다.

J문학에서의 나름대로 열정을 쏟아 일하면서 묻어둔 일과 추억을 가끔 꺼내본다. '시와 산문 낭송회' 날이면 반가운 모습, 좋은 글을 만난다는 설렘으로 달려가곤 한 적이 많다. 또한 만남 속에는 인생의 감격이 있고, 희열이 있고, 보람이 있기 때문이다.

지금은 혼돈의 시대요, 국가적으로도 불안한 때이지만 잠시 모든 것을 잊고 초연한 자리에서 낭송을 들으며 깊이 음미하고 화사한 얼굴로 정감을 나누던 문학의 밤, 그 2부 순서로 노랫가락의 흥겨움 속에 나날이 익어가던 문우들의 정과 결속이 더욱 아름다웠다.

문학기행으로 분홍빛 봄, 강화도 역사의 유적을 찾을 때 환하게 반겨주던 벚꽃의 미소가 지금도 다가온다. 동백꽃이 피어 있는 선운사의 바람이 치고 간 풍경소리 들으며 상사화를 찾아보던 일, 가을이 내려앉은 강원도 길을 달리며 어느 시인의 문화 공간을 찾아 밤을 새며 나눈 이야기가 계곡 물 따라 흘러갔지만 멋과 운치를 자랑하던 소나무는 묵묵히 우리들의 이야기를 품고 행여 지금도 기다리고 있을 것만 같다.

애련한 조선 여류작가 허난설헌의 생가를 찾으며 그분의 숨결이 지금도 솔바람 소리로 흘러오며, 소박하고 평화로운 당진의 도장 박물관, 강원도 홍천 남궁억 선생님의 발자취가 생생하게 걸어오는 것 같다.

시화전도 생각하지 않을 수 없다. 단풍이 꽃보다 더 아름다운 계절 산고를 치른 작품을 지하철에서 깨뜨리면서까지 들고 와 걸어놓고 감상하던 순간순간을 잊을 수가 없다. 소중한 추억들을 모아 사화집도 발간하고 그 소중한 순간들을 만들 수 있었던 것은 같이한 분들의 협조와 사랑의 힘이었다고 생각된다.

문학의 높은 고지를 오르는 것은 외롭고 힘든 일이다. 하지만 낙타가 생명을 걸고 사막길을 가는 것은 오아시스를 만나 목을 축이며 광명의 새아침을 열기 위함이듯이 나는 문학의 길목에서 짐을 졌던 4년이란 시간은 힘든 여정이었으나 문학의 꽃을 피우기 위한 수련이요 보람이었다고 생각한다.

지는 해의 노을을 바라보며 새해를 기대해 본다.

나는 날고 싶다

난 미지의 세계를 향해 어디로든 마음껏 날고 싶다.

어린 시절 푸른 언덕에 올라 새들이 무리를 지어 멀리 창공을 향해 높이 날아가는 모습을 보며 새들처럼 날고 싶은 꿈에 젖어들곤 했다.

높은 산을 훨훨 넘고 깊은 계곡을 유유히 날며 흐르는 강물과 망망대해를 마음껏 날고 온갖 세상 위를 날아 구름 속으로 지나갔다 나오기도 하고 태양을 품고 은하계까지 날고 싶었다.

요즘도 행글라이더를 타고 계곡을 마음껏 나는 젊은이들을 보면 부러울 때가 많다. 일상의 둥지에 갇혀 날고 싶은 욕망의 용수철을 누르듯 나름대로 억제하며 살아왔다. 눈이 스스로 감기는 나른한 오후 오늘은 못처럼 소파에 누워 창 넘어 파란 하늘을 바라다본다.

언뜻 한 줄기 세찬 바람이 불어와 눌렀던 용수철은 겉잡을 수 없이 튕겨졌다. 내 몸이 어디론가 날아오르는 것이었다.

나는 이제 자리를 버리고 솟구쳐 오른 것이다. 멀리 보이던 산이 점점 가까이 다가온다. 눈 아래 계곡이 까마득하게 멀어 보인다.

산을 오르는 힘겨움 속에서도 산의 침묵을 음미한다. 산은 물을 그리워하고 물은 산을 어루만져 준다. 영혼이 고독한 이들은 모두 산의 가슴에 안긴다.

공자의 말씀이 생각난다. '지자요수知者樂水 인자요산仁者樂山' 이라, 지자는 물을 좋아하고 어진 자는 산을 좋아한단다. 지자는 생을 즐기고 인자는 수분지족하므로 오래 산단다.

저어기 무등산이 보인다. 삿갓 선생이 무등산 상봉을 올랐다.

'무등산고송지하無等山高松枝下, 적벽강심사상류赤壁江深沙上流' —무등산이 높다 하지만 소나무 가지 아래 있고, 적벽강이 깊다 하더니 모래 위를 흐를 뿐이다.

인생을 뽐내봐야 잘나고 못남이 도토리 키재기라 대자연의 섭리 앞에서는 빛이 퇴색하고 만다.

자연시인 삿갓 선생이 인간의 평등平等을 노래한 명시 구절의 하나이다.

세월의 걸작품 기기묘묘한 바위산을 지나니 온 산야가 꽃동산을 이루고 있다.

꽃들의 웃음소리가 벌 나비들을 불러들인다. 벌은 꽃에게서 꿀을 따지만 꽃에게 상처를 남기지 않는다. 열매를 맺도록 어루만져 준다.

산을 넘어 오르자 들판을 가로 지르는 강이 보인다. 파란 물줄기 영산강이 아득히 남해 바다를 향해 세월로 유유히 흐르고 있다.

강 위를 나는 한 떼의 새들을 만난다. 하늘가에 각각 제 소리로 이야기해도 화음을 이룬다. 아름답다. 나는 그들과 동행을 한다. 언제 어디서고 화음을 이루는 그들이 부럽다.

감장새가 작다고 대붕아 비웃지 마라
구만리 먼 하늘을 너도 날고 그도 난다
두어라 너나 그나 똑같은 날짐승이 무엇이 다르랴.

(조선시대 이택李澤의 시조)

옛 시조에서도 알 수 있듯이 자연은 각기 맡은 소명이 있고 제 할 일이 따로 있는 법이다.

나는 날고 싶다. 어디로든 무한정 날고 싶다. 깊은 자연 속 어디라도 가고 싶다. 모든 것을 묻지 않고 품는 바다, 그 바다는 하늘이 품고 있다.

바다 위를 날아 구름 속으로 들어갔다. 먹구름도 있고 꽃구름도 있다. 인생에 있어 구름 낀 날은 나를 돌아보는 성숙의 날들이요, 태양빛이 찬란할 때는 나를 돌아보아 겸손의 미덕을 쌓는 날들이다.

어두운 터널이 지나면 반드시 밝은 무지개가 떠오를 것이다. 폭풍우 지나고 나면 장미꽃이 피어나겠지!

구름 속을 헤쳐 나오니 태양이 웃는다. 태양의 경이로움, 신비, 감격, 환희를 맛본다. 혹한에 떨어본 자만이 태양의 따스함을 안다. 태양을 등지면 그림자만 보인다.

태양을 품고 모든 이에게 따뜻한 사랑을 전하고 빛을 발하며 비전을 갖고 열정을 꽃 피우며 산다면 거기가 바로 유토피아가 아닐까?

아! 이젠 기력이 다했다. 날개가 지쳐 있다. 하늘에서 바다로 떨어지는 순간 누워있던 소파에서 굴렀다.

한여름의 오수午睡였다.

뜨는 태양과 지는 태양

수없는 소음이 세상을 어지럽혀도 태양은 반드시 떠오른다.

수평선을 빨갛게 태우는 해는 뜨는 해나 지는 해나 같다. 그러나 뜨는 해는 시계의 초침이 달릴수록 밝은 낮을 이루고, 지는 해는 초침이 달릴수록 어두운 밤을 이룬다.

우리의 인생도 청년의 때는 뜨는 해이나 노년은 지는 해로 본다.

흔히 인생을 춘하추동春夏秋冬 사계절로 비유한다.

뿌리와 씨앗을 잉태하고 겨우내 준비한 대지의 태동이 새싹을 틔워 생명이 약동하는 봄은 유년의 계절이다.

얼어붙었던 땅에서 연록의 생명이 자라고 메말랐던 앙상한 가지에 생명의 싹이 돋아 꽃을 피우는 감격과 환희의 봄이 가면 뜨거운 태양이 작열하는 여름, 청년의 계절이 온다.

꿈을 꾸며 뜻을 세우고 뜨거운 정신과 뜨거운 열정으로 무성한 나무의 열매를 성숙시키는 그 여름날이 가면 열매를 거두는 기쁨과 보람의 가을, 중년의 계절을 맞는다. 열매 속에는 생의 신비가 있고 풍성한 수확의 환희가 있다.

어느새 이 계절도 가면 인생의 쓸쓸하고 적막한 계절 겨울, 노년이 온다. 노년은 인생의 원숙기로 지난날을 회상하며 인생의 경험 속에서 얻어진 지혜와 견문으로 후손에게 교훈하고 차분히 관조하고 안식하며 종말을 기다리는 때라고 일반적으로 말하고 있다.

1년 사계절이 삽시간에 지나가듯 우리의 인생도 걷잡을 수 없이 짧은 순간의 삶을 살고 있는 것이다.

역사의 바퀴가 돌고 도는 수 억겁億劫의 시간에 인생의 일생을 비하면 태평양 같은 큰 바다에 물거품 하나 솟아올랐다 사그라지는 찰나의 삶을 사는 것이 인생이다.

인생은 돌아오지 않는 흘러간 물이요, 연습이 없는 1회적인 삶이다. 이처럼 짧고 소중한 생을 사는 동안 과연 나는 뜨는 태양인가? 지는 태양인가? 우리는 생각하기에 따라 한순간에 행복과 불행을 만들 수도 있고, 천국과 지옥을 오르락내리락할 수도 있으며, 뜨는 해도 지는 해도 될 수가 있다고 본다.

이것의 출발은 긍정의 삶이냐, 부정의 삶이냐를 생각해 볼 수 있다.

긍정의 삶은 무엇이든 할 수 있다는 생각을 전제로 무한한 가능성을 지니지만 부정의 삶은 할 수 없다는 부정이 앞서 출발하기 때문에 불가능하다고 본다.

화가 피카소와 고호를 비교해 볼 때, 피카소는 "나는 미술사에 한 획을 긋는 화가가 될 것이다, 나는 최고로 성공하는 화가가 될 것이다"라며 항상 긍정의 사고를 한 사람으로 30대에 억만장자가 되었고 나이가 들수록 스타가 되었다.

그러나 고호는 "나는 이렇게 비참하게 살다 죽을 것 같다, 불행은 나를 절대로 떠날 것 같지 않다"고 했다. 그는 죽을 때까지 빈민 신세로 살아생전 무명으로 살다 죽었다. 그의 그림은 죽은 후에 알려졌다.

피카소는 그림뿐만 아니라 자신의 미래에 대한 그림을 그렸고 긍정의 사람이었다. 고호는 마음 속에 다른 그림을 그렸고 친지들에게 보내는 편지에도 늘 습관처럼 부정적인 말을 했다.

그 당시 피카소는 떠오르는 태양이요, 고호는 어둠 속으로 사라지는 지는 태양이었다고 본다. 뜨는 태양은 꿈을 가진 자요, 비전을 품고 뜻을 가진 자요, 뚜렷한 목표를 가진 자요, 폭풍우 속에서도 흔들리지 않고 이상을 향하여 끝없이 도전하는 자라고 본다.

지는 해는 반대로 꿈을 잃은 자요, 조그만 비바람에도 넘어지는 자요, 좌절의 수렁으로 빠지는 자요, 가슴에 양심의 등불이 꺼지고 안일 방종 무기력한 자로 볼 수 있다.

젊었다고 다 뜨는 태양이 아니며, 늙었다고 다 지는 태양은 아니라고 본다. 육신은 늙었다 하더라도 꿈을 포기하지 않고 열정적인 삶을 산다면 비록 그 꿈이 이루어지지 못한다 하더라도 그는 뜨는 태양이다. 그러나 육신은 젊었어도 이상과 정열을 잃어버리면 그는 지는 태양이라고 생각한다.

미국의 '선샤인' 잡지에 세계 역사의 업적 64%가 노인에 의하여 이루어졌다고 했다.

괴테가 '파우스트'를 완성한 것도 80세 넘어서였고, 톨스토이가 '부활'을 완성한 것도 70세 이후였고, 미켈란젤로는 80세에 걸작을 남겼다. 모네도 85세에 걸작을 남겼으며, 모세도 80세에 이스라엘의 영도자가 되었다.

미국의 모리스 할머니는 76세에 붓을 들어 그림을 그리기 시작하여 101세에 사망할 때까지 미국의 국민화가로서 유럽, 일본 각지에서 전시회를 열었고, 트루먼 대통령이 '여성 플레스 클럽상'을 선사하고, 뉴욕지사 록펠러가 그의 100일째 생일을 '모리스 할머니의 날'로 선포하기까지 빛을 남긴 그 할머니는 늙어도 틀림없이 뜨는 태양이었다.

예를 들어 열거하면 한이 없다.

나라별로도 남북한을 볼 때 같은 나라 같은 민족이지만 위쪽으로는 대륙세력이 밀어 내려오고 아래로는 해양세력이 불어와 맞부딪치는 지정학적으로 매우 불리한 위치에서 수천 년 동안 외세의 침략으로 수난의 역사와 눈물의 역사로 얼룩져 남북으로 갈리는 비극을 가져 왔다.

북한은 사회주의 독재체제 속에서 시간이 갈수록 굶주림과 숙청으로 고통의 나날이 깊어가고 탈북자가 세계를 떠도는 세계 제1의 극빈국으로 전락해 가고 국민의 생활은 지옥을 연출해 가는 어둠 속으로 저물어 가는 태양이다.

남한은 자유민주주의로 꿈과 비전을 갖고 근면 성실 창조의 힘으로 달리는 기차처럼 나날이 발전해 가고 횃불처럼 타오르는 분명 뜨는 태양이다.

찬란했던 서구의 물질문명도 서쪽 황혼에 서서히 기울어져 가는 것을 보는 오늘날, 고요한 아침의 나라, 해 뜨는 동방의 한 나라 대한민국. 1913년 노벨문학상을 받은 인도의 시성 라빈트라나트 타고르의 한국의 찬가 '동방의 등불' 에서 '빛나는 등불촉의 조선 그 불이 또 켜지는 날에 당신은 동방의 밝은 빛이 되리라' 고 예언했듯이 그동안 개는 짖어도 기차는 달리듯 외세의 압력과 칭찬, 비난의 소리, 내부적인 권력다툼, 분단의 괴로운 과제를 안고도 오늘을 만든 대한민국. 뜨는 태양과 지는 태양은 긍정의 삶이냐, 부정의 삶이냐, 꿈과 비전을 가지고 어떤 장애물도 뛰어넘어 달리느냐에 있듯 수없는 사건들, 소음의 토네이도가 휘몰아쳐 세상을 어지럽혀도 아랑곳없이 태양은 반드시 떠오르듯 어둠 속으로 서서히 사라져가는 서구의 태양을 바라보며 우리는 등불촉을 다시 밝혀 신비롭고 황홀하고 찬란한 빛을 발하는 새롭게 더 높이 떠오르는 태양이 반드시 될 것이라고 생각한다.

밝아오는 아침의 나라 우리 대한민국이, 나 또한 나이로 저무는 문턱에 서 있지만 못다 버린 꿈을 가슴에 품고 있는 한 나는 뜨는 해가 아닐까?

마지막 지는 단풍이 온기를 뿜어 찬란한 빛을 발산하듯, 마지막 지는 석양이 더욱 황홀한 빛을 선사하고 가듯, 나는 내 시야에서 태양이 모습을 감추기 전엔 기어코 수평선을 온통 빨갛게 태울 것이라고 기대해 본다.

노을 속을 나는 새들

갈매기 나는 무이도의 하늘은 유난히 푸르렀다.

바닷가 몇 그루 동양화처럼 서 있는 운치 있는 소나무 그늘에 앉아 이야기꽃을 피우는 이들의 정겨운 흐름이 파도에 출렁이고 있었다.

퇴직 후 고등학교 동료 교사들의 모임으로 마지막 학교의 교화校花인 '수선화' 에서 이름을 따서 '수선회' 로 명명하고 2개월에 한 번씩 만남을 갖는다. 그 '수선회' 의 일원 중에 나도 하나다.

독일의 한스 카로사는 '인생은 만남이다' 라고 했다.

인생의 긴 여로에서 우린 많은 사람을 만난다.

인생은 조우遭遇 존재요, 해후邂逅의 생生이지만 그러나 향기로운 여운을 남기는 좋은 만남은 흔치 않다.

이 지구상에 하 많은 사람들 중에 우연한 인연의 끈으로 만나 변함

없이 의미 있게 이어져 간다는 것은 쉽지 않다.

불교 연기설緣起說에서는 전생에 5백 번 만났던 인연이 있어야 금생에서 얼굴 한 번 보고 옷자락 한 번 스치고 간다고 하는데 현직에 있을 때 만나 퇴직 후 오랜 시간 함께하고 있다는 것은 하나님의 배려요 섭리요 축복이 아닐 수 없다.

30여 년 이상 공직에서의 바쁜 나날들은 제대로 푸른 하늘 한 번 쳐다보지 못했고, 꽃이 피고 낙엽 휘날려도 감상할 겨를도 없이 초조하게 쫓기며 2세 교육에 바쁘게 그렇게 세월이 흘러갔다.

퇴직 후 여유로운 마음으로 세상을 바라보고 자연을 바라보니 그동안 보지 못한 것이 보이고, 느끼지 못한 것을 느끼고 길가의 하찮은 풀 한 포기에서도 감동을 받게 된다.

장 자크 루소는 "바람직한 인간상의 모델이 되려면 철학자처럼 사색하고 시인처럼 느끼고 농부처럼 일하라"고 했는데 '수선회'는 봄이면 고목처럼 메말랐던 가지에 생명의 싹이 트는 것을 바라보며 가슴에 아직도 꿈틀거리는 못다 버린 꿈들을 향한 열정에 힘이 솟고 화사한 꽃들 환희의 물결에 잡다한 생각들과 우울을 날려 보내며 등산도 하고 물새 나는 강가를 거닐기도 한다.

여름이면 무성한 푸른 잎새의 반짝이는 흔들림을 바라보며 푸른 정신 푸른 마음 푸른 생각들로 마음이 푸르러 맑고 발랄한 생기가 감돌고 여행도 푸른 이야기로 젊음을 되돌린다.

가을이면 생명의 성숙인 열매를 바라보며 인생의 밭에 무엇을 심고 거두었나 되돌아보며 들녘의 낙엽을 밟으며 열매처럼 아름답고 맛나고 향기롭고 빛깔 있고 개성 있는 사람이 되어야겠다는 다짐도 한다.

겨울에는 고궁의 눈발을 맞으며 차츰 깊어져 가는 노을길을 바라보며 회상의 즐거움, 추억의 그리움, 원숙의 여유를 즐기기도 한다.

산이면 산에서 산의 침묵을 배우고, 폭풍이 불어도 흔들리지 않는 산의 태연함과 준엄함을 공부하며, 물이면 물에서 고요히 흐르는 물줄기를 바라보며 관수청심觀水淸心의 마음가짐으로 겸손, 청정淸淨의 덕, 변화와 적응, 싸우지 않고 이기는 유연성을 함께 배우고 공유한다.

한 번뿐인 인생 지나가면 되돌아올 수 없기에 이렇게 등산, 고적답사, 영화관람, 여행, 박물관 관람 등 맛있는 먹거리도 음미하며 노년으로 가는 멋과 낙을 즐긴다.

그러나 각자의 주어진 시간時間 속에서는 나름대로의 하늘을 수놓고 있다.

이李 교장님은 퇴직 후 모 신문사 자문위원으로 '생각이 깊은 사람들' 이라는 글을 연재하여 감동과 교훈을 주며, 산악회 회장, 모 서원 이사, 모 문화원 감사, 모 고등학교 운영위원 등 모임에서의 리더로서 잠자는 영혼들을 깨우는 역할, 유머와 위트로 기쁨을 선사하고 자녀들과 손주들에게 체험 학습을 통해 지식과 인격을 넓혀주며 공직에서보다 더 바쁘고 생동감 있는 열정어린 삶을 갖는 분이다.

이李 선생님은 솔향기 풍기는 강원도에 땅을 사서 자연과 벗하며 농사를 짓고 새벽 풀내음이 향기로운 분으로 등산을 즐겨 네팔 안나푸르나까지 등반하신 분이다.

박朴 선생님은 봉사활동으로 노인 간호에 온 정성으로 백의의 천사의 날개로 날고 있으며, 이 선생님과 함께 등산팀으로 안나푸르나를 함께 다녀오실 정도로 차분하면서도 운동을 즐기는 분이시다.

또 한 분 박朴 선생님은 양평에 땅을 사서 소박하게 별장을 짓고 나무를 심고 꽃을 가꾸며 야채를 심고 동네 사람들과도 조화를 이루며 남편과 함께 잉꼬처럼 비둘기처럼 다정하게 살며 계획을 세워 국내는 물론 세계여행을 빠진 곳 없이 다니며 견문을 넓히고 추억을 장만한다.

류柳 선생님은 90세 고령의 어머님을 그동안 못 다한 효도를 온갖 정성을 쏟아 봉양하여 곱고 평안하게 하늘나라에 모시고, 열성적인 신앙생활로 은혜에 찬 삶을 살며 딸들과 함께 여행을 즐긴다.

모두의 가슴 속에 아직은 젊음의 열정이 살아 숨 쉬고 티 없이 맑고 진솔하고 착한 성숙된 품위를 갖춘 분들의 아름다운 삶의 모습이다.

나 신申 선생은 시를 노래하며 글을 쓰는 문학 활동을 하며, J문학작가회의 회장으로서 지구촌학교 다문화 학생들 글짓기 봉사활동도 하고, 아직 머물고 있는 소박한 꿈을 좇으며 나만의 존재의 의미를 느낀다.

이 교장님이 백수가 자칫하면 과로사한다 하여 폭소가 터졌다. 이어서 백수도 종류가 있는데 '우리는 화백' 이다. 화려한 백수라는 말이다. 공직의 고달픔이 있었지만 백수라도 연금이 나오는 자유인이니 행복하다고 했다.

사람이 늙어가는 시간은 매우 중요하며 인생을 살다 아름답게 죽어가는 것도 어려운 일이겠으나 그보다 더 어려운 것은 '아름답고 행복하게 늙어가는 것' 이라고 앙드레지드는 말했다.

퇴직 후에 많은 사람들이 의욕상실, 경제문제 등 실의와 절망, 우울증과 고독의 어두운 늪에 빠져 허우적거리며 심지어 자살로 이어지는 일도 많은데 '수선회' 는 화려한 권력과 명예를 떨치지는 못했어도 온생을 교직을 천직으로 교육에 헌신을 다한 보람은 그 어느 보화寶貨보다 값지며 어느 무엇과도 비교할 바가 아니다.

퇴직 후에도 나름대로 소중한 각자의 하늘을 날며 노을길에 함께 동행하며 즐기니 정겹고 우아한 멋있는 삶이 아닌가 생각된다.

나는 오늘도 베란다 창가에 앉아 무이도 바다 수평선 저 멀리 황금빛 노을 속을 나는 갈매기들을 회상한다.

애련한 문재文才 허난설헌

가을 햇살이 미지의 세계를 동경하는 2년 전 어느 날.

애련한 허난설헌의 생生이 솔향기에 젖어 있는 강릉 초당마을 생가를 돌아보며 조선시대의 여류시인 그에 대하여 더욱 깊이 알고 싶었던 차에 한국문인협회 독서모임을 통해 최문희 작가의 제1회 혼불문학상 수상 작품인 '난설헌'을 읽게 되었다.

비가 내리지 않는 하늘은 없지만 난설헌의 생의 하늘은 늘 비를 준비하는 먹구름으로 감돌았고, 태양이 먹구름을 헤치고 한 번쯤은 웃어볼 시간도 없이 그는 사라졌다.

스물일곱의 짧은 인생, 고통의 모래알이 몸속에 박혀 시의 진주를 만들었던 여인, 아픔의 깊이만큼 시의 경지가 깊었는지도 모른다. 슬픔의 멍울을 시의 호수에 풀었던 여인, 애련하고 아름다운 여인의 눈물이 억울한 삶의 분노와 함께 가슴 속에 흘러들어오는 것을 느낄 수 있었다.

허난설헌(許蘭雪軒, 1563~1589)은 강릉 초당의 허엽 선생과 병조 참판을 역임한 예일당 김광철의 따님인 김씨를 어머니로 이 가문의 셋째 딸로 태어났다.

허균이 1593년에 쓴 '학산초담鶴山樵談'에 의하면 "난설蘭雪의 이름은 초희楚姬이고 자는 경번景樊이니 초당 엽의 딸이며 서당 김성립의 아내이다"라고 밝혔다.

난설헌의 의미는 여성의 미덕을 찬미하는 '난혜지질蘭惠之質'에서 난을 따왔고, 눈 '설' 자는 여성의 뛰어난 문학적 재능을 류서재柳絮才라 하고 그 버들가지를 눈에 비유하여 서설絮雪이라고도 하므로 지혜롭고 문학적 재능을 지닌 여성으로서 고결하고도 뛰어난 문재文才를 지녔음을 암시한다.

그의 생애를 3단계로 나누면 동생 허균과 함께 7세까지는 희망의 유년기를 보냈고, 8세에서 14세까지는 열정의 수확기를, 15세에서 27세까지는 정한의 낙화기로 보냈다.

조선 후기 시절은 성리학 이념이 확고하게 정착되면서 남성 중심 생활로 강요받고 여성이 억압당해 학문의 기회가 없었던 시대에도 난설헌의 집안은 학문의 기회가 자유로운 분위기였고, 아들보다도 더 존중 받아 그는 천재성을 발휘했다.

그러나 김성립과 결혼하면서부터 그의 생은 정반대로 달라졌다. 시댁은 가부장적이며 보수적이었고, 뛰어난 글재주로 인해 남편의 기를 죽이고 길을 막는다는 못된 며느리로 시어머니와의 갈등의 골은 깊어갔고 구박은 심했다. 남편 김성립은 아내를 감싸고 보듬어 주기는커녕 과거 공부를 핑계 삼아 잦은 외도와 함께 아내에 대한 열등감을 느껴 밖으로 돌았다.

또한 넘을 수 없게 먼발치서 사내 최순치의 안타까운 마음도 스며있다. 결국 시댁의 모진 냉대와 남편에게 사랑 받지 못한 보상을 자식에게 기대했던 아이들마저 돌림병으로 잃어버리고 동생 허균의 귀양 등 슬픔을 감당하기에 힘들었고 생의 의지가 상실되어 버리고 말았다.

그녀의 나이 27세에 아무런 병이 없었는데 어느 날 갑자기 몸을 씻고 옷을 갈아입고서 집안 사람들에게 금년이 바로 삼구(3 · 9)의 수에 해당되니 오늘 연꽃이 서리를 맞아 붉게 되었다 하고 우연히 눈을 감고 1589년 음력 3월 19일 생을 마감했다.

본인의 죽음을 예감한 듯, "푸른 바다는 구슬바다에 젖고/ 푸른 난새는 오색 난새에 기대노라/ 스물일곱 송이 아름다운 연꽃/ 달밤 찬서리에 떨어졌구나" 라는 시에서 삼구는 27세 그가 누린 햇수와 꼭 같았고 이 시를 쓴 이듬해 세상을 마쳤다.

허균은 '학산초담' 에서 누님의 시문은 모두 천성에서 우러나오는 것들로 유선시를 즐겨 지었는데 시어가 맑고 깨끗하여 속인으로서는 거기에 미칠 수가 없겠다고 했다. 이해할 수 없는 그에게는 신비한 예지豫知를 갖고 있었던 것 같다.

그가 오래 살았더라면 얼마나 진귀하고 주옥같은 시를 많이 남겼을까 싶어 안타까운 마음 그지없다.

시대를 잘못 태어난 여류시인의 가련하고 애석한 삶. 고통이 깊었기에 심오한 아름다운 시가 우러나왔을 것이며, 또한 절박한 현실을 극복하기에는 너무 힘든 삶이기에 신선세계로 지향했던 것이 아닌가. 그래도 시를 쏟아냈기에 그 짧은 생이나마 유지할 수 있었던 것이 아닌가 싶다.

비범한 천재성으로 여성의 섬세함을 남자도 쓰기 힘든 한시로 형상화한 시인으로 자신의 박복함을 선계의 시적 형상으로 환치하고 여성으로서 막혔던 답답한 공간을 언어예술로써 표출하였기에 삶은 고통스러웠으나 시문학은 영원한 생명으로 탄생하였다 할 수 있다.

뛰어난 문장, 천재적인 문재文才로서 중국과 일본에서 인정을 받았으나 조선시대에 여성으로 태어났다는 이유만으로 여류시인 허난설헌보다 허균의 누이로 알려짐이 아쉽다.

잠들어 있는 난설헌이 다시 깨어나 걸어나오듯 현실감 있게 작품을 그린 작가분께 그리고 맘껏 창작의 꿈을 펼칠 수 있는 오늘의 시대에 태어나 살고 있다는 것이 감사하다.

앞으로 난설헌의 시를 계속 읽고 감상하며 그의 경지를 좇아 나도 발걸음을 늦추지 않아야 할 것이다.

벽을 넘는 광야의 행진

인간이 넘을 수 없는 벽은 신(神, god)만이 넘을 수 있다. 성서는 세계인의 베스트셀러요, 기독교를 믿는 사람이나 믿지 않는 사람이나 교양인이라면 한 번쯤은 읽었으리라고 본다.

'벽' 이라는 주제를 놓고 내 머릿속에 순간 어느 영화의 한 장면이 떠올랐다. 찰톤 헤스톤 주연의 성서를 주제로 한 '십계' 였다. 이스라엘 민족이 본토를 떠나 지옥과 같은 애굽의 종살이를 마치고 430년 만에 꿈에도 애타게 그리던 본토 젖과 꿀이 흐르는 가나안복지를 향한 거대한 광야의 행진의 모습을 바라볼 수 있었다.

이스라엘의 영도자 모세가 80만 대군과 어린아이 노인에 이르기까지 약 300만을 이끌고 기르던 육축들 생활에 따르는 여러 가지 필수품 등을 수레에 싣고 끌고, 이고, 지고, 업고 참으로 힘겨운 광야 40년의 행보를 보게 된다. 그냥 걷기도 힘겨운데 첫 출발부터 열 가지 재앙으로 굴복했던 애굽왕 바로가 돌변하여 군사를 동원해 이동하는 이스라엘 민족을 쳐 전멸시키고자 굶주린 맹호같이 뒤따르는데 앞에는 홍해가 가로막혀 오고 갈 수도 없고 죽음만이 그들을 기다리게 되는 넘지 못할 벽에 부딪친다.

인간의 어떤 수단 방법을 동원한다 할지라도 살아날 길은 찾아볼 수가 없다. 이때 모세는 그들이 믿는 창조주 신께 기도하여 홍해가 갈라지는 기적을 체험하며 첫 번째 벽을 넘는다. 계속되는 행진에 낮에는 뜨거운 사막에서 목이 타올라 갈증으로 아우성치고 밤이면 추운 모래바람과 짐승의 위험, 이방족속들의 견고한 성城 등, 갖은 벽에 부딪칠 때마다 불가능을 가능케 하는 신께 기도하여 반석을 쳐 물을 얻는가 하면 가로막힌 견고한 성도 무너뜨리면서 기적의 무수한 벽을 넘는다.

어려운 광야의 40년 행진을 끝까지 인간의 힘을 초월하는 신(god)의 능력에 의지하고 견디는 자들은 죽음이 부르는 자리의 벽에 부딪쳐도 살아나 그들의 목적지인 가나안 복지를 소유했지만 신을 거역하고 모세를 원망하고 불평하던 자들은 광야에서 땅이 입을 벌려 애석한 죽음을 맞이하고 말았다.

나는 이 영화에서 이스라엘 역사의 한 단면을 객관적으로 볼 수 있어 공감이 간다. 우리의 인생길도 이와 같지 않은가. 인생이 존재하는 한 문제의 연속이요, 암담한 벽에 부딪칠 때가 많다. 흔히들 '인생은 고해와 같다느니 광야의 길을 걷는 것과 같다' 라고 표현을 한다.

인간의 욕망의 갈증은 끝이 없어 벽은 항상 놓여져 있게 마련이다. 항해를 할 때 암초와 풍랑의 벽에 부딪치듯 인생길을 걷는 동안 인간의 힘으로 넘을 수 있는 벽도 있지만 넘지 못할 벽에 부딪칠 때가 많다.

벽은 유형의 벽과 무형의 벽으로 나누어 생각해 보면 유형의 벽은 답답하고 불필요할 때 망치라도 부숴버리면 그만이고 안 무너지면 첨단기계를 이용하여 무너뜨리면 그만이다. 그러나 무형의 벽은 즉 영과 혼, 생각 마음에서 나오는 이념 사상의 벽이라든지, 종교의 벽, 인간의 의학이나 과학이 해결하지 못하는 질병의 벽은 무엇으로 넘겠는가를 생각해 보아야 할 것이다. 우리는 88올림픽 때 세계인들이 함께 손잡고 힘차게 노래를 불렀다.

"나가자 손에 손잡고/ 벽을 넘어서/ 우리 사는 세상 더욱/ 살기 좋도록/ 손에 손잡고/ 벽을 넘어서/ 서로서로 사랑하는/ 한 마음 되자 손잡고"

가사의 일부분이지만 나라와 나라끼리도 벽을 넘자고 손에 손잡고 목청을 높여 금방 하나가 되는 것처럼 노래를 멋있게 잘 불렀지만 수백 년 쌓아온 이념과 사상의 벽, 종교의 벽, 분쟁의 민족 감정의 벽을 넘어 쉽사리 하나 되기는 멀기만 하다.

지금도 지구의 어느 한 모퉁이에선 포성이 들려오고 있으며 무기로 대결하는 싸움보다 더 혹독한 마음의 칼을 가는 싸움이 계속되고 있는 것이 오늘의 현실이다. 가정에서도 부부간에 부모와 자식간의 감정대립의 벽을 허물지 못하고 이혼 아니면 살인을 저지르는 파멸로 가고 있다.

친구나 이웃과의 관계에서도 서로 벽을 넘지 못하고 오월동주吳越同舟같이 원수로 사는 사람도 많다. 우리나라도 마찬가지이다. 정치의 여 · 야의 벽, 지역감정의 벽 등이 그렇다.

이스라엘 민족이 광야 길을 걸으며 벽에 부딪치면 모세를 원망하듯 무슨 일만 터지면 자기는 의인인 것처럼 누군가를 비난하고 원망불평하고 대통령을 물고 늘어지는 못된 습관의 벽은 어느 때나 무너질지….

요즘 아는 사람이 간암 말기라고 병원에서도 더 이상 어떻게 할 수 없다고 하는 질병의 벽은 해결할 길이 없다. 그는 검게 썩은 나무처럼 무너져 가고 있다. 그렇다고 원망과 운명에 한탄만 하다 죽는다면 이보다 가엾고 안타까운 인생이 어디 있겠는가.

우린 이런 인간의 힘으로 도저히 넘을 수 없는 벽에 부딪쳤을 때 조용히 눈을 감고 모세처럼 지난날의 자신의 삶을 회고하고 뉘우치며 인간의 한계를 초월하는 그 신 앞에 무릎을 꿇고 기도를 하는 길밖엔 없지 않은가 생각해 본다.

옛날에는 기도하면 기적을 일으키고 지금은 그때의 기적을 일으켰던 신이 시대가 변했다고 변질되고 늙어서 기력이 쇠잔하여 기적을 못 일으키는 것은 아니라고 생각한다. 마음 자세에 달려 있다. 우리도 그들처럼 기도하면, '지성이면 감천' 이란 말이 있듯이 기적은 반드시 일어난다고 본다.

덴마크를 일으켰던 달가스도 풀 한 포기 없는 불모지 땅에 나무 한 포기를 심을 때 신께 눈물로 기도하며 수십 번 말라죽는 실패를 거듭하면서 오늘의 덴마크를 있게 만들었다. 신은 공평하므로 구별하여 기도를 듣지는 않을 것이라고 본다.

우리는 지금 사상 이념의 갈림의 혼란 속에 정치 · 경제 등 모든 면이 어려운 시기에 나라의 큰 숙제인 60여 년 동안 가로막힌 거대한 벽, 휴전선(38장벽) 앞에 어떻게 서야 될까를….

세계의 유일한 남북분단의 아픔에 벽이 무너지면 이스라엘 민족이 벽을 넘고 넘어 젖과 꿀이 흐르는 가나안 본토本土를 되찾았듯 우리의 나누어진 땅을 하나로 되찾아 통일의 한을 풀게 될 것이다. 상상만 해도 서로 한 덩이가 되어 누를 길 없는 기쁨의 눈물을 폭포처럼 쏟을 것이요, 이는 우리 민족의 환희요, 축복이요, 신의 은총이요, 세계 평화로 가는 지름길이요, 동방을 넘어 반드시 세계를 밝히는 횃불이 되리라고 생각한다.

오늘도 우리 민족의 유일한 희망이요, 영원한 숙제인 견고한 휴전선의 벽을 놓고 인간의 힘으로 안 되는 것을 되게 하는 그 신 앞에 숙연히 역사의 뒤안길에 잘못을 깨달으며 절실한 기도를 해야 되지 않을까 생각한다.

인간이 넘을 수 없는 벽은 신만이 넘을 수 있는 영역이기 때문이다.

비가 오면 나는 한강으로 가야 한다

느슨한 하늘 구름이 봄을 노래하는 날 한강에 나갔다.

새순이 돋아 연둣빛으로 피는 능수버들 휘날리는 언덕에서 내려다보는 한강은 아삭아삭 터지는 햇살에 온통 은빛 물결로 반짝이고 있었다. 강 건너 돛단배 카페가 어디론가 떠나갈 듯 물결에 출렁인다.

여유를 즐기는 유람선이 미끄러지듯 뱃고동을 울리면 화답이라도 하듯 청담교 위로 전철이 질세라 황급히 소리 지르며 지나간다. 강변둑에 여기저기 강태공들이 낚싯대를 늘이고 앉아 있는 머리 위로 어디선지 날아온 청둥오리 떼들 물결 위에 날개를 내리면 고기떼들은 놀라 물 위를 껑충 뛰고 달아나 버린다.

나는 한 폭의 그림 위에 앉아 있다.

사막과 같은 건조한 삶속에 잃어버린 행복을 찾기 위해 분주히 움직이는 군상들을 피해 흐르는 강물만 바라보아도 한결 가슴이 시원해지는 것 같다.

유구한 역사의 숨결을 품고 예나 지금이나 한결같이 침묵하며 흐르는 강물을 바라보면 더욱 마음이 숙연해진다.

태곳적부터 우리를 먹이며 수많은 생명을 키우며 흐르는 한강, 수억 겁의 시간의 흐름 속에 같이 울고 웃으며 역사의 기이한 희비를 함께한 한강, 기적을 낳아준 한강이 아닌가?

옛날엔 내가 서있는 이곳에 나루터가 있었다고 한다. 눈보라 치는 날 수건으로 머리를 싸 동이고 언 발을 동동 구르며 나룻배가 오기를 기다리는 아낙내의 모습도, 괴나리봇짐을 짊어진 어느 나그네의 배 건너 달라고 소리치는 그 소리도 메아리쳐 들려오는 것만 같다.

한강의 그림 속 뒤편에는 삶의 뒤안길에서 고통의 무게를 이기지 못한 사람들이 한강변에 나와 두 다리 뻗고 앉아 엉엉 울음을 강물소리에 섞어 보내는 모습도, 구차한 생을 마감하고자 스스로 고통의 비수를 꽂으며 뛰어드는 모습도 있다.

손잡고 사랑을 속삭이며 걷는 연인들의 정겨운 이야기도 들리는 듯, 강변에 피어 있는 풀꽃들을 바라보며 이 생각 저 생각하며 한강변을 걷는다.

한참을 걷고 있는데 퀘퀘한 냄새를 풍기며 푸른 한강을 시커멓게 물들이면서 요란스럽게 흘러 들어오는 탄천이 보였다. 이 탄천이 흘러 들어오는 길목엔 탄천이 데리고 온 개흙모래가 쌓여 한강변 한쪽에 조그만 개흙벌을 만들어 놓았다. 이곳에 능수버들을 심어 이젠 제법 숲을 이루어 참새 떼들이 재잘거리며 놀다 가곤 한다.

여기엔 무엇보다 언제부터인가 귀엽고 예쁜 오리 가족이 살고 있었다. 그들은 물오리가 아닌 집오리들이다. 이들은 여름 홍수 때 한강 상류로부터 떠내려 온 집오리들이 한 마리 두 마리 모여 이곳에 정착하여 자기들끼리 가족을 이루어 살고 있는 것이다.

집을 잃고 떠내려 와 아무도 보살펴 주는 이 없는 주인 없는 이 오리들을 보면 참으로 측은하고 마음이 저려 온다. 그래도 이들은 나름대로 고난을 극복하며 힘차게 살아 보려고 애를 쓴다.

이른 아침 잠에서 깨면 날개를 펴 활개 치며 물 위를 달려 먹이사냥을 나간다. 돌아올 때쯤이면 서로 '꽥! 꽥!' 소리를 지르며 신호를 보내 같이 돌아오곤 한다.

오리들은 저마다의 색깔을 지니고 있다. 암컷들은 고동색에 흰빛이 섞여 있고, 수컷들은 남색에 초록색이 섞이고 목에는 흰나비 넥타이를 맨 모습처럼 귀공자 스타일을 하고 있는데 그중에 유난히 하얀 털에 노란 부리, 까만 눈을 한 몸집이 크고 기품이 있어 보이는 흰 오리가 있다.

다른 오리들은 다 짝이 있는데 이 몸집이 큰 하얀 오리는 항상 외톨이다. 다른 오리들은 먹이를 찾아 나갈 때도 홀로 물가 근처에서 서성이며 탄천에서 갯벌로 흘러오는 구정물에 머리를 박고 먹이를 찾아보고 이곳저곳 기웃거리며 홀로 다닌다. 노을이 물들 무렵이면 외다리를 세우고 날개에 머리를 박고 서서 잠을 자는 모습엔 외로움과 고독이 서린다.

지난 겨울 한파가 휘몰아치던 날 꽁꽁 언 땅에 눈발이 날리는데 하얀 오리는 홀로 갯벌에 얼어붙은 풀잎을 쪼아보며 먹이를 찾고 있었다. 눈에는 눈물이 그렁그렁해 보이고 곧 건드리면 참았던 울음보라도 터질 것 같은 모습이었다.

나는 그 옆으로 가서 "오리야, 오리야! 배고프니? 왜 혼자 있니? 이리와! 친구해 줄게!" 하고 부르니 빨간 물갈퀴 발을 뒤뚱뒤뚱 옮기며 오는데 막상 줄 것이 없어 너무 미안했다.

다음날 음식과 곡식을 가지고 가서 플라스틱 그릇에 담아 주었더니 누가 뺏어 먹을세라 너무도 맛있게 먹는 것이었다. 그 광경을 보고 지나는 어떤 분이 얘는 오리가 아니고 거위라고 했다. 자세히 보니 오리와 똑같이 생겼는데 몸집만 좀 컸다.

이 거위의 모습을 보니 나의 초등학교 때 생각이 났다.

서울에서 태어난 나는 6.25전쟁 피란으로 잠시 충북 어느 시골에 정착하여 초등학교에 들어갔다. 유난히 시골 사투리를 쓰는 옛날 한복 짧은 까만 치마에 주로 흰 저고리를 입은 아이들 틈에 서울말을 쓰며 원피스나 바지에 재킷을 입은 나는 완전히 닭 병아리들 속에 끼어있는 아기오리 한 마리였다.

학급엔 아빠가 교장 선생님이라고 으스대며 공부를 곧잘 하는 아이가 거장을 치고 있는데 내가 월반을 해 들어가서 학과나 예체능,

무엇이나 잘하니 그 아이는 속이 상했던지 반 아이들을 선동하여 자기들끼리 패거리를 지어 다니고 나를 왕따시켰다. 나는 그들과 동화되고 싶었고 다른 아이들도 나하고 같이 놀고 싶어 했는데도 그 아이의 눈치 보느라 같이 놀 수가 없었다.

그 당시 별것도 아닌 촌뜨기들이 동아리 패를 지어 대단한 것처럼 나대는 것을 보니 꼴불견인 것 같았다.

마음이 괴로웠던 나는 그 아이를 볼 때 저 애가 어찌 저리 못됐을까? 그런 마음을 가지고 네가 어찌 잘 되나 보자 하는 증오에 찬 마음이 저절로 생겨났다.

변덕이 나면 나하고 놀 때가 있었지만 근본부터가 해결이 안 되니까 미운 마음이 풀리지 않았다.

나는 힘으로도 이길 수 있으나 참았다. 그때는 읽을 수 있는 동화집도 지금은 그 흔한 만화도 구할 수가 없었다. 그래서 언니 오빠들이 구해다 읽는 소설을 몰래 학교에 가지고 가서 읽으며 고독한 마음을 삭히기 일쑤였다.

다행히 선생님들이 "너는 조그만 게 제법 대화가 된다, 맹랑하다" 하시며 귀여워해 주셨고, 오히려 위 학년 선배들이 친구해 주며 같이 놀았다.

지금 이 외로운 하얀 거위가 그 때의 나와 너무도 닮은 것 같다. 혼자는 외롭다.

고독은 죽음에 이르는 병이라고도 했다. 고독의 경우는 사람에 따라 여러 모습으로 올 수 있다.

대화의 대상이 없을 때, 가진 것이 없을 때, 연약할 때, 이해나 동정이나 도움을 나눌 수 없을 때, 마음 중심에 신神(하나님)이 없을 때 등등 심적 영적으로 고독해진다.

'헬렌 걸리 브라운' 작의 '나는 초라한 더블보다 화려한 싱글이 좋다' 는 책을 보았다. 용기와 자부심을 갖게 하는 좋은 책이다. 그러나 일반적으로 싱글은 더블보다 외롭다고 한다. 싱글이 수명도 더 짧다는 의학적 증거도 있다.

인간이나 동물도 더불어 공존하며 사는 존재다. 그러나 공존 속에서의 고독은 홀로일 때의 고독보다 더 견디기 힘든 것이 아닐까 생각된다.

나와 좀 색깔이 다르고, 모양이 다르다고, (거위) 짝이 없다고 자기들만의 영역을 구축하고 남의 아픔은 아랑곳하지 않고 이기적인 삶을 살아가는 오늘의 현실을 이 오리들이 고발하는 것 같다.

스키선수 '하인즈 워드' 도 "사랑엔 색깔이 없다" 라는 말로 우리를 감동시켰다.

이곳 오리들은 추운 겨울밤에도 갯벌 능수버들 숲 아늑한 곳에서 자지도 못한다. 밤이면 대적이 쳐들어오기 때문이다. 한강변 콘크리트 벽돌담 사이를 넘나드는 족제비와 너구리들이 몰래 쳐들어와서 오리들을 잡아먹는다고 한다.

들리는 말에 의하면 전에도 여러 마리 희생되었다고 한다. 이제 남은 7마리 오리들은 추워도 갯벌 끝 물가에서 긴장된 잠을 잔다. 그러다 족제비들이 오면 얼른 물속으로 뛰어들어 생명을 보존할 수 있기 때문이다.

오늘도 족제비들에게 쫓기며 긴장된 잠을 자는 오리들, 왕따 당하면서도 그들 근처에서 맴도는 거위의 삶이 눈물겹다.

인간이 삶의 찌꺼기를 탄천에 흘려보내 한강으로 들어오는 그 구정물에서 먹이를 찾는 주인 없는 집오리들, 그 외로운 거위를 생각하며 나는 밤잠을 설친다.

오늘 밤에도 춥고 비가 온다고 하는데 나는 한강으로 가야 한다.

제 3 부

그곳엔 휴가도 없나요

한 점 부끄럼 없는 삶

– 윤동주 생가를 가다

인생人生은 누구나 이 땅에 왔다 언젠가는 본향을 찾아 하늘로 돌아간다.

무엇을 하며 어떻게 살다 가느냐가 중요한 숙제이다.

이 땅에 사는 동안 윤동주尹東柱의 시 '서시' 에서처럼 '하늘을 우러러 한 점 부끄럼 없이 살다' 가 가는 이가 과연 얼마나 되겠는가?

드높은 가을 하늘 풀벌레소리를 들으며 인생을 성찰해 본다.

윤동주 시인은 갔으나 그가 남긴 시는 하늘의 별처럼 오늘도 세인世人들의 가슴에 영원이 남아 반짝인다.

'한 점 부끄럼 없기를 잎새에 이는 바람에도 괴로워' 할 정도라면 얼마나 티 없이 맑고 순수하고 고운 마음이었을까?

윤동주 시인이야말로 한 점 부끄럼 없이 살다 간 사람이라고 말하고 싶다. 그가 철저한 기독교 정신이 몸에 배어 있지 않으면 조그만

티(죄)에 대하여도 그처럼 괴로워했다는 표현은 쉽사리 나오지 않았을 것이 아닌가 생각해 본다.

그리스도도 '지나가는 여인을 보고 음욕만 품어도 죄' 라고 했으니 기독교에선 육체적으로는 물론 마음으로나 생각으로라도 좋지 않은 생각을 해도 죄罪이므로 늘 깨끗이 닦는 회개가 필수다.

누구나 어린 소녀시절에 윤동주 시인의 '서시' 를 읽고 감동하지 않은 이는 없었을 것이다. 나는 종교와 맞물리면서 이 서시를 읽을 때 더욱 윤동주 시인을 좋아했다. 거리를 지나다가도 바람에 풀잎만 흔들려도 '서시' 가 생각나고 먹구름이 바람에 밀려와도 물결이 파문져도 부끄럼 없이 살아야지, 다짐하게 되고 옷깃이 바람에 스쳐도 '서시' 를 애송하며 그의 비통하고 억울한 죽음에 분노하곤 했었다.

서 시

죽는 날까지 하늘을 우러러
한 점 부끄럼이 없기를
잎새에 이는 바람에도
나는 괴로워했다.
별을 노래하는 마음으로
모든 죽어가는 것을 사랑해야지.
그리고 나한테 주어진 길을

걸어가야겠다.

오늘 밤에도 별이 바람에 스치운다.

2011년 역사 탐방의 황금 같은 기회가 주어져 북간도 용정에 있는 윤동주 시인의 생가를 방문하게 되었다.

우리 일행은 민족의 영산 백두산 천지를 돌아보고 장백폭포를 지나 화룡으로 이동하면서 청산리 유적지를 탐방하고 용정으로 향하는데 조두남趙斗南 선생이 작곡한 '선구자' 가곡에 나오는 해란강, 용문교, 일송정을 직접 바라보니 비장감悲壯感을 느꼈다. 가사에 나오는 산과 강, 정자는 모두 북간도의 것이었다.

일본에게 나라를 박탈당하던 한말에 많은 애국지사들이 국권회복의 비장한 소원과 민족독립의 웅대한 뜻을 품고 북간도와 만주로 망명과 함께 독립운동의 길을 떠났다. '선구자'는 그때의 심정을 노래한 명곡이다.

우리는 일송정을 눈앞에 바라보고 그때의 선구자들을 생각하며 '선구자' 가곡을 소리 높여 불렀다.

전에는 명곡이라고 막연히 불렀었는데 선구자들의 조국독립에 피맺힌 열망과 한이 서린 곳에 와서 부르니 가사의 구구절절이 그토록 저려오는 아픔과 조국을 지켜준 감사의 표시를 표현할 길이 없었다. 그저 숙연히 고개 숙여 묵념을 올리며 피 흘려 찾은 조국을 어떠한 일이 있어도 굳건히 지켜야 되겠다고 굳게 다짐을 했다.

선구자

1. 일송정 푸른 솔은 늙어늙어 갔어도
 한 줄기 해란강은 천년 두고 흐른다
 지난 날 강가에서 말달리던 선구자
 지금은 어느 곳에 거친 꿈이 깊었나
2. 용두레 우물가에 밤새소리 들릴 때
 뜻 깊은 용문교에 달빛 고이 비친다
 이역하늘 바라보며 활을 쏘던 선구자
 지금은 어느 곳에 거친 꿈이 깊었나

일송정一松亭은 바위 벼랑 끝에 두 아름도 넘는 소나무가 바위에 뿌리를 박고 있었는데 그 소나무의 모습이 마치 돌기둥에 푸른 청기와를 얹은 정자처럼 보인다고 하여 일송정이라 불렀다고 한다.

그 당시 독립투사들이 일송정에 모여 독립운동에 대한 방안들을 모색하였다는데 일제가 일송정 나무줄기에 구멍을 뚫고 후춧가루를 넣고 봉해 버린 후 말라죽었다고 한다.

우리는 용정으로 들어섰다. 용정은 인구가 약 26만 명이 살고 있는데 그중 조선족이 67%가 된다고 한다. 용정은 윤동주 생가와 윤동주가 다니던 대성중학교, 용두레우물, 일송정, 해란강 등으로 잘 알려진 곳이다.

용정학교를 방문하였다. 이 학교는 해방 이후 근방의 여러 학교를 병합하였는데 윤동주 민족 시인이 다녔던 학교도 포함되므로 이곳에 윤동주 시인의 시비와 역사 전람관이 있었다. 그가 공부하였던 교실을 재현해 놓았고 칠판에는 윤동주의 서시가 기록되어 있었다.

일제 강점기에 교육의 중요성을 깨닫고 이곳에 120개의 서당 학교가 세워지고 민족교육, 조국의 독립에 대해 가르치므로 이들이 나라 위해 생명을 바쳤던 것이다.

배움은 곧 나라의 힘이 되었다. 시대에 맞는 교육의 중요성을 실감케 했다. 나는 기념관에서 윤동주 시집을 기념으로 샀다.

윤동주 시인의 생가가 있는 명동촌으로 갔다. 용정시에서 약 15km 떨어진 곳에 위치하고 있었다. 조용하고 한적한 시골마을에 정면 다섯 칸, 측면 두 칸 정도 되는 기와집이었다. 명동촌은 수많은 민족 지사들을 배출한 명당 마을이다.

'명동明東' 이란 뜻은 '조선을 밝게 하자' 라는 뜻으로 1881년 청나라 정부에서 연변에 대한 통금령을 해제한 뒤 조선 이주민들이 정착한 마을이다. 1886년 함경북도 종성에 살던 윤동주의 증조부 윤재옥도 간도의 자동으로 이사했고, 1900년에는 기독교 장로였던 할아버지 윤하연에 의해 명동촌으로 재차 이사했다.

윤동주는 1917년 12월 30일 이곳에서 명동학교 교원이었던 아버지 윤영석과 어머니 김용의 3남 1녀 중 맏아들로 태어났다. 본관은 파평坡平, 아명은 해환海煥이다. 그가 태어나기 석 달 전이었던 9월 28일 친정에서 살던 고모 윤신영이 아들 송몽규를 낳았다. 고종사촌 관계인 윤동주와 송몽규는 한 집에서 태어나 후일 죽음에 이르기까지 평생 동반자가 되었다.

외삼촌 김약연은 명동촌에서 기울어져가는 조선의 운명을 바로 세울 인재를 기르고자 명동서숙明東書塾을 세웠고, 1908년 4월 명동학교로 이름을 바꾸었다. 근대지식의 전수와 더불어 민족의식, 항일사상을 교육시키며 그들로 하여금 우수한 민족의 인재로 성장하게끔 밑거름이 된 학교다.

김약연은 또한 1911년에 명동교회를 세웠는데 이를 계기로 명동촌은 유교공동체 사회에서 근대 기독교 문화 공동체로 변화하였다. 명동촌의 마을 사람들은 모든 집의 막세기와에 무궁화, 십자가, 태극 모양 등을 새겨 넣을 정도로 애국심과 신앙심이 매우 깊었다.

명동촌에는 하얼빈 역에서 이등방문을 저격한 안중근 의사가 잠시 머물러 거사를 준비하였다고 한다. 저격을 연습한 선바위가 역사를 품은 채 말없이 앉아 있다.

윤동주는 1925년 4월 송몽규와 명동소학교에 입학했다. 이때 친구 문익환 목사와 당숙 윤영선, 외사촌 김정우 등도 같은 학교에 다녔다. 그는 소학교 4학년 때부터 경성에서 간행했던 어린이 생활 잡지를 구독했으며, 5학년 때 '새명동'이란 등사잡지를 만들며 문학에 꿈을 키웠다.

윤동주의 소년기는 다재다능했다고 한다. 성격은 내성적이면서도 의연하고 씩씩했으며 재봉틀로 해진 교복도 고쳐 입고 항상 책과 함께 살며 창작에 몰두했다. 은진중학교 시절에는 문예지도 만들고 축구선수로도 활약하며 교내웅변대회에서 1등을 하기도 했다.

은진중학교에서 4학년 1학기를 마치고 평양의 숭실중학교에 입학하게 되었다. 당시 숭실중학교 교장 윤산온이란 분은 신앙과 민족정신이 투철한 사람으로 윤동주는 그의 영향을 많이 받았을 것으로 보인다. 그러나 그곳에서 자퇴를 하게 되었는데 신앙심이 투철한 그에게는 신사참배 관계로 그만두게 되었고 용정으로 돌아와 광명학원을 졸업한 후 서울의 연희전문학교(지금의 연세대)에 입학하게 되었다. 이때 송몽규도 같이 진학했고 기숙사도 같이 썼다.

송몽규는 18살 때 동아일보 신춘문예에 소설로 당선되기도 했다.

연희전문학교 4년을 마친 뒤 송몽규와 함께 일본 교토(京都) 유학을 떠났다가 거기서 반일 운동의 죄목으로 교토지방재판소에서 징역 2년을 선고 받고 후쿠오카 형무소에 수감되어 일본의 잔인한 생체실험으로 윤동주는 1945년 2월 16일, 한 달 간격으로 송몽규는 1945년 3월 7일 옥사했다.

윤동주 생가를 돌아보는 기념관 칠판에 '오늘의 청소당번 윤동주, 떠드는 학생 송몽규' 라고 써놓은 것을 보니 그들이 살아있는 듯 감춰 놓은 추억들이 걸어나오는 것 같았다.

세월이 흘러 명동촌 먼 산은 아득히 푸르름에 젖어있는데 피끓는 문학도들은 어디에 가고 아무도 없는 빈집 마루에 고요를 깨며 우리들이 앉아 기념촬영을 했다.

일송정처럼 나라 위한 지조와 절개를 생명으로 지킨 시인 윤동주, 그의 시처럼 역사의 십자가를 지고 민족의 방향을 제시하며 하늘을 우러러 한 점 부끄럼 없는 그 길을 갔다.

오늘의 권력 명예 물욕에 혈안이 되어 양심이 마비된 정치인과 지식인들, 지역갈등, 좌우파의 분열, 불안한 안보, 주변 강대국과의 외교문제, 사회악이 범람해 가는 나라를 생각하면 참으로 암담하고 걱정을 안 할 수가 없다. 생명으로 나라를 지키고 불의에 맞서며 올곧고 깨끗하게 살다 간 선구자들 앞에 부끄러운 일이다.

윤동주 '서시' 에서 방향을 제시하듯, 하늘을 우러러 한 점 부끄럼 없이 살려고 노력할 때 하늘이 도와 이 나라를 지켜줄 것이라고 생각하며 명동촌 윤동주 생가를 아쉽게 나왔다.

신호등信號燈

매미의 울음이 더위를 부풀리고 있다.

태양에 작열하는 아스팔트 열기를 밟으며 나는 서울 시내 종로거리 한복판에 서 있다. 건널목 붉은 신호등에 의해 가던 걸음을 잠시 멈추었다. 귀를 찢는 잡다한 소음, 아슬아슬하게 질주하는 오토바이, 자동차들이 내뿜는 배기가스는 무더위를 한층 더 가중시키고 있었다.

푸른 신호등이 채 켜지지도 않았는데 멀리서 묘기를 부리듯 질주해 오던 승용차 한대가 신호등의 지시를 무시하고 건널목을 넘어 달려오던 속력으로 앞차를 받아 연쇄반응으로 차량 몇 대가 추돌되었다. 추돌당한 차속에서 나온 사람들이 고래고래 소리를 지르고 주먹을 휘두르며 싸우고 교통경찰이 오고 119차량에 이어 견인차가 오고 여기저기서 클랙슨소리에 온통 거리는 벌집 쑤셔놓은 듯 삽시간에 아수라장으로 변했다.

어찌 이런 일이 오늘만이겠는가? 우리나라에서는 어디서나 흔히 볼 수 있는 일이다.

우선 신호등을 어기면 사고가 나게 되고, 몸을 다치거나 죽음을 불러 올 수 있고, 피해자에게 머리 숙여 사과해야 되며, 차량 파손, 경제적 손실, 시간 낭비, 스트레스로 고통과 아픔이 따른다. 남보다 빨리 가려다가 더 지체되고 피곤한 삶을 살게 된다. 무엇이 그리 초조하고 조급하며 고집을 쓰고 사고를 내면서까지 살아야 직성이 풀리겠는가를 생각하게 된다.

우리의 주변에도 5분 빨리 가려다 20년, 30년, 50년도 빨리 간 사람들이 많다. 하기야 태양의 출현서부터 지금까지 수억 겁의 시간 속에 인간의 한평생을 거기에 비교한다면 태평양 같은 큰 바다에 물거품 하나 솟아올랐다 사라지는 찰나의 짧은 삶을 사는데 그것도 더 빨리 가니 안타깝기 그지없다.

순리대로 신호등의 지시에 따라 살면 평안한 것이다. 이는 거리의 신호등만이 아니라 우리 인생길의 신호등도 마찬가지라고 본다.

인생길에 푸른 신호등이 켜졌으면 부지런히 앞만 보고 가야 한다. 그때 가지 않고 서 있으면 낙오되거나 사고를 만나게 되는 것이다. 푸른 젊은 날엔 눈동자가 정기로 번득이고, 뜨거운 가슴, 불타는 정열, 냉철한 이성으로 부지런히 배우고 높은 꿈과 뜻을 세워 전진해야 될 것이다.

그러나 붉은 신호등이 켜졌을 때는 무조건 멈추어야 할 것이다. 아무리 인생에 최상을 향해 달린다 해도 내 건강에, 내 정신에 이상의 붉은 신호가 올 때는 쉬어야 한다. 내가 쓰러진 후 그동안 얻어진 부와 명예, 권력, 내가 없는 그 어떤 무엇이 무슨 가치가 있겠는가?

일이 잘 안 풀릴 때는 차분하게 쉬면서 다음을 생각해야 되는 것이라고 본다. 4계절 중 겨울이 쉬는 것이 아니라 더 아름다운 꽃을 피우고 더 좋은 열매를 맺기 위하여 차분히 준비하는 기간이다. 우리도 신호가 떨어질 때까지 차분히 기다려야 된다고 본다. 우회전 신호가 나오면 우회전하고 좌회전 신호가 나오면 반드시 좌회전을 해야 된다. 그러지 않으면 사고가 나기 때문이다.

인생길에도 U턴이 필요할 땐 U턴해야 되고, 후진을 해야 될 때는 눈물을 머금고라도 후진해야 하고, 로터리를 돌아서 갈 때는 돌아가야 평안과 행복이 있는 것이다. 늦은 것 같으나 그것이 때론 빠른 길이 되기 때문이라고 본다. 요즘은 내비게이션까지 나와 경고등을 켜주고 지시를 해 주어도 사고는 빈번하다.

우리 인생들은 자기만의 자만 · 편견 · 아집 때문에 어떤 룰rule이나 정도正道를 걷기보다는 무시하고 벗어나 살 때가 많다. 인생의 신호등을 어기고 살 때 후회를 남기고, 실망 · 실패 · 실의에 빠져 자살에까지 이르는 경우도 많다.

성서에 보면 '진리가 너희를 자유케 하리라' 는 구절이 있다. 진리가 신호등이다. 의의 정도를 걸으면 편안한데 그것을 어기고 죄를 짓고 살 땐 항상 그 죄가 내 가슴 속에서 소리를 지르기 때문에 평안이 없고 불행한 삶을 살게 되는 것이라는 말이다.

학교에 다니는 학생이 학교 가서 공부할 시간에 교칙을 어기고 전자오락실에 가서 놀고 있다면 그가 게임을 즐긴다고 그의 마음이 편한 것이 아니다. 우린 이런 정도를 벗어난 이탈된 삶을 사는 사람들을 흔히 볼 수 있다.

물고기는 물에서 헤엄칠 때 행복한 것이다. 잘났다고 교만하여 힘껏 뛰어오르다 뭍 땅에 떨어지면 죽는 것이다. 명예와 부의 권력이 주어졌다고 자고하다가 떨어져 죽는다든지 자살로 끝나는 사람도 있다. 그래서 성서에 '교만은 패망의 선봉이요 거만은 넘어짐의 앞잡이라' 라는 구절도 있다.

하늘을 나는 새도 창공을 맘껏 날을 때 행복한 것이다. 창공을 이탈하여 곡예를 하다가는 암벽이나 아파트 빌딩 벽에 부딪쳐 죽는 경우도 있는 것이다. 갖은 수단과 방법, 잔꾀를 부리며 산다고 더 빨리 가는 것이 아니다. 잘못하면 교도소나 사망이 삼키고자 기다리고 있다.

나무 뿌리도 땅속에 깊이 뿌리를 내릴 때 행복한 것이다. 자신을 드러내 놓고 뽐내고 싶어 밖으로 나오면 말라 죽게 되는 것이다. 인생 삶에 룰이나 정도를 벗어나면 비극이 오고 평안과 행복을 누릴 수가 없다고 본다.

우리는 앞서 간 성현들의 말씀이 우리 인생의 등대요 신호등이며,

내 발에 등이요 내 길에 빛이 되는 것이라고 생각한다.

망망대해에 떠도는 배들은 바다의 신호등, 등대 빛을 따라 움직여야 되고 하늘을 나는 항공기도 등화의 지시를 따를 때 사고가 없는 것이다. 우리는 세상 고해 바다에 떠도는 배들이 아닌가? 우리를 인도하는 신호등을 잘 보고 살아갈 때 행복한 삶을 영위할 수 있다고 본다.

우리 몸에 지니고 있는 나의 눈도, 나의 귀도 내 인생의 신호등이다. 보배로운 눈 보배로운 귀가 우리 인생의 행불행을 좌우할 수 있다. 눈이 있다고 다 눈이 아니고, 귀가 있다고 다 귀가 아니다. 육신의 눈은 만물을 보고 지식의 눈은 사리를 보고 영적인 눈은 신을 보는 것이라고 생각한다.

성공자는 장점을 바라보고 실패자는 단점만 바라보고 산다. 어두운 면만 바라보고 태양을 등 돌리고 사는 사람이 있는가 하면 긍정적인 사고로 태양을 향하여 빛 가운데로 가슴을 펴고 나가는 사람이 있다. 편견과 부정적 눈으로 사는 사람은 자신만 어둡게 하는 것이 아니라 남에게도 상처를 준다.

속담에 '눈이 보배' 라는 말도 있다. 어떤 이는 '내가 눈이 삐어 배우자를 잘못 골라 평생 후회한다' 는 말을 하기도 하고, '사랑에 눈이 어두워 이 모양 이 꼴이 되었다' 라는 말을 하는 사람도 있다.

우리의 귀 또한 신호등이다. 귀가 있어도 듣지 못하는 귀, 자식의 소리, 아내나 남편의 소리, 친구의 소리, 나아가서 국민의 소리를 듣지 못하여 가슴 찢고 패망하는 사람이나 군왕을 역사나 현실에서도 많이 볼 수 있다.

속담에 '쇠귀에 경 읽기' 라는 말이 있다. 성서나 불경을 수만 번 읽어도 신의 소리를 듣지 못하면 수십 년 동안 공부를 했어도 아무 가치가 없는 것이다. 양심의 소리, 마음의 소리, 영혼의 소리를 들을 수 없다면 이 또한 무슨 소용이 있을까 생각해 본다. 아무리 좋은 말, 좋은 지식, 좋은 소리를 해 주어도 듣지 못하고 자기 아집 자기 편견대로 살아가다가 결국은 실패의 쓴잔을 마시고 한탄하는 사람들도 많이 볼 수 있다.

훌륭한 스승의 말 한 마디가 현숙한 어머니의 말씀 한 마디가 위대한 인물을 만들어 내는 것이다. 어떤 이는 '그때 그분의 말을 듣지 않았더라면 나의 인생은 자칫 큰일 날 뻔했어' 또는 '내 운명이 바뀌었어' 라는 말을 하는 이도 있다.

밝은 눈, 밝은 귀가 세상을 바로 보고, 바로 듣고, 나의 삶의 방향을 지시하는 신호등이라고 본다.

거리의 신호등도 필히 지켜야 되지만 인생의 신호등은 더욱 잘 지켜야 되겠다, 라고 생각하는 순간 무더위도 달아나고 마침내 앞에 푸른 신호등이 켜졌다.

나는 신호에 따라 부지런히 건널목을 건넜다.

하늘 고향

하늘은 신神의 창조물 중 가장 멋있고 숭고한 걸작품이다.

푸른 잔디에 팔베개를 베고 누워 끝없이 펼쳐진 파란 하늘을 바라보노라면 세파에 쌓인 가슴에 멍울이 어느새 파란 물결에 풀려 대해로 변한다.

밤새 죄악의 어둠을 걸러낸 태양이 화사한 미소로 하늘을 수놓고 희망에 찬 아침을 열 때 그 찬란한 하늘을 바라보는 나의 가슴은 희열로 벅차오른다.

내일의 꿈을 잉태하고 있는 석양의 노을빛은 어느 빛깔 어느 미색이 따를 수가 있을까?

하늘이 내려온 호수의 정취. 계절마다 바뀌는 하늘빛의 그윽함.

고향의 하늘빛이 다르고 타향의 하늘빛이 다르다. 고국故國의 하늘빛이 다르고 이국異國의 하늘빛이 다르며, 기쁠 때의 하늘빛이 다르고 슬플 때의 하늘빛이 다르다.

하늘 가슴은 너무도 넓어 자유로이 놀다 가는 구름, 졸다 가는 구름, 먹구름을 몰고 와 한바탕 휘젓고 가는 바람을 탓하지 않는다. 종달새도 기러기도 독수리도 제멋대로 휘젓고 날아가고 날아온다.

밤이면 달이 미소를 짓든 눈물을 흘리든, 별들이 속삭이든 반짝이든 침묵으로 품는다.

하늘을 우러러볼 때마다 감히 좁은 입술로 표현할 수 없는 그 숭고함에 고개를 숙이며 내 마음의 하늘을 들여다본다.

살아오는 동안 내 마음의 하늘을 날다 떠나간 사람들을 생각해 보면 어떤 사람이든 넓은 가슴으로 따뜻하게 품을 수 있었던가?

내 마음의 하늘엔 화사한 아침 햇살처럼 미소를 던지고 간 사람, 7월의 태양처럼 정열로 다가왔던 사람, 둥지를 틀다 날아간 사람, 먹구름을 몰고 와 휘젓고 간 사람, 추석의 보름달처럼 환하게 가슴을 밝혀준 사람, 초승달처럼 애잔한 슬픔을 주고 떠난 사람, 혜성처럼 나타났다가 유성처럼 영원히 흘러간 사람, 그래도 아직 밤하늘에 초록별로 가슴에 박혀 초롱초롱 빛을 발하고 있는 사람들도 있다. 이것은 나뿐만 아니라 누구나의 하늘에도 마찬가지일 것이다.

아직 내 마음의 하늘을 날고 있건 날아갔건, 떠서 반짝이든 숨어 있든 간에 하늘 닮아 탓하지 않으려고 애써 본다.

아직도 완숙되지 못했지만 오늘의 나를 있게 한 좋은 분들이었으므로 반대로 나와의 만남을 가졌던 사람들의 마음 하늘엔 과연 내가 어떻게 날고 어떻게 떠있을까? 구름, 새, 달, 별 어떤 모양으로 남아 있을까, 생각해 본다.

그들 마음의 하늘에 영원히 날고 있는 참되고(진, 眞), 착하고(선, 善), 아름다운(미, 美) 가치가 있는 사람으로 남겨진다면 더할 나위 없겠으나 그중에서 구체적으로 조그만 어느 것 하나라도 의미를 부여하고 남겨진 사람이 되었다면 행복할 것이다.

일생을 통해 무수한 만남 속에서 그들에게 비춰진 나를 돌이켜보면 정말 잘했다는 안도감보다는 후회의 아쉬움이 가슴을 아프게 할 때가 많다.

특히 '불효부모不孝父母 사후회死後悔' 라고 부모님에게 효도 못한 것이 못내 아쉽고, 또 자녀들 남편 스승 친구 직장 동료 등등, 지나고 보면 좀 더 적극적인 희생과 헌신이 있었더라면 하는 아쉬움이 남는다.

만남의 사람들 속엔 이미 하늘 고향을 찾아 세상을 떠난 분들이 많다.

부모님, 오빠들, 둘째 새언니, 형부들, 조카 등 상당수가 하늘 가족이다.

사람은 하늘에 꿈을 머금고 하늘을 동경하다 하늘로 돌아가는가 보다. 이것은 인간의 본향, 인간 본래의 고향은 하늘이기 때문이다.

성서聖書에 보면 하나님이 인간을 창조하실 때 몸은 흙으로 만드시고, 코에 하나님의 생기를 불어 넣어 생령이 되어 사람이 되었으므로 세상 끝나는 날 몸은 몸의 고향인 땅으로 돌아가고, 영혼은 하나님께로 왔으므로 영혼의 고향인 하나님께로 돌아가는 것이다. 그러므로 사람이 죽으면 '돌아가셨다' 고 하는 것이다.

천상병의 시 '귀천' 이 생각난다.

"나 하늘로 돌아가리라/ 새벽빛 와 닿으면 스러지는/ 이슬 더불어 손에 손을 잡고// 나 하늘로 돌아가리라/ 노을빛 함께 단 둘이서/ 기슭에서 놀다가 구름 손짓하면은// 나 하늘로 돌아가리라/ 아름다운 이 세상 소풍 끝내는 날/ 가서, 아름다웠더라고 말하리라"

고향은 아늑하고 포근하고 반김이 있고, 그리운 얼굴들이 있고, 기쁨과 평화가 있는 곳이다. 뒷동산에 복사꽃이 피고 종달새가 울고, 뛰어놀던 친구들과의 추억이 묻어 있고, 끈끈한 정이 그리운 곳, 그곳이 고향이다.

정지용 시인의 '향수' 에도 표현이 잘 되어 있다. 그러나 하늘 고향은 인간이 바라는 유토피아가 하늘나라, 즉 천국天國인 것이다.

우리는 이 땅에서 주어진 시간에 구름처럼 나그네의 삶을 살다 한 점 부끄럼 없이 가야 할 것이다. 태어나서 죽음에 이르는 인생의 긴 도상途上에서 많은 것을 보고 배우고 느끼고 경험하고, 많은 것을 사랑하고, 많은 것을 이룬 뒤 때가 되면 조용히 인생의 무대에서 사라져야 할 것이다.

시인 윤동주도 '서시' 에서 "죽는 날까지 하늘을 우러러/ 한 점 부끄럼이 없기를/ 잎새에 이는 바람에도/ 나는 괴로워했다" 고 고백했듯이 얼마나 참되게 살기를 갈망했던가.

요즘 힘겨운 삶을 견디지 못하고 자살하는 사람이 많은데 이보다 어리석은 사람은 없다고 본다. 죽으면 고통을 잊어버리고 평안하겠지 하고 현실 도피성 죽음을 택하지만 죽음 뒤의 문제가 더 크게 기다리고 있다는 것을 모르기 때문이다.

신의 창조의 섭리는 공평하다. 하늘의 도리道理를 저버리고 멋대로 행동하며 악을 행하는 자에겐 이승이 아니면 반드시 내세에서도 벌이 따르게 되어 있다. 그러나 하늘의 도道를 순종하고 선한 일을 행한 자는 이승에서 복을 받지 못하면 내세 즉 하늘나라에서 반드시 유토피아가 상금으로 지급된다.

이것을 못 믿는다 하더라도 신은 우리에게 양심이라는 것을 주셨다. 그리고 예부터 '순천자順天者는 존하고 역천자逆天者는 망한다' 고 하지 않았던가.

자살은 곧 살인 행위라고 본다. 성서에 보면 우리의 몸은 창조주가 조성하신 몸으로 창조주의 것이라고 되어 있다. 또한 부모님의 몸에서 태어났으므로 부모님의 것이라고도 할 수 있다.

그러므로 자살은 자기 몸이기에 앞서 창조주의 소유요 부모님의 것을 잔인하게 살해하는 살인 행위이므로 하늘의 유로피아를 받을 수가 없다. 지상의 고통을 피하려다 그와 비교할 수도 없이 큰 영원한 고통의 형벌을 받게 되는 것이다. 신의 심판은 공의롭기 때문이라고 생각한다.

창조의 신의 섭리를 알면 이 땅의 삶에 꽃피는 봄만 있는 것이 아니요, 살을 에는 듯한 혹한의 고통과 괴로움이 따르게 되어 있다. 이 고통은 자신을 강하고 멋있게 만드는 신호요, 값진 삶을 살아가도록 독려하는 힘 있는 교훈의 채찍이다.

인간이 존재하는 한 문제는 항상 따르게 마련이며, 문제가 있다는 것은 내가 살아 있다는 것이다.

용광로 속에 못 쓰는 쇳조각들이 들어가 녹여지고 주조 과정을 거쳐 번쩍번쩍 광채 나는 쓸모 있는 그릇이 되어 나오듯 고통의 용광로를 통과하면 멋있고 쓸모 있는 사람이 되는 것이다. 고통이 없으면 행복이 행복인지 모른다.

100만큼 울어본 자가 크게 웃을 줄도 아는 것이며, 사망의 어둔 그늘에 처해 보아야 태양의 고마움을 안다. 태양빛이 좋다고 항상 태양만 내려 쪼이면 사막을 이루고 마는 것이다. 심중心中에 천국이 이루어져야 내세來世의 천국도 소유할 수 있다고 본다.

우리는 시시때때로 휘몰아쳐오는 고통의 폭풍, 괴로움의 파도와 싸워 승리해야 한다. '마음을 다스리는 자는 성을 빼앗는 용사보다 강하다' 고 했다. 자살하는 용기를 바꾸어 항상 긍정적인 삶의 자세로 주어진 환경을 탓하지 말고 감사하면서 인내로 삶에 도전할 때 반드시 성공할 것이다.

전쟁에서 많이 싸워본 자가 명장이 되고, 배를 타고 거센 파도를 헤치고 항해해 본 자가 1등 항해사가 되는 것이다. 인생이 너무 평탄하기만 해도 묘미가 없고 지루할 것이다. 고통을 이기고 강해지는 것이 얼마나 숭고한 것인가를 깨달아야 한다고 생각한다.

2002년 한일월드컵대회 포르투갈 전에서 박지성 선수가 그라운드에서 피와 땀과 눈물을 흘리며 악전고투 끝에 승리의 볼을 골대에 통쾌하게 넣고 히딩크 감독에게 달려가 안겼다.

세상의 고통과 괴로움에서 반드시 이기고 나와의 싸움에서 승리하여, 보다 참되고 보다 착하고 보다 아름답게 살다 이 땅의 삶을 끝낼 때 하늘고향에 들어가 박지성이 히딩크 품에 안기듯 하나님의 품에 기쁘게 안겨야 하리라 생각해 본다.

그곳엔 휴가도 없나요

하늘이 마냥 드높다.

창 너머로 초가을 풀벌레의 울음을 산들바람이 몰고 와 집안 가득 쏟아놓고 간다. 몸에 가을 내음이 촉촉이 배어들 때면 가슴 저미는 그리움 때문에 퍼렇게 물들어 있는 슬픔이 방울져 떨어진다.

막 지나간 여름에도 많은 이들이 산장에서 해변에서 휴가를 즐기고 멀리 떨어졌던 가족끼리의 만남은 기쁨이 넘쳐 하늘을 날아 부둥켜안고 한 길씩 뛰는 모습은 누가 보아도 기쁘다. 내가 그리는 분은 한 번 이사하신 후 막 노을을 넘어간 해처럼 다시는 비치지 않으시니 내가 너무도 잘못을 많이 했나 보다. 자책하며 책을 읽고 꽃을 기르며 달랜다.

오늘도 베란다엔 화분의 꽃들이 나를 보고 웃는다. 그 잔잔한 미소의 물결이 내 마음에 닿아 나도 꽃이 되고 화사한 미소를 짓게 한다.

꽃은 모든 이의 마음을 어루만진다. 아름다움이야 꽃은 미의 극치요, 미의 대명사다. 동서고금을 막론하고 꽃을 노래하지 않는 시인이 없고 꽃을 그리지 않는 화가가 어디 있을까?

이 세상에서 꽃을 좋아하지 않는 이가 또 어디 있으랴마는 나는 꽃을 좋아하다 많은 고생을 한 적이 있다. 젊은 시절 집을 보러 다니다가 경사진 언덕 위 깔끔하게 새로 지은 집 담에 늘어진 빨간 넝쿨장미에 온통 혼을 빼앗겨 덮어놓고 집을 샀다.

직장에 출근하는데 아침 시간에 20분 동안 하이힐을 신고 경사진 차도까지 마라톤을 하고 거기서 또 버스를 타고 50분~1시간 가서는 남산꼭대기 S여고까지 15분을 숨이 턱에 닿도록 걸어 다녔다. 뛰다 보면 구두 뒷굽도 못이 빠져 떨어져 나가고 발이 부르트고 했지만 꽃이 주는 즐거움에 피로가 녹아 내렸다.

시인 하이네는 '꽃은 낮에는 진리를 말하고 밤에는 사랑을 말한다' 고 했고, 옛 사람들은 지상의 별은 꽃이라 하고 천상의 꽃은 별이라 하지 않았던가? 꽃을 좋아하다 10년을 고생했지만 그 집을 팔고 내려올 때 꽃들과의 이별은 가슴을 시리게 했다.

꽃을 좋아하는 DNA는 속일 수가 없다. 유난히 우리 어머니는 꽃을 좋아하셨다. 가문 있는 대가댁에 시집오셔서 8남매를 기르시면서도 넓은 정원에 온갖 꽃들을 심고 가꾸셨다. 대추나무, 산수유나무, 감나무, 앵두나무 등 유실수부터 모란꽃, 함박꽃, 매화꽃, 개나리, 진달래 등과 일년초로 백일홍, 봉숭아, 해바라기, 맨드라미, 접시꽃, 채

송화, 달리아, 분꽃 등등 없는 꽃이 없을 정도로 정원이 가득했다.

봉숭아꽃이 필 무렵이면 봉숭아꽃을 따 백반을 넣고 찧어서 손톱에 물들여 주시고 당신께서도 저승길이 밝다 하시며 약지와 무명지 손가락과 큰 발톱에 물들이셨다.

세월도 강물도 바람도 구름도 흘러 8남매도 새 둥지를 찾아 모두 떠나고, 아버지도 생의 해가 저물어 하늘로 돌아가신 후 내가 직장 다니며 아이들 기르느라 고생하는 것을 보시고 어머니께서는 돌보아주어야 한다고 하시며 아이들을 길러주셨다.

여전히 아파트에서 갖가지 꽃을 가꾸시고, 나는 군자란, 동양란, 제라늄, 진달래, 천사의 나팔, 선인장 등 50여 화분에 여러 종류의 꽃을 열심히 사다 날랐다. 어머니는 항상 꽃들과 대화를 하셨다.

"너희들이 무언가 열심히 말을 하는데 내가 알아듣지 못해 미안하다."

"아유 너는 오늘 꽃을 피느냐고 애썼구나, 예쁘다."

"너는 목이 말랐구나, 미처 내가 물을 못 주었구나."

"너는 어디 아프냐? 벌레가 물었구나."

일일이 대화하시며 물도 주시고, 거름도 주고 벌레도 잡아 주시며 가꾸셨다.

꽃들뿐만 아니라 집안에 있는 물건들하고도 이야기를 나누셨다.

세탁기 보고는 "내 대신 네가 빨래를 해 주었구나 고맙다." 밥솥 보고도 "네가 밥을 나보다 빨리 맛있게 했구나, 고맙다" 하시며 늘 대화를 하셨다.

이 세상 어머니들은 어느 분이나 훌륭하시지만 우리 어머니는 자식에 대한 애정은 말할 것도 없으시고, 못하시는 것이 없으실 정도로 솜씨가 놀라우셨다. 나는 지금껏 어머니가 해 주신 그 맛있는 갖가지 김치 맛을 아무리 소문난 기업체 요리사의 것을 먹어보아도 견줄 수가 없다.

장맛 역시 그 맛을 찾아볼 수 없다. 오죽하면 동네 사람들이 배워 가서 해도 그 맛이 안 나고 너도나도 맛있어 퍼주다 보면 항아리에 동이 날 때도 있었다.

우리 아버지는 잔칫집에 초대받아 가셨어도 음식을 못 잡수시고 집에 오셔서 잡수셨다. 음식 솜씨면 음식 솜씨, 바느질도 바지저고리부터 마고자, 조끼, 두루마기, 조각보, 수놓은 골무, 꽃버선 등등 동양 자수, 뜨개질에 이르기까지 못하시는 것이 없으셨다. 나의 어머니라서가 아니라 참으로 용모도 단정하시면서 인품 있으시고 부지런하시고 삶에 지혜로우신 특이한 분이셨다.

기다리던 겨울 방학이 왔다. 나는 동료들과 휴가를 받아 성지순례를 떠나 이스라엘, 이집트, 그리스를 다녀오게 되었고, 그때 아테네에서 점심을 먹는데 야채와 과일이 푸짐하게 나왔다.

내 몫으로 꼭 우리나라 대추와 비슷한 것을 5개 주기에 2개를 먹고 3개는 싸가지고 와서 이스라엘 과일이니 잡숴보시라고 어머니께 드렸다. 어머니는 진귀한 듯 보시고 "그래 귀한 것이로구나. 맛있게 먹으마" 하셨다.

얼마 후에 새 화분에서 흙덩이를 밀치고 싹이 나와 자라는데 꼭 귤나무와 비슷했다. 귤나무 심으셨냐고 여쭈어 보았더니 내가 여행 때 가져다 준 대추 같은 과일을 심었더니 신기하게도 났다는 것이다. 어머니는 하나도 잡수시지 않고 혹시 3개 중에 하나라도 싹이 행여 나지 않을까 해서 다 심으셨던 것이다.

"싹이 나서 자라면 꽃이 피고 열매가 달리면 모두가 먹을 수 있고, 여행 기념으로 길이 남아 추억이 있고, 이국異國의 것이니 귀하잖니?"

알고 보니 감람나무였다.

그 후 어머니는 조금 편찮으시다 하얀 길을 밟고 하늘나라로 이사하시게 되었다.

꽃들이 너무 울어 시들어가는 것을 달래며 나는 열심히 어머니의 대화를 그대로 이어갔다. 꽃들은 알아 듣는 듯 짙은 향기를 뿜어댔다. 특히 심어놓고 가신 감람나무는 내 키보다도 더 크게 자랐다. 어머니의 숨결이 숨어있는 감람나무, 꽃들처럼 길러주신 손주들도 싱싱하게 자라 시집 장가를 갔다.

모두가 반듯하게 자랐고, 그 손주들이—손자는 애틀란타, 손녀는 뉴욕에서 아이들을 낳아 미국 학교에서 모두 좋은 성적으로 선생님들의 사랑을 받고 있다.

어머니! 그곳엔 휴가도 없나요? 이사하신 후 한 번도 못 오시니….

미국 가서 공부하기에 고생한다고 걱정하시던 손자가 아들만 셋이나 낳았어요, 그 맛있는 음식 만드는 법 가르쳐 주신다고 하셨잖아요? 긴 끈으로 고리를 끼어 감으며 단추 만드는 법 그것도 배워야 하구요, 동생이 드린 반지는 어디다 두고 가셨는지 찾지 못했어요.

과일도 꼬리곰탕도 좋아하셨잖아요? 옷을 입으시면 그리도 맵시가 나셨고 여행도 좋아하셨는데 이젠 온 정성을 다 쏟아 잘해 드리고자 준비를 다해 놓았는데 소식이 없으시면 어떻게 해요?

이사 가신 그곳, 어느 동네에서 어떻게 사시는지 궁금해서 견딜 수가 없어요. 이곳엔 다 휴가가 있는데 그곳엔 휴가도 없나요? 감람나무는 이렇게 컸는데….

딱 한 번 잠깐만이라도 휴가를 내보세요. 그렇게 아이들 길러 주시느라 고생만 하시다 가시면 저는 이 아픔을 가라앉힐 길이 없어요. 드릴 말씀도 많고 여쭈어 볼 말씀도 너무 많아요. 가실 때 왕복표도 없었나요?

초가을 베란다 꽃들 속에 앉아 응고된 불효의 절규가 드높은 하늘 멀리 어머니께 전해지지 않고 메아리만 풀벌레 울음에 녹아 돌아온다.

'주자십회' 중에서 '불효부모不孝父母 사후회死後悔'를 되뇌인다.

지상의 법은 자주 개정도 하는데 천상의 법은 1회로 영원한가요?

딱 한 번만이라도 휴가를 받아 이곳에 다녀가셨으면 좋겠다.

인걸은 간 데 없고

폭염을 삼킨 귀뚜라미 소리가 숲속의 창을 밝힌다.

제아무리 열대야로 찌고 삶고 타는 더위라 할지라도 가을의 눈짓 앞에 고개 숙여 물러날 수밖에 없다.

아침저녁 옷깃을 만지는 서늘한 바람에 세월이 날아가고 더위의 아우성이 전설이 되어간다.

파란 물이 쏟아질 것 같은 저 드높은 가을 하늘을 바라보고만 있을 것인가?

나는 수십 년간 벼르던 내 까마득한 역사의 흔적을 찾아 차를 몰았다.

물씬 가을의 정취가 차창 속으로 몰려 들어온다.

가을을 가득 싣고 달리는 차속엔 가을 내음이 짙어만 간다.

풀벌레의 울음에 흔들리는 코스모스 핀 철길 따라 달리다 뒤로하고 충북 어느 산길로 접어들었다. 6.25때 피란 갔던 산수가 수려한 곳이다. 굽이굽이 산모롱이를 휘돌며 흐르는 계곡 물 따라 들어서는데 이 모퉁이 저 골짝에 묻어둔 추억들이 울컥울컥 걸어 나온다.

다람쥐 솜방망이 꼬리를 휘젓고 간 산길을 따라 조용한 마을을 찾아들어갔다.

마을 입구에서 본 풍경은 거의 옛 모습 그대로였다.

산 아래 옹기종기 모여 사는 지붕 위엔 아직도 박꽃이 피고 박이 달려 있는 집이 눈에 띄었다.

우선 먼저 내가 살던 집 배나무 소식이 궁금하여 한적한 곳에 차를 세우고 한걸음에 그쪽으로 향했다. 설레고 만감이 교차했다.

배나무 자체라면 무엇이 그리 의미가 있으랴만 어린 피란시절 우리 가족의 삶의 모습과 추억이 묻어 있기에 늘 소중했다. 앞서 〈배꽃이 필 때면〉 수필에서 밝혔듯이 집 위로 가지를 뻗어 지붕을 덮고 배꽃이 피는 달밤이면 환한 천상의 집을 만들고 가족이 모여 웃음꽃을 피울 때 배꽃도 따라 "까르르" 웃고 배꽃을 바라보며 언니 오빠들이 시를 읊고 사랑하는 이들을 그리워하던 집, 어린 나는 배나무에 손대고 눈감고 동네 아이들과 숨바꼭질을 했다.

배가 달덩이처럼 탐스런 열매로 해마다 우리를 즐겁게 하며 동네 배 잔치를 벌렸다. 웃음소리가 끊일 날 없어 동네 사람들은 우리 집을 서울 중앙방송국 또는 서울집이라고 불렀다.

우리가 이사 간 후 배나무는 눈물처럼 썩은 열매만 떨어뜨리고 있다고, '나무가 주인을 알아본다' 고들 했다는 소문을 듣고 수십 년 만에 찾아간 것이다.

그런데 이게 웬일인가. 집은 누군가가 살고 있으나 폐가 비슷하게 되어 버렸고, 배나무는 베어져 밑둥만 허리 높이만큼 오게 남겨두었다. 배나무와의 재회의 꿈이 한순간에 무너져내려 주저앉고 싶었고, 절망과 허망함에 이은 가슴 도리는 아픔이 몰려왔다.

나는 잘리어져 나간 배나무를 어루만지며 속죄했다. 좀 더 일찍이 찾아주었더라면 하는 아쉬움을 곱씹으며 집안 구석구석을 살피는데 모두가 나를 반겨 눈시울이 그렁그렁했다.

내 놀던 옛 동산에 오늘 와 다시 서니
산천의구란 말 옛 시인의 허사로고
예 섰던 그 큰 소나무 베어지고 없구려

(이은상 작시, 홍난파 작곡, 가곡 '옛 동산에 올라')

이은상 시인의 마음을 헤아릴 것만 같다.

뼈가 녹아내리는 아픔을 누르고 솔재에 올랐다.

산동네 양쪽 마을 중턱 언덕에 동양화처럼 서 있는 아름드리 큰 소나무 한 그루는 학이 나는 듯 여전히 우아하고 멋스럽고 운치 있게 서 있었다.

더욱이 이 소나무와 인연은 깊다. 나와 친한 친구가 항상 이 소나무 아래서 다리 포개고 앉아 나를 만나려 기다려 주었고, 그림자처럼 따라다니던 한결 같았던 친구. 어느 날 심장마비로 날개를 달고 하늘나라로 갔다. 따라 죽고 싶을 정도로 나를 고통의 도가니에 집어넣었던 그 친구의 영혼 같은 소나무에 산비둘기가 날아와 "구구 구구" 우는 소리가 나를 부르는 친구의 소리 같았다.

솔재에서 마을은 한눈에 보였다.

동생 친구 한수네 집이 보인다. 한수 할머니는 자기 아들(한수 아버지)이 술 먹고 노름으로 가산 탕진하고 속을 썩이면 지게작대기를 끌고 자기 남편 무덤으로 가서 무덤을 사정없이 두드려 팼다.

"이 망할 첨지, 이렇게 속 썩이는 아들을 낳아놓고 먼저 죽고 나만 고통 받게 만드느냐?"

이렇게 고함칠 때 철없던 아이들은 죽겠다고 낄낄대고 웃었다. 지금 생각하니 웃을 일이 아니었다.

그 당시만 해도 남존여비 사상에 영향을 받던 여인들이 시집을 와 남편에게 억눌려 살며, 시부모 모시고 밤잠도 제대로 못자고 누에를 친다. 또 담배, 고추 농사 등 1년 동안 고생해서 남편에게 시장에 가서 팔아오라고 지게에 지워 보내면 팔아오다가 술집에 들러 술타령에 노름으로 다 잃고 돌아와서는 적반하장으로 술주정이나 하니 그럴 만도 했다.

그의 손자 한수는 논둑에서 손에 진흙을 묻히고 장난하다가 이웃집 어른이 하얀 바지저고리를 지어 입고 논물 대러 오면 가만히 앉아 있다가 갑자기 일어나면서 진흙을 어른의 흰옷에 묻혀놓고 도망을 쳤던 개구쟁이 아이였다.

그가 지금 70 고령이 되었다. 그 할머니도 한을 품고 두들겨 패던 무덤 속 남편 옆에 잠든 지 오래 되었다고 한다.

옛 우리 집 앞산 계곡에서 반석을 타고 흐르는 작은 도랑에 여름밤이면 낮에 가사, 농사일 등 바쁘던 아낙네들이 도랑둑 뽕나무 가지에 옷을 벗어 걸어놓고 낄낄대고 수다 떨며 목욕들을 했다. 얌전하다고 소문난 우리 어머니께서 장난기를 꺼내 슬며시 옷을 주섬주섬 다 걷어가지고 집으로 오시면 목욕을 끝낸 아낙들이 옷이 없어져 집에도 못가고 소동이 벌어졌다.

어머니께서는 시침 떼시고 계시다 옷을 가지고 나타나시면 얌전하신 분이 장난하시리라곤 꿈에도 생각 못했다가 좋기도 하고, 한편 원망스럽기도 하여 웃고 야단법석을 떨 때 모두 데리고 집으로 오셔서 간식으로 고구마, 과일, 찐빵 등을 먹여 보내곤 하셨는데 그 중 한 사람도 이 세상에 없고 반석 위엔 물만 조용히 흘러가고 있었다.

산은 옛 산이로되 물은 옛 물이 아니로다
주야로 흐르니 옛 물이 있을소냐
인걸도 물과 같으니 가고 아니 오노매라”

(황진이 시조)

옛 시인의 주옥같은 시조가 그냥 써진 것이 아닌 듯싶다.

부모님 연배들은 물론 옛 친구들, 가족들의 친구들도 저 세상이 뭐가 그리 좋은지 머리가 휘날리도록 빨리 가서 하늘에 앉아 있는 사람들이 많았고, 마을은 옛 마을인데 별로 보고 싶지 않은 새 얼굴들만이 이집 저집 어설프게 살고 있었다.

몇 십 년만에 벼르고 설렘으로 찾아간 그 곳, 저녁 으스름 같은 회색 그늘로 다가왔으나 그래도 고난 속에 미래를 향한 꿈이 살아있던 곳, 인생에 먼동이 트는 아침이었기에 지나간 세월은 아름다웠다라고 하자.

그러나 이제 다시 이곳에 올 일은 없을 것 같다.

철없던 어린 시절, 짧은 피란 시절이었으나 하 많은 이야기들은 이제 전설이 되어 솔재 저 너머 노을 속에 묻어 놓고 길재의 시조를 읊조리며 차를 돌려 서울로 향했다.

오백년 도읍지를 필마로 돌아드니
산천은 의구하되 인걸은 간 데 없네
어즈버 태평연월이 꿈이런가 하노라.

오월의 어느 날

오월의 남빛 하늘은 유난히 파랬다.

나도 하늘빛 닮아 하얀 칼라가 달린 코발트색 원피스를 입고 대학 동창 모임에 나가고자 거울 앞에 섰다.

명곡의 가사처럼 젊은 날의 윤기 흐르던 머리, 장밋빛 혈색은 어디 가고 푸석한 머릿결에 눈가의 잔주름, 탄력 잃은 수척한 모습. 이런 미모의 상실감이 해질녘 어둠처럼 아리하게 느껴왔다.

그래도 아직 내 속엔 푸른 꿈을 향해 가방 들고 떠나는 소녀가 살고 있다. 그래도 나가면 내 나이보다 훨씬 젊게 보아주니 자신감을 갖자. 외모로써 사람의 값을 결정짓는 것은 아니지만 그 사람의 내면이 곧 그 사람의 얼굴이며 내적 고귀한 지성과 빛나는 교양이 하모니를 이룰 때 아름다움이 겉으로 표출된다는 생각과 자위와 긍정적 다짐으로 마음을 추스르고 현관문을 나섰다.

때 마침 아파트 뜰에 핀 아카시아꽃, 아카시아 향내음이 온 아파트를 물들이고 내게까지 달려와 스며든다. 발을 멈추고 뱃속 깊이 힘껏 향기를 들여 마시고 전철을 탔다. 몸에 배어든 향내음이 걸어도 앉아도 밀려오는 아련한 그리움처럼 은은히 풍겨나는 듯했다.

모임 장소는 서울역 '그릴' 양식집이었다. 서울역은 여전히 떠나가고 밀려오는 사람들의 물결이 엇갈린 소용돌이였다.

동창은 약 20명 가까이 모였다. 어느 모임같이 온통 명품으로 휘감은 허세녀도 허세남도 없고 얼굴에 보석으로 장식한 안면문화시설이 찬란한 과시녀도 없는 비교적 겸손하고 남을 상담하고 가르치는 지적 구성원들로 오랜 세월 모임이 이어져 왔다.

식사하며 대화 주제는 건강, 일상적인 일, 종교 나라걱정 등으로 이어졌고 오랜만에 만남의 반가움으로 모임은 끝났다.

모두가 흩어진 후 특별히 갈 곳도 없는 나는 집으로 향할 수밖에 없었다. 군중 속의 고독이라는 말이 내게 다가와 사람 속에 묻혀 있으면서도 나 홀로 어느 허허로운 광야를 한없이 걷고 있는 느낌이었다.

그때가 나로서는 가장 힘든 시기였다.

함께 했던 친정어머니도 날개를 달고 하늘로 떠나시고, 아이들은 결혼하여 새 둥지를 찾아 떠났고, 내가 다니던 직장 학교도 퇴직했고, 집에서 기르던 강아지들마저 개나리 피는 동산에 묻었던 때였다.

베란다에 심어놓고 가신 꽃만 보아도 어머니 생각에 눈물이 글썽

이고, 그동안 잘 다독여 주지 못한 아이들 생각에 구름만 떠가도 울먹이고, 나뭇가지에 우는 새소리마저 강아지 울음으로 들려 우울의 연속이었다.

생각에 잠기다 보니 갈아타야 하는 고속터미널까지 왔다. 눈에 들어오는 큰 글씨가 보였다. 상가를 재정비하므로 모든 정리세일을 하겠다는 내용이다. 상가로 들어가 발길 따라 양쪽으로 늘어선 상가골목을 걷는데 얼핏 상점에 진열해 놓은 모자가 눈에 들어왔다.

들어가 모자를 써 보았다. 내가 보기에는 어울리는 것 같은데 모자는 남이 보아 주는 것이 정확할 때가 있다. 그래서 먼저 사러 온 나이가 지긋한 여자분에게 "제가 쓴 것이 어울리나요"라고 물었더니 갑자기 "아주 잘 어울리십니다. 그런 것은 남자가 보아주어야 하는 것입니다." 굵직한 바리톤의 남자 음성이 들려왔다.

남자가 보아주어야 한다는 말에는 많은 의미가 함축되어 있는 것 같다. 순간 여자를 대하는 예의와 남자의 사명과 역할, 약한 여자의 버팀목이 되어 주는 든든한 믿음직함을 지녔다는 것이 아닌가 하는 생각이 스쳐갔다.

뒤돌아보니 콧날이 우뚝한 머리가 약간 희끗희끗해 보이는 점잖은 노신사가 미소를 띠고 있었다. 나는 얼떨결에 약간 부끄럽기도 하지만 순간 남자가 보아주면 좋을 것도 같았다. 그래서 "제가 쓴 모자가 정말 잘 어울리나요" 했더니, "정말 잘 어울리십니다." 나는 잘 보아주셔서 감사하다고 웃으며 모자를 사가지고 나왔다. 노신사도 그분에 맞는 모자(cap)를 사가지고 함께 상점을 나오게 되었다.

작별인사를 하려는데 혼자 왔느냐고 물어 혼자 왔다고 대답했다. 음료수 한 잔 하고 가는 것이 어떠냐 하여 순간 망설이다가 좋겠다고 대답했다.

젊을 때 같으면 감사합니다만 바쁘다는 핑계로 칼같이 집으로 왔겠지만 그날 따라 마음도 우울하고 상가가 후덥지근하여 갈증을 느끼던 차였다. 첫 인상으로 보아 연륜에 쌓인 인품이 지적으로나 품격으로나 남성의 생명인 수려함이 긴 세월을 인내하며 묵묵히 버티어 온 노송의 향기처럼 묻어나와 푸근하고 자애롭고 이해심 많은 친정 아버지나 오빠 같은 분으로 편안하고 믿음이 갔다.

음료수를 마실 만한 집이 별로 없어 비슷한 한 곳에 들어갔다. 이런 일은 내 평생에 처음이다. 따라가면서 외국영화 '종착역' 이 생각났다. 영화에서도 처음 보는 주인공 남성을 여주인공이 따라갔는데 '왜 응했느냐' 고 하니 '나쁜 사람 같지 않아서' 라고 하는 장면이 생각났다.

들어간 집엔 '커피와 호프' 라고만 쓰여 있었다. 노신사는 "호프 한 잔 하실까요?" 라 묻고, 나는 "네 그러죠" 답하고 주문한 것이 나왔는데 보니 맥주였다. 난 내심 당황했다. 커피는 잠이 안와 못 마시겠고 호프는 과일 주스의 일종인 줄 알고 속으로는(영어로 hop는 맥주의 쓴 맛을 내는 향료) hope로 알고 뜻이 '희망' 인데 웬 맥주라니 하며 난감해 했다.

먹자니 제대로 못 마시겠고, 안 마시자니 시켜놓고 노신사분께 실례가 되겠고, 들라고 권하는데 안 먹을 수 없었다. 시대에 뒤떨어지는지 모르지만 내겐 그럴만한 이유가 있었다. 내 생활 반경이 직장인 학교, 집, 교회, 3곳만 매일 다람쥐 쳇바퀴 돌듯이 다녔고, 내 주변에는 친정이나 시댁이나 술을 입에 대는 가족이 없었다. 직장에서도 가끔 회식 때 맥주 마시는 것은 보았어도 호프 마신다는 소리를 듣지 못했기 때문이다.

그러고 보니 집 앞 골목 왼쪽에도 호프라고 쓰여 있었는데도 매일 자가용만 가지고 출퇴근하여 관심도 없고 몰랐다. J문학 이사회 때 식사하면서 나는 어느 분이 "호프 한 잔 하시겠냐" 고 하여 과일 주스 종류인 줄 알고 마신다고 했다가 맥주가 나와 당황했다고 하니 회원 중 한 명이 웃으며 아니 연변에서 온 사람도 호프가 맥주라는 것을 알고 간첩도 아는데 "회장님은 여태껏 그것도 모르느냐?" 또 다른 곳에서는 "순진한 척하는 것이 아니냐" 반문했으나 정말 모르는 것이 무식한 것인지 어떤 이 말처럼 순진한 것인지 헷갈릴 뿐이었다.

그때 나는 너무 무덥기도 하고 선뜻 내키지도 않는 호프 한 모금을 꿀꺽 삼켰다. 쓴 맛이 온 입안에서 달갑지 않았으나 노신사에게 집중된 관심에 쓴맛이 점차 사위어 갔다.

노신사는 나의 첫 인상에 대하여 칭찬을 아끼지 않았다. 지성과 교양이 있어 보인다고 했고, 나는 과찬이시라고 예의를 표했다. 침착하면서도 열정적으로 본인이 살아온 인생 경험을 이야기하기 시작했다.

복사꽃 피는 시골의 어린 시절부터 호롱불 켜고 공부할 때 기름 없앤다고 부모님께 걱정 들어가며 많은 고난과 역경을 딛고 성실과 열정으로 형설의 공을 쌓고, 교사로 점차 대학교수로 모 대통령 밑에서 일하기까지 인생의 감동어린 성공 사례담은 고난의 파도가 진주처럼 빛나는 위인을 낳은 한 편의 드라마였다.

노신사는 처음 그런 이야기를 쏟아 놓았다고 했다. 나는 많은 것을 느끼고 공감했다. 그의 이야기를 들으며 머릿속으로 정리를 했다.

비가 내리지 않는 하늘은 없다.

운명에 굴하지 않는 도전이 곧 성공을 이루는 것이다.

시련의 무게만큼 영혼이 자라나 나중에 큰 인물이 된다는 것을….

서서히 어둠이 유리창에 서성일 때 우린 일어섰다.

노신사는 상점에서 산 모자(Hunting cap)를 썼다. 나도 산 모자를 썼다.

"잘 어울리나요?"

내가 물었다.

"네 아주 잘 어울리십니다."

같이 웃고 헤어졌다.

이젠 거리를 거닐 때마다 눈에 크게 호프가 보이고 그 모자를 쓸 때마다 그때의 노신사의 미소가 어른거린다.

아카시아꽃 향기에 물든 어느 오월의 하루였다.

100세를 향하여

천지는 영원하나 인간은 유한하다.
인생은 선택의 여지없이 신에 의해 탄생되고 연습이 없는 일회적인 삶으로 두 번 다시 돌아오지 않는다.

남이 내 인생을 대신 살아 줄 수 없고, 내가 남의 인생을 대신할 수도 없다. 내 인생에 책임을 지는 사람은 바로 나 자신이다.

그러기에 우리의 생명은 고귀하고 삶은 소중하기에 값있게 살아야 하고 다시 신이 부르는 날 부끄럼 없이 가야 할 것이다.

인간의 수명은 성서에 보면 120세(창6:3)까지 살 수 있게 되어 있고, 현대 의학에선 인간의 뇌의 성장은 25세까지이며 일반적으로 인간의 한계수명은 뇌 성장의 5배이므로 25×5해서 125세로 본다. 구약의 아담은 930세를 살았고, 무두셀라는 969세를 살아 1000세를 바라보면서 살았다.

그러나 인간의 수명이 짧아져 우리나라 고려시대 때는 평균 수명이 47세였다고 한다. 지금은 의학이 발달하여 100세를 향하여 달려가고 있는 사람들이 많아지고 있어 100세 시대라고들 한다.

100세를 향하여 걷는 발길엔 수명의 연장도 중요하나 어떻게 살아가야 하느냐가 중요하다고 본다. 젊은이에겐 아직 영(0)으로 남아있는 미래는 무한한 가능성의 존재로 남아있지만 노인에게는 주어진 시간이 너무도 짧다.

젊은이에겐 인생의 겨울이 더디 오는 것 같으나 노인들에게는 삽시간에 다가오며 찰나에 불과하다. 오는 시간은 지루할지 모르나 지나간 시간은 화살보다도 빠른 것같이 느껴진다. 자칫 머뭇머뭇하다가 젊음이 달아나버리고 허망한 인생의 들판에 서서 가슴을 치며 절규하는 한탄이 여기저기서 들려온다.

노년에 많은 이들이 의욕상실에다 좌절로 우울증과 고독의 늪에 깊이 빠져서 헤어나지 못하고 있으나 인생을 재발견하고 늘 꿈을 향해 도전하는 이들도 늘어가고 있다.

젊음은 싱싱하고 아름다워 여름 장미에 비유한다면, 노년은 외적 아름다움이야 서서히 상실해 가지만 내적 완숙미가 향기로 피는 가을꽃 국화와 같다.

젊음은 꿈과 정열 비전이 있어 좋은 반면 거칠고 성숙치 못한 내면을 가지고 있다. 그러나 노인은 시간의 화살이 수없이 스쳐간 역사의 흔적이 연륜과 더불어 품위와 정신적 완숙미가 은은한 향기로 빛을 발하게 된다. 도리어 풍부한 경험의 향연을 마련하게 된다.

유대계 미국인 사무엘 울만은 시 '청춘 youth' 에서 "청춘이란 인생의 어느 기간이 아니라 마음의 상태를 말한다" 고 했다.

때로는 20대 청년보다 70대 노인에게 청춘이 있다. 나이를 더해가는 것만으로 늙지는 않는다. 인간은 꿈과 정열을 잃을 때 늙는다.

"인간은 이상과 열정을 잃으면 인생을 다한 것이다" 라고 누군가 말했다.

사람이 늙어가는 것은 매우 중요하다.

영국의 심리학자 브롬리는 "인생의 1/4은 성장하면서 보내고, 3/4은 늙어가면서 보낸다" 고 했다.

인생이 살다 아름답게 죽는 것도 어려운 일이겠으나 그보다 더 어려운 것은 아름답고 행복하게 늙어가는 것이라고 앙드레지드는 말했다.

나이를 먹는 것은 죄가 아니요, 인생은 누구나 늙는다. 100세를 향한 노을길을 걷고 있다면 남은 시간이 얼마가 될지 모르나 무언가에 도전정신을 가져야 한다고 생각한다.

'선샤인' 잡지에 보면 세계 역사의 64%가 60세 이상의 노인에 의해 이루어졌다고 한다. 괴테가 '파우스트' 를 완성한 것도 80세요, 톨스토이가 '부활' 을 완성한 것도 70세 넘어서다. 타티안은 '최후의 만찬' 을 99세에 완성했고, 미국의 모리스 할머니는 시골 평범한 주부로서 76세에 붓을 들어 그림을 그려 트루먼 대통령이 '여성프레스 클럽상' 을 선사했고, 뉴욕 시장 록펠러는 그의 100세 생일을 '모리스 할머니의 날' 로 선포하기까지 하여 빛을 남겼다.

근래 일본 시바다 도요 할머니도 99세에 시집을 내어 100만부 출판이 돌파되어 현해탄을 건너가 미국에까지 전파되었다.

노후는 인생의 마지막 황금기.

인생은 끝없는 도전이다. 인생은 언제나 지금부터다. 도전과제가 없으면 심장이 멈춘 삶이다. 신도 도전하다 실패한 자는 돕지만 포기한 자는 돕지 않는다.

잠자고 있는 영혼을 일깨워 목표를 세우고 마지막 열정을 쏟아 부어야 한다고 생각한다. 새도 가벼워서 뜨는 것이 아니라 목표를 향해 부단한 날갯짓을 하기 때문에 뜨는 것이요, 백조도 물위에 조용히 떠있는 것 같으나 물밑에서 발을 열심히 움직이기 때문에 떠있는 것이다. 무언가에 최선을 다할 때 높이 뜰 수 있다.

또한 나이를 먹어감에 따라 열정 못지않은 품위와 인격이 성숙되어야 할 것이다. 인격이 받쳐주지 않는 성공, 열정은 무슨 의미와 가치가 있겠는가.

과거에 집착해 원망 불평 고루한 아집과 편견 독선은 버리고, 사랑과 용서, 남을 배려하는 넉넉한 마음으로 모든 것을 품을 수 있는 아량과 여유를 갖도록 자신을 가꾸어 나가야 할 것이다.

이를 뒷받침하는 매우 중요한 것이 또한 건강이다. '건전한 정신 속에 건강한 육체가 있다' 고 하듯 언제나 긍정적으로 생각하고 살아

있는 자체를 감사하며 즐거운 마음으로 살아가도록 노력해야 할 것이다. 아는 것을 실천하는 것이 열매로 맺어질 것이라고 생각한다.

아침에 태양이 떴다 저녁 노을과 함께 지듯 인생도 이 세상에 왔다 언젠가는 노을길을 밟고 사라진다.

100세를 향해 걷는 분들이여! 열정을, 인격을, 건강을 잃지 말고 신이 부르는 날까지 부끄럼 없이 아름답게 걸어가시기를….

5분의 연속이 인간의 삶

사람은 하나님으로부터 공평하게 시간時間을 선물로 받았다. 내가 숨 쉬고 살아있다는 것은 시간이 있다는 것이요, 세상에서 사라진다는 것은 시간이 없다는 것이다.

이 선물로 받은 시간을 어떻게 활용하느냐에 따라 가치 있는 삶이냐, 무가치한 삶이냐, 또는 성공과 실패, 행복과 불행이 결정된다고 본다.

많은 이들이 삶의 경험 속에서 시간의 소중성에 대한 명언을 남기고 갔다.

시간은 금이다 time is gold.

시간은 돈이다 time is money.

시간은 생이다 time is life.

시간은 사람을 기다리지 않는다 time and tide wait for no man.

시인 실러는 시간의 걸음걸이를 3가지로 표현했다.

“미래는 주저하면서 다가오고, 현재는 쏜살같이 달아나고, 과거는 영원히 정지되어 있다.”

그러니 현재를 사랑하고 아껴라.

이런 명언들을 열거하자면 한이 없다.

나의 중 · 고등학교 시절에는 담임선생님께서 교실 뒷벽에 한문으로 크게 “少年易老學難成소년이로학난성 一寸光陰不可經일촌광음불가경”(젊은이여, 늙기는 쉽고 학업은 이루기 어려우니 시간을 허비하지 말고 공부에 전념하여라)이라 써 붙여 놓으셨는데 아이들은 무슨 뜻인지도 모르고, 심지어 일 년 동안 한문 글자도 읽지 못하고 지낸 아이도 있고, 알고도 아랑곳하지 않고 멋대로 실컷 놀고 수업 시간에도 엎드려 자고 하는 아이들이 태반이 넘었다.

교복 시절이 지나면 금방 성공이 눈앞에 다가오는 듯 노력도 없는 교복 시절을 지루해 하며 빨리 지나가기를 바랐다. 부모님이나 선생님들이 시간의 소중함을 누누이 이야기해 주어도 쇠귀에 경 읽기였다. 천금을 주고도 다시 찾을 수 없는 그 시간들…. 얼마나 철들이 없이 놓쳐 버린 시간들인가?

나는 요즘 하루 24시간이 늘 모자람을 느낀다.

아침 이슬에 맑게 씻긴 눈부신 태양이 떠올라 하루가 시작되는가 하면 책 좀 읽고 볼일 보고 서성거리다 보면 어느새 허락도 없이 노크도 없이 어둠이 성큼 걸어와 창문을 까맣게 물들인다. 이렇게 하루를 놓치고 나면 늘 초조하여 밤잠을 설치곤 한다.

시간의 소중함을 알면서도 흔히들 24시간 중에도 5분을 소홀히 하는 경우가 많다.

약속시간 5분 정도 늦는 것은 대수롭지 않게 생각하고 아침에 아이들도 잠자리에서 깨우면 맘껏 자고도 5분만 더 자겠다고 한다. 그 5분의 허비는 별로 시간에 대한 소중한 감각이 없다.

토스토예프스키에게 사형수로서 최후의 5분이 주어졌다.

28년을 살아오면서 최후의 이 5분처럼 절박하게 소중함을 느껴본 때가 없었다. 살아온 인생을 정리하는 데 2분, 주위사람들에게 마지막 인사하는 데 2분, 나머지 1분은 대지와 자연을 둘러보는 데 쓰기로 했다.

눈물을 삼키고 가족들과 작별 인사를 하는데 벌써 2분이 지났다. 그리고 자신을 돌이켜 보려는 순간 눈앞이 캄캄해지며 이제 3분 후면 내 인생도 끝이구나, 왜 28년을 아껴 쓰지 못했던가. 이제 살 수만 있다면 순간순간을 아껴 쓰련만 하고 자책하는 순간 기적적으로 풀려났다.

그때 주어진 그 5분의 깨달음이 그 후 그에게 수많은 작품을 저술하게 하여 세기의 문호를 만들었다.

그 5분! 그것의 연속이 우리의 인생이다.

내가 아는 교수님은 아침 안개를 헤치고 깔끔하고 단정한 옷차림으로 본인이 근무하는 직장에 제일 일찍 출근하는 사람보다도 5분

일찍 출근하였다.

창문을 열어 맑은 공기로 환기시키고 쓰레기통을 다 비우고 정리 정돈하여 오는 직원들로 하여금 상쾌하고 신선한 분위기에서 근무하도록 했다고 한다.

퇴근 때도 늦게 퇴근하는 사람보다 어수선한 뒷정리를 하고 5분 늦게 퇴근하며 성실하게 일함으로써 동료들의 신뢰와 존경을 받고 표창을 받으며 승진을 거듭하여 나중에는 국가의 큰일을 하기까지 성공했다.

평범하고 쉬운 일 같으나 매일 반복한다는 것은 쉬운 일이 아니며 5분을 값있게 썼던 것이다.

나는 오랫동안 교직에 근무하면서 수업이 시작되면 어수선한 분위기를 잡고 열정적인 수업 분위기를 조성하기 위하여 5분 동안 전시 학습을 상기시켰다. 전 시간에 배운 것을 질문도 하고 정리해 본다. 끝날 무렵 술렁이는 분위기를 잡기 위해 5분 동안 그 시간에 배운 것을 정리한다.

자칫 허비해 버릴 수 있는 5분을 핵심정리로 머리에 넣어 주는 효과가 컸다.

링컨 대통령은 연설을 할 때 처음 5분이 가장 중요하다고 했다. 처음 5분에 분위기를 잡으면 그 연설은 성공할 수 있기 때문이다.

교직에 근무할 당시 동료 교사 한 분이 소낙비가 쏟아지고 우울한 날이면 항상 농담 반 진담 반으로 "내가 5분만 차를 늦게 탔더라면 그녀를 만나지 않아 오늘의 이 비참한 가정생활을 하지 않았을 텐데…"라고 하여 한편 안 됐기도 하고 모두들 웃기도 했다.

어디 이런 일이 그 교사뿐은 아니다. 우리는 영화에서도 수많은 인생의 5분의 엇갈림의 비극을 볼 수 있고, 5분의 기적적인 만남으로 행복한 인생을 사는 경우도 볼 수 있다.

어린 시절 시골 간이역을 지나갈 때 기차가 산모롱이를 돌아 검은 연기를 내뿜으며 귀가 먹을 정도로 고래고래 소리 지르고 떠난다. 부모 몰래 애인 따라 나선 가난한 시골처녀가 5분 늦게 도착하여 애인을 싣고 떠나가는 기차를 바라보며 처절하게 울다 다음 밤차로 따라간다. 그러면 전화가 없던 시절이라 찾지도 못하고 잘못되어 삼류 비극의 인생을 사는 경우도 흔히 있었다.

우리에겐 6.25 한국전쟁 때 5분 차이로 한 가족이 엇갈려 남과 북으로 나누이는 이산가족의 한을 지금도 풀지 못하고, 눈물의 인생을 살고 있는 가족도 많다. 5분에 인생의 판도가 달라지는 것이다.

보편적 우리나라 사람들은 모두가 부지런하다. 지나치게 일을 하다 보니 단 5분의 휴식이 없어 과로로 쓰러지는 경우도 있다.

또한 소방관들은 긴급연락 받고 도착해야 하는 그 5분, 익수 환자나 심장마비로 호흡이 끊겼을 때 인공호흡이나 심폐소생술을 할 수 있는 그 5분이야말로 생사가 달린 절박한 시간이다.

자살하는 자에게도 죽고 싶은 마음이 가장 강하게 드는 5분간을 잘 넘기도록 도와주면 살릴 수 있다고 한다. 쉽게 허비하고 방심할 수 있는 짧은 5분이지만 인생의 다양한 모습에서 소중함을 절감하지 않을 수 없다.

우리는 인생을 살 때 사막을 걷는 것처럼 지칠 때가 있고 높은 산을 오르는 것처럼 힘들 때가 있다.

이럴 때 단 5분만이라도 환경을 탓하고 남을 원망하기에 앞서 내 안을 들여다보아야 한다고 생각한다.

어둠이 짙어질 때 별을 볼 수 있듯이 지치고 힘들 때 나를 찾고 나를 비우는 그 5분의 연속이 나의 인생을 고귀하게 승화시키며 반드시 하늘이 돕는 좋은 행운이 찾아올 것이라 생각해 본다.

산을 오르며

대지의 뜨거운 입김에 여름이 녹아내리는 날이다.

목청 높여 울어대는 아파트 뜰의 매미의 합창이 고막을 찢으며 더위를 부풀리고 있다.

모처럼 친구와 함께 도봉산을 오른다.

산 위에 여유롭게 앉아 있는 구름 한 덩이가 우리를 내려다보고 있다. 산 입구에 들어서자 몸으로 들어오는 싱그러운 산내임을 맘껏 마셔본다. 솔향기, 풀향기, 꽃향기, 흙향이 어우러져 몸속 깊이 스며들어 영혼까지 맑게 씻어 생명에 활력을 준다.

이것은 산만이 우리에게 줄 수 있는 선물에 고마움과 삶의 희열을 느낀다.

'네 영혼이 고독하거든 산으로 가라.'

산은 조용히 인생을 돌아볼 수 있는 명상의 장소요, 영감의 산실이다. 가끔 산의 품속에 안길 때 초연해지고 마음에 평화가 깃든다.

오늘은 산을 함께 오를 수 있는 친구가 있어 행복이 얼굴에 꽃으로 피어 발걸음이 가볍다.

인생 여로에서 하 많은 사람들이 있지만 대화는 할 수 있어도 마음을 나눌 수 있는 친구는 흔치 않다. 인생 일대에 겨우 20명 내외의 사람들과 운명적 만남을 가질 뿐이라는 것이다.

아무리 산수가 아름답고 비경이라 한들, 별천지 무릉도원武陵挑源이라 한들 홀로 걷고 홀로 바라본다면 얼마나 쓸쓸할까, 생각해 본다.

같이 경치를 바라보고 생각을 나누고 마음을 나누고 느낌을 공감할 수 있는 친구가 있다는 것은 축복이다. 그러나 함께하면서 마음, 생각, 사상이 색다르고 대화가 통하지 않는다면 홀로 있느니만 못하다.

루소의 말에 의하면 '사막에서 혼자 사는 것이 사람들 사이에서 혼자 사는 것보다 덜 힘들다' 고 했다. 외로움은 주위에 아무것도 없을 때가 아니라 사람과의 관계 속에서 있을 때 찾아오는 것을 체험할 때가 있다.

녹색의 짙푸른 숲 사이로 하나 둘, 이곳저곳에 나리꽃이 어쩌다 한 올 산을 넘어온 바람에 하늘하늘 흔들리고 있다. 외롭게 피어서인지 더 애잔하고 아름다운 것 같다. 한 그루 오래된 소나무에도 추억이 있듯 나리꽃을 보니 전설이 생각난다.

옛날 한 마을에 아리따운 처녀가 살고 있었는데 이 고을에 횡포가 심한 원님의 아들이 이 처녀를 보고 마음에 들어서 강제로 희롱하려 했다.

그러나 처녀는 완강히 반대했고 자결로 순결을 지켰다고 한다. 원님의 아들이 깊이 반성하고 양지 바른 곳에 묻어 주었는데 무덤 위에 꽃 한 송이가 핀 것이 나리꽃이라 한다. 그래서 꽃말이 순결, 깨끗한 마음이라고 한다. 과연 지금 이 시대에 혼전 순결을 지키는 여성이 얼마나 될지 의문이다.

이 나리꽃에 벌 나비가 기웃거린다. 벌은 꽃에서 꿀을 따지만 꽃에게 상처를 주지 않고 오히려 열매를 맺도록 도와준다고 하니 여성을 꽃으로 상징하는 남성들은 벌에게서 배워야 되지 않을까 생각된다. 그래서 자연은 인생의 교과서가 아닌가?

이런저런 이야기를 나누며 걷는데 땀이 등에서 구르며 올 여름은 유난히 여름답다고 한다.

지난 봄에 오를 땐 봄바람이 숲을 어루만져 피어난 화사한 진달래 꽃 사이로 공작새를 닮은 꿩(장끼)이 무언가를 찾는 듯 걸어다녀 가슴을 뛰게 하더니, 오늘은 다람쥐가 세월을 우려 먹은 상수리나무를 타고 오르락내리락 묘기를 부리며 귀여운 애교로 우리들의 마음을 빼앗는다.

발소리만 크게 내도 쏜살같이 숲으로 숨어 버리고, 숲은 어머니의 품속 같아 쫓기는 다람쥐, 토끼, 노루, 사슴 모두를 품어준다.

골짝에서 흐르는 물소리가 졸졸 졸졸 동요처럼 들린다. 무더위에 흐르는 물소리는 사막의 오아시스처럼 생명의 물소리로 들린다.

우린 골짜기로 올라가 시원한 물속에 양말을 벗고 발을 담갔다. 시원한 전율이 몸속에 전달된다.

물은 헛되이 흐르지 않는다. 산속의 동물, 물속의 생물을 먹이고 키우며 흘러가고 있었다. 돌은 물에 길을 내주며 온갖 생명들이 살게 한다.

'구르는 돌은 이끼가 끼지 않는다' 는 교훈을 주듯 돌들이 장마에 굴러와 쌓여 돌탑을 만들었다. 생명을 품고 흐르는 물처럼 우리는 친구와 정을 담고 세월로 흐르고 있었다.

골짜기의 물은 모든 오물을 씻어 데리고 내로 나간다. 강은 그것을 받아 바다로 들어가고, 바다는 넓은 가슴을 열어 물의 종류를 따지지 않고 품어 자기 것으로 만든다. 우리는 그 바다를 품고 더 넓은 하늘로 흘러야 되지 않을까?

우리 오기를 기다렸다는 듯이 흐르는 계곡물 옆에 점잖게 앉아있는 크고 넓은 바위 위에 돗자리를 깔고 앉았다. 싸가지고 온 과일, 샌드위치, 간식을 꺼내놓고 먹으니 일류 요리집에서 고급요리를 먹는 것보다 더 맛있었다.

날아갈 듯 상쾌하고 샘처럼 솟는 기쁜 마음을 알았다는 듯 산의 침묵을 깨고 도토리 나뭇가지에 앉은 새들이 신비한 노래를 불러준다. 흉내 낼 수도 없는 오묘한 소리다. 산의 속삭임을 품고 다니다 노래로 풀어놓는 것 같다. 우리도 따라 노래를 부르고 싶었다.

우린 소녀시절 학창으로 돌아가 가곡을 부르기 시작했다. 김동진 작곡의 '가고파' 부터 '선구자', '바위고개', '한 송이 백합화', '청산에 살리라', '별', '내 마음은 호수', '동심초', '내 마음의 강물', '보리밭', '에델바이스', '라파로마', '돌아오라 쏘렌토로', '도체리 세레나데' 등등 생각나는 대로 불렀다. 우리들의 노래는 날개를 달고 서로의 마음을 태우고 날았다.

마침 등산객이 별로 없었고, 한두 명 흘끔흘끔 쳐다보고 지나갔으나 노래에 사로잡힌 우리는 완전히 젊은 날의 최면에 걸려 아무도 말릴 수가 없었다.

우린 무대도 청중도 없었지만 한껏 목청을 가다듬었다. 계속 신바람으로 부르고 산은 메아리로 박수를 보내왔다.

흰 칼라에 파란 꿈을 담고 미래를 향하던 그 시절, 낙엽이 구르는 교정 벤치에 앉아 순수의 손수건을 적시던 그 친구들, 지금은 어느 하늘 아래 어느 풀밭에서 쉬고 있는지, 우리는 학창시절을 주섬주섬 꺼내 감회에 젖고 있었다.

난데없이 어디서 이름 모를 새 한 마리가 날아오더니 흐르던 물에 잠시 휘돌아 고인 데 몸을 넣고 한 바퀴 돌아 목욕을 하는 것이 아닌가? 너무 놀라 자세히 보니 물속에 몸을 완전히 넣고 180° 회전하고, 또 돌더니 3번을 재빨리 돌고 깃털을 털더니 어디론가 날아간다.

동물도 삼세 번을 아는 모양이다.

난생 처음 보는 희귀하고도 신기한 일이었다. 얼마나 열대야로 찌는 열기면 창공을 날던 새도 내려와 목욕을 하고 가는지 그 모습을 본 내 심정은 모래사장을 거닐다 보석을 주운 기분이었다.

산에 취했던 친구와 나는 제정신으로 돌아오고 보니 어느덧 작열하던 태양이 기력을 잃고 산마루에 걸려 있다.

우리는 노래와 새 이야기를 놀던 바위 위 소나무에 걸어놓고 저녁 무렵 시원한 바람이 일렁이는 산을 내려왔다.

모처럼 등산의 진미를 알 것만 같다.

나라를 생각해 본다

(촛불의 방향을 돌려라)

낙엽이 세월을 안고 달아나버린 산길을 오른다.

푸른 날 창공을 날던 꿈도, 태양처럼 이글거리던 욕망도 다 내려놓고 홀가분하게 서 있는 나목들 사이로 산새들이 날아간다.

가끔 산을 오르며 산내음을 마실 때면 영혼을 흔드는 잡다한 생각들이 어디론가 사라져 버린다.

왠지 오늘은 까맣게 몰려오는 하늘에 먹구름 한 덩이를 가슴에 넣고 걷는 기분이다. 무거운 발걸음을 간신히 북한산자락 산등성이에 올려놓고 바위에 앉았다.

철새 날아간 차디찬 겨울 하늘엔 여전히 구름이 흐른다. 더 이상 오를 수가 없다. 요즘 나라 걱정 때문에 밤잠을 설쳤기 때문이다.

어느 누가 동방에 해 뜨는 고요한 나라를 이토록 벌집 쑤셔놓듯 소음으로 흔들어 놓는지, 흰빛 무궁화의 하얀 마음들이 모여 일벌처럼 살아가는데 누가 붉은 물을 들이고 있는지 참으로 통탄할 일이다.

그동안 우리나라는 지정학적 위치로 볼 때 위로 대륙세력이 밀려오고 아래로 해양세력이 밀어닥치는 숙명적 위치에서 외세의 침략과 가난으로 수난의 피 눈물의 역사를 쓰면서 살아왔다.

고픈 배를 움켜쥐고 새마을운동을 하며 '우리도 한 번 잘 살아 보자' 고 새벽종을 울리면서 열심히 일해 오늘의 세계 10대 경제대국으로 성장하였다.

문화인으로서 품위만 잘 지키면 이제 활기차고 멋있는 국가로 부상할 텐데 어찌 누가 편 가르고 이색 이념의 물을 들여 이리도 휘저어 놓는지 답답한 현실이다. 그동안 침묵하며 숨겨온 사실이 국가의 고난을 통하여 무엇이 까마귀고 무엇이 까치인지 백일하에 드러났다.

북한의 남침으로 6.25때 사회주의(공산주의) 체제를 뼈저리게 경험했던 세대는 수백억 원을 안겨 준다고 유혹해도 용납할 수가 없는 것이다. 잠시 그 체제에 있을 때 부모 자식 일가친척까지도 믿지 못하게 만들어 서로 감시하고 체제에 불만이 있어 보이면 고발하여 반동이라고 숙청당하는 것을 어린 나는 듣고 보았다.

내가 아는 오빠도 친척이 고발하여 밭고랑같이 구덩이를 길이로 길게 파 놓고 사람들을 마늘 엮듯 일 열로 엮어 세우고 수십 명의 인민군들이 따발총으로 총살시켜 쓰러진 사람들이 구덩이로 떨어지면 흙으로 적당히 덮어 놓았다.

밤중에 가족들이 시신을 찾으러 이 구덩이 저 구덩이 헤집고 시신들을 확인하며 다녔다. 겨우 찾아 그들의 눈을 피해 집에 업고 와 크게 울지도 못하고 피눈물을 흘리며 산소에 모시는 것을 보았다. 이 소름끼치는 일을 실제로 경험한 산증인들이 시퍼렇게 살아 있다.

지금도 매스컴을 통해 숙청이 자행되고 목숨 걸고 탈북한 사람들의 증언을 들으면서도 그 체제를 찬양하는 종북세력들은 도대체 정신이 온전한지 의심이 간다. 그때의 일을 이야기하면 젊은이들은 설마 그러겠느냐 식의 동화 속의 이야기처럼 듣고 인정하려 들지 않으니 더욱 기막힐 노릇이다.

참으로 다음 세대가 걱정이 된다.

북한은 5대 혁명 역량강화로 남한에 간첩들을 내려 보내 국회의원, 교수, 교사, 학생 할 것 없이 국가에 불만이 있는 곳에 파고들어 부추기며 사회주의 이념으로 물들이고 있다. 이들이 선동하고 폭동으로 남한을 붕괴시키고 때가 되면 밀고 내려와 선동하는 무리들과 합세하여 무력적화 통일을 꿈꾸고 있다. 거기에 이용당하고 있음을 빨리 깨닫고 돌이키길 바라는 마음 간절하다.

그들은 레닌의 전법으로 달면 삼키고 쓰면 뱉는다. 일명 츄잉껌 전술이다. 이용해 먹을 대로 이용해 먹고 이용가치가 없으면 없애 버린다. 남한에 간첩으로 내려와 지령 받은 대로 임무수행을 하고 가면 훈장 달아주고 박수치고 영웅대접하고 쥐도 새도 모르게 없애 버린다. 남한의 실정을 보고 왔으니 지금까지 자기들의 거짓 선전한 허위 사실이 드러나므로 그냥 둘 수가 없기 때문이다.

종북세력도 정신 똑바로 차려야 한다. 그들이 볼 때 이용가치가 있어 남한을 적화하는 데 이용하지만 자기나라 배신하는 자들이 그들 체제에 오면 지조 없는 인간들은 자기들 또한 배신한다는 것을 앎으로 먼저 없애는 것을 명심해야 한다.

3백만이나 기아饑餓로 죽고 다 붕괴되어가던 북한체제를 햇볕정책이라 하여 막대한 경제적 지원은 물론 소까지 울리면서 끌고 가 희생시키며 선의를 베풀어 평화통일을 꿈꾸었었다. 그러나 선의를 베푼 그 돈이 악이용되어 핵무기를 만들고 살기殺氣가 등등하여 세계를 위협하고 있다.

그때부터 남한에선 보안법 철폐를 주장하는 무리들이 많아지게 되고 간첩들의 온상이 되어 지금 이 나라가 좌파냐 우파냐 자칫 월남처럼 될까 봐 우려하는 목소리도 크다.

월남이 오랜 전쟁으로 민족 주체성이 결여되어 공산세력(베트콩)을 지지하는 세력과 자유민주주의(미국)을 지지하는 세력으로 나누이니 미국이 손 떼고 떠나게 됨으로써 공산화 되어 버렸다. 지금 우리의 현실과 같은 상황이다. 정신 차려야 할 때라고 생각한다.

자기 나라 대통령이 잘못을 했으면 나라의 법이 있는 한 법에 의해 처벌을 받으면 될 일이다. 한참 진실과 진리를 가르쳐야 될 초등학생들까지 동원하여 데모에 가담시키고 있으니 이 나라의 장래가 너무도 걱정스럽다. 전교조, 민노총, 그전 통진당, 야당 국회의원이 합세

하여 지방 사람들까지 동원시켜 촛불을 들고 혼란을 조장시키고 있으니 한심할 노릇이다.

우리는 초대 대통령부터 18대 대통령까지 겪은 세대다. 대통령 중에는 국가 안보를 튼튼히 하고 경제대국의 초석이 된 분도 있고, 안보적으로 불안을 제공한 사람으로 외국에 있는 자식들에게 궁전 같은 집을 사주고 호의호식하게 하는 대통령들도 있었다. 후자와 같은 대통령들에 대해서는 관대하면서 자기 부모를 국가에 바치고 나라를 잘 이끌어 보려고 노력하다 다소 문제가 있다손 치더라도 그가 돈을 수천억씩 빼돌려 친척들에게 퍼주길 했나? 국가 안보적으로 국가를 망치길 했는가? 냉정한 입장에서 깊이 생각해 볼 일이다.

그 아버지 박정희 대통령을 독재자로 몰아부치는 것도 잘못이라고 생각한다. 그 당시 시대의 상황을 지금의 잣대로 보아서는 안 될 일이라고 본다.

그 시절엔 강력한 지도자가 필요했다. 정치적 사회적으로 혼란하여 마음 놓고 다닐 수도 없었다. 눈 뜨고도 코 베어가는 세상이라 도둑, 소매치기들이 많아 가방이나 호주머니가 늘 칼로 찢겨져 있었고, 귀중품 털리고 '죽어도 빽하고 죽는다' 할 정도로 부정 부조리가 많았는데 모두 척결해 주었다.

나쁜 짓하는 사람은 독재라 할지 몰라도 일반인들은 마음 놓고 살 수 있어 우선 편했고 경제가 날로 발전하니 배고프면서 일을 해도 즐거웠다. 이 혼란기에 그런 대통령이 그리워진다. 오히려 지금 우리나라보다도 외국에서 더 높이 평가하고 있다고 한다.

촛불을 들려면 제대로 들어야 하고 촛불의 의미를 제대로 알아야 한다고 본다. 그들 말로는 촛불은 사랑이고 정의라고 말한다. 사랑이라면 제 나라 대통령이 잘못했다고 하여 탄핵을 외치는 것이 사랑인가 생각해야 하며, 정의라면 간첩들을 풀어주라는 것이 정의인지 분별력을 가져야 한다.

촛불은 심지가 탈 때 불을 밝힐 수 있다. 이것은 곧 희생이 없으면 어두움을 밝힐 수 없는 것이다. 나라를 위해 어떤 희생도 없이 촛불만 들고 나온다고 불을 밝히는 것이 아니다. 불나비가 불에 뛰어들면 타죽는 것이다. 자기 나라 대통령이 잘못 되었으면 법의 심판을 받을 것이요, 뉘우치면 용서하고 다시 재기하여 잘할 수 있도록 돕는 것이 같은 정치인으로서 할 일이며, 그것이 사랑이고 희생이며 촛불의 의미라고 생각한다.

낱낱이 얼굴에 보톡스하는 것까지 꼬집어 비난하는 옹졸하고 비열하며 유치한 짓은 그만 했으면 좋겠다. 누가 죄 없다고 돌을 던지겠는가? 그것을 지적하는 사람들의 사생활은 어떤가? 그들은 더 더럽고 추한 것을 감추어도 드러나고 있다. 어느 당 대표는 가수의 애인을 불러내어 차속에서 성폭행하고 빼앗았느니, 어느 대통령은 자기 딸을 낳은 애인을 형하고 살도록 했느니, 어느 대선주자는 형수에게 쌍시옷자(ㅆ)보다 더한 욕을 하는 장면이 카톡에 떠다니는데 열거하려면 끝도 없다. 보톡스 이야기를 한다면 열거한 그것은 윤리적으로 괜찮아 덮고 있는지 의문이다.

젊은 층들이 분개하는 것은 권력을 이용하여 남들은 열심히 공부해도 못가는 일류대학을 특기생으로 가고 열심히 벌어도 집 한 채 사기가 힘 드는데 부를 축적했다는 것이다. 틀린 이야기가 아니다. 그것은 법에 의해 심판을 받으면 된다. 그러나 그동안 역대 대통령들 중 막대한 부를 축적하고 서민들을 등쳐먹었다는 인터넷 도박(현 대선주자와 함께) '바다 이야기', 이런 것은 밝히기 좋아하는 사람들이 왜 자기들은 파묻고 있는지 의문이다.

그 외 무수한 비리와 학교 특례법을 만들어 어느 대통령 아들은 지방 동국대 분교에서 연대 법대로 편입학, 어느 국무총리 딸은 숭실대서 연대로, 어느 시장 딸은 서울대 미대 하위에서 법대로, 어느 국회의원 딸은 경희대서 이대로, 열거하자면 한이 없다. 밝히려면 똑같이 공정하게 밝혀야지 지금보다 몇 배 더 비중이 큰 것은 덮고 지금 촛불을 빙자하여 국가의 혼란을 조성하는 것은 냉철한 중립의 입장으로 볼 때 매우 공정치 못한 처사라고 생각이 된다.

불나비가 불속에 뛰어들면 타죽듯 일단 북한을 지지하는 좌파와 손잡고 선동에 뛰어들면 같이 타죽지 않을까 염려된다.

'사촌이 땅을 사면 배가 아프고 적이 쓰러질 때 박수치며, 이것을 기회로 모든 것을 뒤집어 씌우고 만면에 웃음을 띠고 촛불이 안 되면 혁명으로 가겠다' 라고 하는 것은 같은 정치인으로서 아무리 권력이 탐나도 참다운 정치인의 상은 아니라고 생각이 된다.

'남의 눈에 눈물을 흘리게 하면 자기 눈에 피 눈물을 흘린다' 는 속담도 있고, 성서에도 '적이 넘어질 때 기뻐하거나 즐거워하지 말라. 그가 받을 진노가 자기에게로 옮겨올까 두려우니라' 고 했다.

이러한 오늘의 현실을 참고 바라보다 도저히 참을 수 없어 태극기 물결이 노도처럼 일어났다. 그래도 이 물결이 오늘의 이 나라를 지켜왔고 앞으로 지켜나갈 것이라고 생각이 된다. 이제 우린 좁은 테두리에서 벗어나 거대한 대해로 나갔으면 하는 생각을 해 본다.

남북이 하나 되어 세계와 어깨를 겨루어야 할 우리가 남북으로 나뉜 것도 서러운데 그것도 사상 이념이 갈리고 계파가 갈리고 지역이 나뉘어 감정싸움을 하고 매일 상대의 좋지 않은 점만 꼬집어 내어 물고 뜯는 행위는 그만 했으면 좋겠다.

가화만사성家和萬事成이라 했다. 국민이 화목해야 나라가 잘 되지 않겠는가? 상대가 넘어질 때 힘과 용기를 주고 잘 될 땐 박수를 보내는 품격 있는 선진 문화인의 표상이 되었으면 얼마나 좋을까 생각해 본다.

이제 우린 정말 가치 있는 촛불을 밝힐 때가 왔다고 본다. 촛불의 방향을 돌려야 한다. 무고한 백성을 굶주려 죽게 만들고 숙청을 밥 먹듯 하며 꽃다운 기쁨조를 가계로 연이어 성폭행하며 핵무기 미사일을 만들어 적화 야욕을 꿈꾸는 저 북한을 향해 촛불을 돌릴 때라고 생각한다.

그 동안 훈련도 많이 했으니 우선 촛불과 태극기 물결이 하나 되고 온 대한민국이 견고히 뭉쳐 손에 손잡고 저 북한을 향해 평화 대행진을 해야 할 것이다. 이것이야말로 제대로 된 가치 있는 촛불 행진이라고 생각한다.

70년 동안 막혀 있는 38장벽을 넘어 북한으로 들어가면 그 동안 공포 정치에 억눌려 왔던 동포들과 하나가 되어 인간 최대의 고통의 살상체제를 무너뜨리고 평화통일을 일으키는 그날을 만들어야 될 것이다.

한 나라 한 민족의 깃발을 높이 들고 열심히 발전시켜 나갈 때 '타골' 의 예언 시詩처럼 동방의 횃불이 되고 세계의 등불이 될 것이다.

촛불의 방향을 돌리자.

구름 따라 끝없이 생각이 흘러가는데 갑자기 푸드득하고 꿩 한 마리가 숲속에서 날아간다.

소스라쳐 놀라 보니 해는 벌써 북한산 위에 걸려 있다. 바위에서 내려와 나목 사이를 걸어 집으로 향하는데 왠지 좀 발걸음이 가벼운 것 같다.

제 4 부

알바니 초원의 집

하와이Hawaii에서

추억은 아련한 그리움으로 젖어 올 때가 있다.

나는 어릴 때부터 책상 위에 앉거나 땅에 앉으면 낙서 비슷하게 그림을 그렸다. 주로 야자수 아래 백사장이 있고, 바다 위에 갈매기 날고, 작은 돛단배가 멀리 떠나가고, 하늘엔 구름에 가리어진 조각달을 나도 모르게 그리는 버릇이 있었다.

그것이 어떤 암시暗示나 예시例示가 되어서인지 1980년대 초에 방학을 맞아 하와이를 가게 되었다.

호놀룰루 시내로 들어가면서부터 내 입에선 '와! 야!' 하는 감탄사가 연발로 터져 나왔다. 내가 늘상 마음 속에 품었던 풍경이 펼쳐진 것이다. 그리던 그림과 똑같은 곳을 오게 되었다는 것에 놀라 꿈인지 생시인지 이 세상이 아닌 별천지에 온 느낌이었다. 마음의 묵상이 하늘에 열납된다고 하더니 맞는 것 같았다.

첫눈에 그림으로 들어오는 꿈과 낭만의 야자수부터가 가슴을 요동치게 했다. 시가지의 고목들이 빨강, 노랑, 분홍, 흰색 등 갖가지 색의 꽃이 만발하여 해맑게 웃고 새들은 꽃 나뭇가지에 앉아 신비로운 소리로 사람들의 혼을 빼앗았다. 온화하고 감미로운 바람이 몸을 쓰다듬을 때 행복이 가슴에 둥지를 트는 소리가 들렸다.

와이키키해변 야자수 그늘에 앉아 멀리 수평선으로 떠가는 조그만 조각배를 바라보는 사람들, 비키니 차림으로 해변을 거니는 여인들, 백사장을 밟고 간 발자국들, 물 위를 나는 갈매기, 물을 가르며 윈드서핑하는 싱싱한 젊은이들, 하나하나의 생경한 이 풍경 속에 빠져 버린 나는 '다이돌핀didorphin' 이 몸속에서 펑펑 쏟아졌다.

굳이 사진 기술이 없어도 카메라로 아무 곳이나 누르면 작품이 될 정도로 배경을 따로 고를 필요도 없었다.

지상의 낙원 알로하 하와이! 이곳 사람들은 천국보다 조금 못한 곳이라고 했다. 그들에게 일화가 있다.

어느 날 어떤 사람이 죽어 천국에 갔는데 그 좋은 천국에 가서 3일 만에 훌쩍훌쩍 울더라는 것이다. 이상히 여긴 하나님께서 질문을 하였다.

"너는 왜 이 좋은 곳에 와서 우느냐?"

"네, 저는 고향 생각이 나서 웁니다."

"그래? 네 고향이 어디냐?"

"네! 제 고향은 하와이입니다."

그만큼 하와이가 아름다운 곳이라고 자랑들을 했다. 그들의 자랑은 빗나가지 않았다.

하와이제도는 약 2천 8백 년 전에 화산 폭발로 생겨났으며, 8개의 큰 섬들을 포함한 그림같이 아름다운 130여 개의 크고 작은 섬들과 산호초로 이루어져 있다.

1788년 영국의 탐험가 제임스 쿡(James Cook, 1728~1779) 선장이 상륙하여 비로소 세계에 알려졌다. 당시만 해도 여러 왕들의 지배하에 있었다. 그러다가 하와이 섬의 한 추장이었던 카메하메하(Kamehameha, 1738~1819)가 여러 섬을 평정하고 1795년 이후 약 백년간 8대에 걸친 왕조의 틀을 세웠다.

그 후 1850년대부터 시작한 이민정책으로 점차 쇠진해진 하와이 왕조는 1894년에 공화국이 되었다가 1898년에 미국과의 합병조약을 체결, 1959년에 미국의 50번째 주로 흡수되었다.

나와 일행은 선교차 갔으므로 교회에서 예배드리고 성경 공부를 하며 저녁에는 신앙 상담을 했다.

아름다운 풍경 뒤에는 고통과 슬픔이 잠긴 어두운 단면이 있었다. 피상담자들 중에는 한국전쟁으로 피치 못하게 미군과 국제결혼을 하게 되어 이곳에 와서 살면서 겪은 이야기가 많았다. 언어가 잘 통하지 않아 남편들에게 구박도 많이 받고 구타도 당하면서 살아온 이야기, 가정이 가난하여 이곳에 오게 되어 갖은 고난과 역경을 견디며 살아온 이야기, 현재 살고 있으면서도 남편과 뜻이 잘 안 맞아 다투는 이야기, 반대로 성공담, 고국에 대한 향수 등 한없이 많은 이야기들을 쏟아 놓았다. 나 역시 밤새워 같이 울고 웃으며 진솔한 카운슬러의 역할에 최선을 다했다.

사랑의 고갈은 이들의 생을 병들고 시들게 하고 있었다. 불행은 사랑의 상실이요, 행복은 사랑의 회복이라는 것을 다시 한 번 느낄 수 있었다.

하와이 교회 어떤 분이 새로 뽑은 최신형 벤츠를 몰고 왔다. 자기가 운전경력이 짧아 길을 안내할 테니 나보고 차를 운전하라 하여 한국에서는 만져보지도 못한 벤츠를 몰아보게 되었다.

일행들을 태우고 하와이 해변을 드라이브하는데 조각구름 한가로운 남빛 하늘 아래 금방 손을 넣으면 파란 물이 들 것 같은 옥빛 바다, 정열을 토하는 태양이 파도를 안고 뒹구는 풍경을 바라보며 달리는 기분은 경험자가 아니고는 말을 할 수가 없을 정도로 하늘을 나는 기분보다 더했다.

섬을 돌며 자연 환경 등 이름난 호텔들도 탐방해 보았다. P호텔 밑에는 바닷물을 끌어들여 대형 거북이를 비롯한 큰 물고기들이 왔다 갔다 하며 명당의 역할에 일조를 하고 있었다. 너무 멋있고 자연환경이 무엇과 비교도 할 수 없이 아름답다는 말밖에는 표현할 길이 없다. 그 당시 각 나라의 각료들이나 귀족들이 오면 쉬는 호텔이라고 했다.

우리가 있던 호놀룰루는 미국 하와이주의 주도, 항만 국제 관광도시 하와이제도 오하우 섬 남동부에 위치한 인구 37만으로 정치, 문화, 교육의 중심지, 태평양의 십자로라 할 만큼 교통의 요충지다.

또, 커피, 설탕, 과일 등의 수출항이며 제당, 파인애플, 통조림 제조 등의 공업이 발달하였고, 철강 및 조선업이 성하다. 온난한 기후로 산호초와 아열대 특유의 식물이 있어 세계관광 휴양도시로 유명하며 와이키키 해변이 있는 곳이다.

와이키키 비치는 하와이어로 '분수' 라는 뜻을 가지고 있으며 총 길이가 3.5km로 북서방향으로 나있는 말라와이 운하와 남동쪽에 있는 다이아몬드 분화구 사이의 마발라만에 자리잡고 있다. 고급 호텔이 줄지어 있고 수상스포츠시설, 수족관, 식물원, 국제시장 등이 있는 곳이다.

저녁을 일찍 먹고 수영복을 입고 가운을 걸치고 슬리퍼를 끌며 와이키키 비치(Waikik Beach)로 5분 정도 걸어 나갔다. 백사장에 발을 디디니 보드랍기가 밀가루를 밟는 것처럼 포근한 느낌이다. 이곳의 모래는 호주나 동남아에서 실어온 것이라고 한다. 한낮의 태양이 물을 따뜻하게 데워놓아 물이 차지 않고 저녁때라 얼굴을 그을릴 걱정도 없고 사람도 한산하고 수영하기 알맞아 좋았다.

헤엄을 쳐 멀리까지 가서 일어서도 물이 허리나 가슴까지만 올라와 위험하지도 않고 마냥 즐길 수가 있어 세계 제일의 로맨틱 휴양지 다웠다. 모처럼 수영한 후 야자수 그늘에 앉자 수평선 멀리 하늘을 바라보는데 마침 노을이 물들기 시작해 수평선을 빨갛게 태웠다. 내 얼굴도 황금빛으로 타올랐다. 빛과 색으로 가득한 로맨틱 해변, 아! 낭만, 아! 환희, 아! 감동은 와이키키에서만 볼 수 있는 신만이 그리는 걸작이었다.

집으로 돌아오는 해변의 거리에는 옷, 액세서리 파는 가게, 커피숍, 음식점 등이 늘어서 있다. 이곳의 특산물인 진주와 산호초로 만든 액세서리가 많고 T셔츠나 남방셔츠엔 야자수 무늬가 많았다. 시장안의 조그만 무대에는 향연이 베풀어지는데 약간 까무잡잡한 매끈한 피부의 아가씨들이 머리와 목에 화환레이를 걸고 하와이 전통춤인 훌라춤을 추었다.

태평양에서 불어오는 바람이 살랑이는 듯한 감미로운 멜로디에 댄서들의 몸동작 손동작 하나하나에는 고대로부터 오는 역사가 보였다. 폴리네시아인에 의해 발전된 전통춤은 이방인들의 발길을 붙잡았다. 훌라춤에서 하와이가 보였다.

팔리 바람산 누아누 팔리 전망대에 올라갔다. 와이키키에서는 20~30분 거리다. 가는 길 양 옆으로 정글이 우거져 있는데 이곳이 타잔 영화를 찍었던 곳이라고 한다.

타잔이 나무줄기를 잡고 자유자재로 이용했던 곳으로 줄기가 많고 보리수나무도 많다. 이곳엔 먹이 사슬을 끊어 놓아서 동물들이 전혀 살지 않고 특히 뱀이 살지 못하도록 야생 닭과 몽구스를 풀어놓아서 뱀이 없다고 한다.

높은 전망대 절벽 위에서 아래를 내려다보면 왼쪽으로 병풍처럼 산이 드리워져 있고 정면으로 초원과 멀리 도시와 바다가 보인다. 화사한 햇살에 비치는 진초록빛 나무들이 녹색의 장원을 이루고 있었다.

바람이 얼마나 세게 부는지 세계의 바람들이 이곳에 모여 시합을 하는 것 같았다.

이곳은 코올라우 산맥이 끊어지는 지점에선 바람이 한꺼번에 모여 올라와 강풍을 만들어내는 바람산이 된 것이다. 나도 "바람아 네가 얼마나 센지 버텨보자" 하다가 절벽으로 떨어질 것 같은 현기증을 느꼈다. 바지를 입었으니 다행이지 치마 입은 여인들은 치마가 뒤집혀 속옷이 보여 웃음도 자아냈다.

매일같이 바람 받는 나무들은 이사를 해야 될 것 같았다. 바람 속에는 시시때때로 불어오는 인생의 바람도 잘 버티는 인내를 가지라는 의미가 있는 듯도 했다.

우리 일행이 내려올 때 머리가 어떤 이들은 폭탄 맞은 것 같았는데 나는 수사자 머리같이 해 가지고 내려왔다.

바람산에서 시내 쪽으로 고개를 내려오다 보면 터널을 빠져 나오는데 이곳에는 귀신이 나온다고 한다.

하와이제도를 통일하는 마지막 격전지였으니 원주민들이 많이 죽었을 것이다. 주로 인디언 귀신이 나와 차사고가 많이 난다고 한다. 이 나오는 귀신들은 돼지고기를 좋아한다고 하여 사고를 미리 예방하기 위해 밤에 이곳을 넘나드는 이들 중에는 익지 않은 날돼지고기를 던지고 가는 사람들이 있다고 한다.

모양이나 속성, 형태가 다를 뿐이지 동양이나 서양이나 귀신은 어디서나 등장하는 모양이다. 우리는 컴컴할 때 으스스한 터널을 빠져나오면서 돼지고기 대신 하나님의 이름으로 "이 사탄아! 귀신아! 물러가라" 하고 무사히 넘어왔다.

하와이 교인들과 동고동락하다 보니 방학 한 달이 번개처럼 지나갔다. 우울했던 그들의 얼굴이 구름 사이로 솟아오르는 환한 태양처럼 빛날 때 보람이란 애드벌룬을 마음의 하늘에 띄울 수 있었다. 정으로 물든 우린 떠나올 때 서로 안고 콧물 눈물을 훌쩍였다.

하와이에 묻어놓은 추억이 마음 속 진주가 되어 이 가을에 꺼내어 본다.

알바니Albany 초원의 집

사람이 행복한 것은 그리운 사람과 보고 싶은 사람이 있기 때문이란 말이 생각난다.

둥지를 떠나 어디론가 날아간 어린 새들을 어미 새가 항상 그리듯, 세월의 바람이 지나가고 어린 새들의 생각과 관계없이 늘 둥지를 떠난 자식을 그리는 마음은 사람도 마찬가지인 것 같다.

낙화로 봄이 울고 떠난 뒤 연둣빛 잎새들이 진초록으로 물든 유월 어느 날. 사위의 정성이 담긴 비행기표로 여동생과 나는 뉴욕행 비행기에 올랐다.

전에도 뉴욕은 가 보아서 여행에 대한 설렘보다 그리던 아이들 만남에 대한 설렘이 컸다. 잡다한 모든 생각의 짐을 내려놓고 훨훨 내가 하늘을 날고 있다는 사실이 희열이다.

하지만 이젠 일상이 된 이 육중한 쇳덩이에 짐과 사람을 이리도 많이 싣고 떨어지지 않고 하늘을 나는 이 비행기, 인간의 무한 도전과 위대성을 다시 한 번 생각해 보게 된다. 인간의 불가능에 대한 도전은 어디까지 갈 것인가?

하얀 하늘길에 생각의 조각들이 구름 따라 흩어지고, 때론 책도 읽으며 영화도 보는 동안 어느새 14시간이 흘러 밤 9시 별들의 파티가 열리고 뉴욕의 불빛이 보석처럼 빛났다.

사위가 캄캄한 밤을 뚫고 알바니에서 뉴욕공항에 나와 우리를 맞았다. 사위는 S회사의 뉴욕 발령으로 온 지 1년 밖에 안 되었는데 차선도 무수히 복잡하고 별로 다니지도 않았던 길을 집까지 약 3시간 좀 넘게 달려 '똑' 하고 소리가 날 정도로 밤길을 잘 찾아 갔다. 딸과 손주들은 자정이 넘었는데도 자지 않고 뛰어나와 맞으니 이국에서 만난 기쁨은 새로운 감동으로 흘렀다.

알바니의 아침은 눈부시게 화사했다. 문을 열고 나가 보니 세상에나, 집들이 얼마나 예쁜지 감탄사가 절로 나온다.

조용하고 한적한 주택가 진초록 비로드 위에 수를 놓은 듯 깔끔한 잔디 위에 곱게 단장된 아담한 집들, 정원엔 백합, 로즈마리, 들장미, 그 외 갖가지 꽃들이 피어 있고, 분수가 시원스레 솟고, 이름 모를 새들이 잔디 위에 통통 뛰면서 날고 있는 집들 중 하나가 딸의 집이다. 회사의 협조에 자기들이 돈을 더 주고 찾았다고 한다.

정원 숲속에 살고 있는 토끼가 가끔 놀러오는데 딸이 야채를 주곤 했더니 내 집처럼 자주 드나든다고 한다. 나도 정원을 거닐다보니 귀가 쫑긋 서고 앞가슴이 희고 등은 재색과 흰색이 섞인 토끼 한 마리가 뛰어 들어오기에 반갑기도 하고 신기하여 배춧잎을 던져 주었더니 도망을 쳤다.

토끼도 낯을 가리는 모양이다. 쓰다듬어 주고 싶은데 섭섭했다.

정원 나뭇가지에 새 한 쌍이 앉았다. 약간 재색과 푸른 빛에 부리는 흑갈색을 띠고 연신 갸웃갸웃하며 잔디에 내려 먹이를 쪼아 먹는 시늉을 하더니 날개를 펼쳐 지붕 왼쪽으로 날았다.

자세히 보니 지붕 안쪽 기둥과 벽 사이에 둥지를 틀고 드나드는 것이 아닌가?

얼마나 신기하고 반가운지 딸의 가족과 함께 살아가는 새의 가족을 보니, 옛날 어린 시절 피란 갔던 집에 제비가 집을 짓고 새끼를 쳐서 먹이를 물어다 먹이고 자란 후 제비가족은 늦가을 따뜻한 나라를 찾아 강남으로 날아갔던 모습이 생각난다. 까마득한 옛날에 본 후 지금 미국에 와서 이런 일을 다시 보았다.

새들이 찾아와 깃들어 둥지를 틀고 사랑을 나누는 모습은 모든 이들에게 본이 되어 자기들처럼 사랑하며 살라고 교훈을 주는 것이 아닌가 싶었다. 좋은 일이 딸의 집에 생길 것 같은 예감이 들고 기이한 일로 여겨졌다.

하루는 사슴이 뒤곁 정원 잔디 위에 한쪽 뿔을 떨어뜨리고 가서 딸이 주워서 벽에 걸어 놓은 것을 보았다. 아마 새 뿔이 나오니 헌 뿔을 선물로 주고 간 모양이다.

딸이 "한 쪽마저 주고 갈 것이지" 하여 우린 깔깔대고 웃었다.

미국 민요 '언덕 위의 집' (Home on the Range)이 생각난다. 행복한 생활을 그리워하는 목동의 꿈을 온화하게 부르는 노래이다.

들소들이 뛰고 노루 사슴 노는
그곳에 나의 집 지어주
걱정소리 없고 구름 한 점 없는
그곳에 나의 집 지어주
언덕 위에 집 노루 사슴이 뛰어 놀고
걱정소리 하나도 들리잖고
구름 한 점도 없는 그 곳.

손주들의 뒤를 따라 아침 산책을 나가 동네를 한 바퀴 돌아보았다. 이것은 한 마디로 서양에서 보는 한 폭의 서양화다.

넓고 넓은 푸른 잔디만 보아도 뒹굴고 싶은 마음인데 저마다의 자태를 자랑하는 꽃들, 운치 있게 늘어서 있는 나무들, 사람을 기다리는 벤치, 정원에 세워진 조각상들, 누구집이 더 예쁘게 꾸밀까 내기라도 하는 것 같았다.

하나같이 멋스럽고 깔끔한 현대식 건물로 쓸모 있고 편리하게 지은 아담한 집들이다.

모두가 초원 위의 집들로 넓은 공간에서 내면의 삶의 모습은 각기

다르겠지만 여유롭고 평화롭게 따사로운 사랑의 향기로 행복을 만들어가고 있는 것 같았다.

낙원이 따로 없는 것 같다. 이곳이야말로 걱정소리 하나도 들리잖고 구름 한 점 없이 사는 유토피아가 아닌가 생각할 정도였다.

남성들이 흔히들 '집은 서양 집에, 여자는 일본 여자에, 음식은 중국 음식을 먹고 살면 금상첨화錦上添花' 라고 한 말이 생각난다. 이런 집에 살고 싶은 생각이 굴뚝같았다.

우리같이 좁은 땅에 닭장처럼 아파트를 지어 좁은 공간에서 오글박작 아귀다툼하며 산다는 것이 얼마나 답답한 일인가? 그래서 사촌이 땅을 사면 배가 아플 정도로 속이 좁게 여유롭지 못한 마음들을 갖고 사는지도 모르겠다.

저녁에 손주들이 우리가 오면 보여주려고 준비를 한 이벤트가 있다 하여 기대 반에 한 편 '저희들이 뭘 한다고?' 하는 재롱쯤으로 생각하고 앉아 관람을 했는데 모두 놀랐다.

주제는 인형극이었다. 손녀 혜린(초등 1학년)이가 각본을 썼는데 동화를 자기가 직접 써서 분량이 자그마치 A4 용지를 세로로 이어서 어른 양손 벌려 2발 이상 약 4m나 썼고, 해설과 아울러 주인공들의 역할을 성대모사로 그럴 듯하게 하고, 손자 혁찬(초등 2학년)이는 대사에 따라 인형들을 움직이는데 감히 초등 1,2학년 수준을 넘어 중 · 고등학교 수준이었다. 꼬마들이 연기력보다 각본을 쓴다는 것이 대단한 일이었다.

혁찬이는 책을 많이 읽어 생각이 깊고, 박식하고, 총명하며 앞으로 과학자가 되겠다고 하고, 혜린이는 영리하고 지혜로우며 솔선하는 성격으로 장래 교수가 되겠다고 하는데 다방면에 뛰어남으로 미국에 간 지 일 년밖에 안 되었는데도 학교에서 두각을 나타내고 있다.

대견스럽고 신통하여 극찬의 박수를 보내고 선물도 사 주었다. 항간에 자식과 손주 자랑하면 팔불출이라고 하는데 모처럼 있는 그대로 한 번 해 본다. 구불출이면 어떠랴?

한국은 주입식 교육이요, 미국은 학생의 흥미, 의욕, 능력, 이해를 고려하여 자기주도 학습으로 자신감과 자부심을 갖고 스스로 사고하는 올바른 공부 습관을 길러주는 한편 독창성과 창의성을 키울 수 있는 학습 방법을 택하고 있는 것 같았다.

사위가 회사에서 돌아오면서 랍스터를 사가지고 와 요리를 해 주었는데 옛 속담에 '둘이 먹다 하나가 죽어도 모른다' 는 말같이 담백하고 감칠맛이 있어 너무 맛있게 먹었다.

그리고 그 다음에 '중이 고기 맛을 알면 절간에 빈대도 남아나지 않는다' 는 속담같이 랍스터에 맛들인 우리는 딸과 함께 시장에 가서는 싱싱하게 살아서 손가락 집게로 사람을 찝으려는 것을 시장 주인이 스카치테이프를 붙여주어 랍스터에게는 안 되었으나 우린 요리해서 미안해 하면서도 계속 먹어댔다.

딸과 사위가 요리를 잘하여 살찌는 소리가 디룩디룩 들리는 것 같았다.

요즘과 같이 부모와 자식의 사랑이 부재된 시대에 둥지를 떠나 머나면 이국땅 미국에까지 날아와 새둥지 안에 비둘기처럼 살며 부모를 생각하는 딸 내외의 지극한 효성, 그리움이 용해되어 벅찬 기쁨의 물결로 파묻어가는 이 행복을 나를 아는 모든 이들과 나누고 싶다.

내일부터는 딸 내외가 알바니Albany의 이곳저곳을 여행하자고 한다. 생각만 해도 설렌다.

레이크 조지Lake George의 하루

행복한 시간은 사라지지 않는다.

알바니Albany의 새벽을 건너온 아침 햇살에 눈이 부셨다.

지구 끝까지 넓은 하늘, 이처럼 광활하고 넓은 대지를 한국에서는 본 일이 없다. 시원스레 앞이 탁 트인 하이웨이를 원 없이 달렸다.

차속엔 딸 내외, 손주 혁찬이와 혜린이 둘과 여동생 등 여섯 가족이 미국 땅에서 한국 노래를 목이 터지도록 부르며 레이크 조지Lake George로 향했다.

특히 어린 손주들이 기성가수들, 요즘 뜨는 한류 그룹 가수들의 노래를 너무 잘 불러 웃음을 자아냈다.

레이크 조지는 뉴욕시에서 북쪽 방향으로 승용차로 3시간 거리이나 뉴욕의 수도 알바니에 있는 딸의 집에선 약 30분 거리에 있는 호수다. 미국에는 크고 작은 호수가 워낙 많아 작은 호수는 호수 축에도 못 끼고 연못(Pond)으로 불려진다. 하지만 레이크 조지는 너무나 아름다워 '호수의 여왕' 으로 불린다.

입구에 들어서는 순간 옥색 물결의 파란 호수가 강처럼 펼쳐졌다. 호숫가엔 가지각색의 예쁜 꽃들이 호수 닮은 웃음으로 해맑게 우리를 반기고, 호숫가 나무숲 사이로 보이는 별장 같은 맨션들이 한층 아름다움을 더했다.

출렁이는 물결 따라 유람선이 떠가고 호숫가 언저리엔 오리들이 한가롭게 놀고 있었다. 남빛 하늘엔 몇 편의 조각구름이 조각배처럼 물 위에 떠다니고 있어 한 폭의 그림같이 보기 드문 비경으로 '호수의 여왕' 다웠다. 이 호수를 바라보는 우리도 호수를 닮을 것 같았다.

사위가 배를 타자고 하여 내려왔는데 방금 떠나서 기다리려면 오래 걸리므로 호숫가의 약간 비탈진 언덕 나무그늘 밑에 식탁과 의자를 붙여 만들어 놓은 곳에 앉았다. 유람선은 왕복 3시간쯤 걸린다고 하며 2대가 운영되는 것 같았다.

멀리 모터보트, 수상 오토바이, 수상 스키를 타는 사람들과 보트에 긴 줄로 이어진 기구에 매달려 하늘 위로 둥둥 떠가는 사람들도 보였다.

우린 호수를 바라보며 준비해 온 김밥과 과일 등을 먹었다. 이국의 하늘 아래서 그것도 미국의 명승지 호숫가에 앉아 가족과 함께 먹는 점심이 일미였고, 이 소중한 시간은 행복을 낳았다.

맑고 투명한 호수 위에 햇살이 물결에 반사되어 보석을 뿌려 놓은 듯 반짝거리고 바람은 호수에 꽃잎을 던지며 관광객을 부르는 듯했다. 백사장엔 수영하러 드나드는 사람들이 있고, 열심히 포즈를 취하며 사진을 찍는 관광객도 있었다.

젊은 연인들이 손을 잡고 호숫가를 걷는 모습이 배경과 조화가 잘 되어 그림엽서 같았다.

오리 한 마리가 우리 있는 곳으로 날아왔다. 손주들이 예쁘다고 뒤따라 쫓아다니며 재미있어 했다. 생명을 사랑하며 자연과 더불어 사는 것이 얼마나 행복한지 살아있다는 자체만으로도 기쁜 일이다.

아직 오월 말경이라서인지 이곳을 찾는 관광객들이 생각보다 붐비지 않고 비교적 조용하고 사람들의 손이 닿지 않아 살아 숨 쉬는 자연을 느낄 수가 있었다.

1880년 미국 부호들의 관광지로서 휴가를 보냈던 맨션과 개인이나 뉴욕주 정부가 소유한 섬들이 있다. 폭이 좁은 곳은 1.7km, 넓은 곳은 5km, 길이가 54km, 둘레만도 32마일이나 되는 커다란 호수이며 미국인들 사이에 유명한 관광지다.

호숫가를 산책하며 내가 만약 이곳에 산다면 별장을 사서 휴식공간으로 책도 읽고 글도 쓰며 가족, 친지들도 불러 함께 호수를 느끼면 얼마나 좋을까 싶은 생각이 일순간 지나갔다.

시차적응이 잘 안 되어 동생과 나는 자꾸 졸려서 유람선을 탈 수도 없고, 유람선은 한국에서도 가끔 타 보았기에 호숫가 거리구경에 나섰다. 정원엔 뉴욕주의 꽃인 들장미 등 꽃들이 피고, 주를 상징하는 새가 파랑새라서인지 파란 빛을 띤 듯한 새들이 재잘거리며 가끔 날고 있었다.

거리 주변엔 액세서리, 옷, 장난감, 아이스크림 등을 파는 작은 가게들과 커피숍 등이 많았다. 들어가 보아도 중국을 비롯한 동남아 제품이 많고 별로 살 것도 없었다.

우리는 거리를 거닐며 벤치에 앉아 아이스크림을 먹으며 이야기도 나누고 거리를 활보하는 각기 다른 백인, 황인, 흑인의 얼굴빛과 옷 입은 스타일 등 자유롭고 여유를 즐기는 관광객들의 모습을 보며 미국의 정서를 느꼈다.

미국인들은 거리에서 스칠 때마다 'Excuse me, Thank you' 를 항상 말해 입버릇처럼 생활화 되어 있었다.

발을 밟고도 미안하다는 말 한 마디 없이 가버리는 이도 있는 우리나라와는 차원이 다르다. 역시 문화민족은 하루아침에 이루어지는 것이 아닌 것 같다.

조그만 규모의 어린이 놀이터에 들어가 놀이기구를 손주들이 신나게 타고 나오는데 갑자기 하늘에 먹구름덩이가 집채만 한 것이 밀려왔다.

이렇게 해가 쨍쨍한데 무슨 비가 올까 싶어 우산도 가져오지 않았다. 그런데 그것은 우리의 사정이고 웬일인가? 떨어지면 발등이 깨질 만한 굵은 빗방울이 후둑후둑 떨어졌다.

우린 사위가 차로 뛰자 하여 일제히 '와!' 소리 지르며 뛰는데 장대비로 변하여 두드려 맞았다.

하늘이 구멍 난 듯 쏟아 부우니 누가 빨리 뛰나 시새워 경주하듯 최고의 마라톤을 했지만 모두가 비를 흠뻑 맞아 속옷까지 젖어 차에 왔을 땐 족제비들같이 되었다.

우린 서로 마주보며 깔깔대고 웃었다. 알고 보니 사람이 변덕스러우면 이곳에서는 '뉴욕 날씨냐' 라고 한다고 한다.

우린 레이크 조지에 남몰래 이 사건을 묻어놓고 부랴부랴 알바니 집으로 향하는데 언제 그랬냐는 듯 해가 다시 반짝 웃었다.

스톤 마운틴stone mountain에서 가족과 함께

햇빛이 바라면 역사가 되고 달빛이 바라면 전설이 된다는 말이 있다. 미국의 애틀랜타의 스톤 마운틴은 햇빛과 달빛이 같이 바래서 역사와 전설이 함께 숨 쉬는 곳이기도 하다.

새벽부터 애틀랜타의 아들 집 숲속엔 신비로운 새들의 지저귐이 곤한 잠을 깨운다.

모처럼 둥지를 떠났던 시집간 딸의 가족과 아들의 가족, 여동생 등이 모여 그리운 얼굴들과 보고 싶은 마음들이 어우러져 기쁨을 빚어내고 있었다.

미국에서 태어난 손주들 현빈(유치원), 수빈(초등3), 유빈(중1)이 3형제가 한국말은 잘 못하고 영어로만 말하고 한국에서 태어난 외손주들 혁찬(초등2), 혜린(초등1)이는 사위가 근무하는 S회사의 뉴욕 발령으로 이제 미국 온 지 1년밖에 안 되었는데도 영어를 곧잘 하며 서로 의사가 상통하므로 장난들을 하며 깨를 쏟아냈다.

저마다의 특징이 있고 달란트가 있어 사랑스럽고 소중한 귀염둥이들이다. 이들을 두 차에 나눠 태우고 아들과 며느리가 운전하며 손주들의 신바람으로 우린 스톤 마운틴을 향해 달렸다. 여름 따가운 햇살이 하이웨이를 달구었지만 그것이 스톤 마운틴으로 가있는 가족들의 마음을 흔들지는 못했다. 오히려 길옆의 무성한 나무들이 초록의 물결로 'well come' 이라고 환영을 하는 듯했다.

스톤 마운틴은 번역하면 '돌산' 이란 뜻이다. 미국 애틀랜타 동부에 있는 세계에서 제일 큰 화강암으로 이루어진 이 돌산은 애틀랜타의 상징이자 연간 400만 명이 찾는 최대의 관광명소다. 돌이 많은 산이야 어디에도 있지만 이것은 상상할 수 없을 정도로 어마어마하게 큰 돌 한 개로 큰 산을 이루고 있기 때문에 더욱 유명하다.

애틀랜타 시에서 약 30분 거리에 위치한 거대한 화강암 한 덩어리. 면적은 약 390만 평, 둘레는 약 8km, 높이 270m, 약 3억 년 전 대륙충돌이 일어나면서 대륙판과의 충돌로 용암이 끓어올라 굳어 화강암이 되었는데 수천 년 지나면서 지질변화로 화강암 덩어리의 일부가 지면에 노출된 것이 바로 지금의 스톤 마운틴이다. 지하 10마일까지 뻗어 있고 스톤 마운틴은 전체 덩어리의 수천 분의 1에 해당되는 부분만 노출된 것으로 추정하고 있다.

때마침 미국의 독립기념일이라 밤에 레이저 쇼가 펼쳐진다. 미국 본토인들은 물론 세계 각국에서 온 관광객들이 대낮부터 옹기종기 모여들기 시작했다.

돌산 주변은 공원조성이 되어 있는데 융단을 깔아놓은 듯한 초록 잔디 위에 돌산을 바라보는 곳에 자리를 잡는다. 돌산 자체가 영상화면이 되기 때문이다. 돌산을 최대한 활용하는 미국인들의 지혜가 놀라웠다.

우리 가족도 차에서 내려 준비해 온 물건들을 손주들까지 나누어 들었는데 아들과 사위가 가장 무거운 음료수를 담은 아이스박스, 접고 펴는 의자, 깔 비닐돗자리, 덮을 것, 먹을 것 등을 들고 가족들을 위해 가장으로서 최대한의 헌신을 발휘했다.

우리는 제일 중앙에 노란 자리를 깔고 흑인과 백인 등 인종이 뒤섞인 속에 황색의 얼굴로 당당히 앉았다.

나는 전에 와서 이 돌산을 처음 보았을 때 너무 놀라워 감탄사를 연발했으며 시를 쓴 적도 있다. 이번엔 가족과 함께 와서 바라보니 또 다시 새로운 감동이 인다. 아무리 보아도 돌 한 개가 이렇게 클 수가 있나? 돌 하나가 이렇게 큰 산을 이루다니….

푸른 하늘의 구름도 옷자락을 흘린 채 넋을 잃고 머무르고, 날던 새들도 날갯짓을 멈추고 앉아 자연의 신비에 고개를 갸웃거린다.

지구상에 하나밖에 없는 돌, 신만이 빚을 수 있는 신의 걸작품, 애틀랜타의 보물이라고 생각을 밟아가는 동안 왼편을 비껴 하늘에선 케이블카가 돌산 정상까지 왕래하는 것이 보였다. 손주들의 입에서 "와~ 케이블카다!"라는 환성이 터져 아들이 자리를 지키고, 나머지 모든 가족은 케이블카 타는 장소로 갔다.

얼마나 사람들이 많은지 줄이 끝이 없어 레이저 쇼 시작 전까지 탈 수가 없어 포기직전인데 본래 18달러에서 5달러를 더 주면 속성으로 탈 수가 있다 하여 딸의 가족과 며느리 손주들을 웃돈을 얹어 간신히 태워 보냈다. 시차적응이 안 된 동생과 나는 너무 피곤해 자리로 돌아와서 아들 있는 옆에 동생은 누웠고, 나는 다리를 펴고 앉았다.

반나半裸의 여자들 옷차림에 빨강 노랑 갈색 흰색 검은색 등 수십 가지의 헤어스타일과 눈동자, 누워 있는 사람, 먹고 있는 사람, 연인과 부둥켜안고 누운 사람, 춤을 추는 사람, 그저 어느 누구에게도 구애 받지 않고 남을 의식하지 않으며 자기 하고 싶은 대로 자유롭게 여유를 즐기는 이들이 참으로 평화스러워 보였다.

그들은 그것이 생활 그 자체이다. 그것을 보고 욕하는 이도 간섭하는 이도 없다. 이것이 대국의 기질인 것 같다. 우리같이 좁은 세계 테두리에서 간섭하고 흉보며 숨 막히게 살지는 않는 것 같다. 자신에 관한 일만 해도 벅찬데 우리나라 사람들은 남의 일에 더 관심이 많고 용감하게 뛰어들 때가 많아 다투거나 낭패를 보는 경우가 종종 있다.

돌산 중앙에는 세 사람이 나란하게 용맹한 독수리의 기상으로 말을 타고 있는 초대형 기마상이 조각되어 있는데 이 작품은 1923년에 작업이 시작되어 1972년까지 50년에 걸쳐 완성되었다.

교통의 요지요 주요 보급지였던 애틀랜타를 두고 남군과 북군은 치열하게 전투를 벌였는데 결국은 남군이 패하고 항복했다. 이 세 사람은 비록 패했으나 미국 역사상 뛰어난 명장으로서 로버트 에드워드 리 장군, 리 장군의 오른팔로 손꼽히는 명장 토머스 조너선 잭슨 장군, 노예제도의 존속과 헌법존중을 주장했던 남부 연합군의 대통령 자리에 오른 제퍼슨 피니스 데이비스 등이다. 리 장군의 코 길이만 해도 1.5m이며 작품의 넓이는 축구장 크기로 세계에서 가장 큰 조각품이라고 한다.

조각을 하는 동안 흑인들이 많이 떨어져 죽었다고 한다. 똑바로 서 있는 천야만야한 벼랑의 높은 바위 중앙이니 얼마나 위험한가, 가히 짐작이 간다. 그 밑에 흐르는 물은 벌레나 잡초처럼 백인들에게 짓밟히다 사라져간 흑인 노예들의 한 서린 눈물이 아닌가 싶다. 흑인들의 노예해방을 반대했던 명장들을 노예였던 흑인도 조각하다 떨어져 죽었으니 역사적 아이러니가 아닌가 생각된다.

이 산을 둘러싸고 있는 지역은 조지아주에서는 가장 큰 주립공원으로 총면적은 3천 2백 에이커에 달한다고 한다. 이 산 아래 둘레에는 자전거 도로와 산 주위를 일주하는 관광열차scenic railroad, 그리고 보트투어를 즐길 수 있는 호수와 36홀의 골프장, 441개의 야영장, 골동품 자동차, 골동품 악기를 전시하는 박물관, 스톤 마운틴 박물관, 남북 전쟁전의 농원, 야생동물 농장 등이 자리잡고 있어 연중 시민들의 휴식공간이 되고 있다.

이윽고 아이들이 꿈처럼 케이블카를 탄 후 만화영화의 '피터팬' 이 된 기분으로 돌아왔다. 상기된 얼굴들로 케이블카에서 내려다보니 우리가 자리잡고 있는 노란 자리가 그 높은 데서도 두드러지게 보이고, 조각상의 모습도 가까이서 보니 크게 보여 감동적이고, 정상에 올라가 보니 말로 표현할 수 없이 좋았다고 행복이 얼굴에 사슴처럼 뛰어다녔다. 그 모습을 바라보는 나는 온몸에는 엔돌핀이 파도처럼 출렁였다.

전에도 그랬지만 이번에도 돌산에 올라가보니 지구인지 화성인지 착각할 정도로 신비롭고, 미국의 땅만 넓은 줄 알았더니 돌산 위는 정면으로 보이는 부분보다도 더 끝없이 넓다.

또한 물로 씻은 대리석같이 깨끗하여 자유롭게 누워서 하늘을 바라보는 사람도 있고, 땀을 흘리며 걸어서 올라오는 사람에다 기념촬영을 하거나 앉거나 서서 주위의 자연을 감상하고 이야기를 나누는 사람들도 많았다.

흙이 없는 통바위산에서 틈새로 나온 크고 작은 나무들이 강한 태풍을 이겨내며 카드의 사진처럼 운치 있고 멋스럽게 커 가는데 어떻게 영양공급을 받고 자라는지 아무리 보아도 의문이 간다. 하긴 비가 간간이 자주 뿌려주는 것 같기도 했다.

정상에서 바라보면 그 어디를 둘러보아도 산이라고는 보이지 않는 조지아주 애틀랜타 푸른 평원에 이런 돌산이 어떻게 솟아났을까. 하늘에서 떨어진 것일까 싶을 정도로 신의 신비를 산 정상에서 새삼 느낄 수 있었다.

저 멀리 애틀랜타 다운타운이 희미하게 보이고 하늘과 맞닿은 조지아의 끝없이 펼쳐진 지평선이 삶에 엉긴 가슴을 탁 트이고 시원케 했다. 우리 가족은 모처럼 모여 며느리의 정성이 담긴 김밥, 음료수 등을 마시면서 이야기꽃을 피우는 동안 많은 인파가 공원을 가득 메웠다.

깊어가는 애틀랜타의 밤을 레이저 쇼를 주관하는 사회자가 가만두지 않았다. 자기 소리가 얼마만큼 큰지 시험해 보는 것처럼 마이크 확성기를 통해 노래와 유머로 있는 대로 소리 지르며 수많은 관중과 호흡을 맞추며 요란법석으로 스톤 마운틴을 뒤흔들었다. 밤하늘에 떠 있는 달도 히죽히죽 웃으며 내려다보고 있었다.

밤 9시가 넘어 수많은 관중의 춤 노래 박수와 함께 돌산에 오색찬란한 레이저 쇼가 시작되었다. 레이저 쇼의 내용은 남부의 역사 예찬과 미국의 예찬이다. 새벽으로 달리는 달빛마저 레이저 쇼가 삼키고 재잘대던 새들도 놀라 어디론가 날아가 버렸다.

정말 한 마디로 멋있었다. 그중 3장군의 조각상이 실제같이 되살아나 역사 속에서 움직이다 다시 조각상으로 되돌아가는 장면이 인상적이며 레이저 쇼 마지막엔 미국의 국가 'The star spangled banner' 를 모두 일어나 부르는데 자기 나라에 대한 자부심이 대단해 보였다. 우리나라도 국민이 매일 나라 걱정하게 만들지 말고 자부심을 느낄 수 있도록 할 수는 없을까? 그들이 부럽기도 했다.

레이저 쇼가 끝난 후 불꽃놀이를 하는데 창공을 향해 약 한 시간은 쏘아 올리는 것 같았다. 불꽃이 공중으로 치솟았다 꽃으로 피어 떨어질 때마다 탄성이 저절로 쏟아졌다.

나는 불꽃놀이를 멀리서는 보았으나 이렇게 가까이서 보기는 처음이었다. 밤 깊도록 끝날 때까지 우리 가족은 물론 특히 어린 손주들의 귀여운 눈망울들이 초롱초롱 빛나고 있었다. 이 돌 한 개가 세계의 인파를 불러들이다니 스톤 마운틴! 이곳은 틀림없는 애틀랜타의 진주요, 미국의 보물이다.

햇빛이 바랜 역사가 백인의 삶이었다면 달빛이 바랜 전설은 흑인의 삶이 아닌가?

우리 가족은 스톤 마운틴의 역사에 달빛 같은 전설을 묻어 놓고 밤이슬 맞으며 차를 몰아 집으로 향했다.

바람과 함께 사라지다

미국 남북전쟁 전후의 남부를 무대로 스칼렛 오하라(비비안 리)라는 여성이 겪은 인생 역정을 통해 생존과 성장에 관한 이야기를 담아낸 역사 로맨스 대작.

퓰리처상을 수상한 마가렛 미첼의 동명 원작소설을 바탕으로 한 명작 중의 명작!

고전 명작 영화 '바람과 함께 사라지다' 줄거리.

대농장 타라를 소유한 오하라 가문의 장녀 스칼렛 오하라(비비안 리)는 이웃에 사는 청년 애슐리를 좋아한다.

그러나 친구인 멜라니와 애슐리가 결혼한다는 소식을 듣고 애슐리에게 뒤늦게라도 사랑을 고백하지만 거절당하고.

이 모습을 우연히 지켜보게 되는 사업가로 돈을 많이 번 레트 버틀러(클라크 케이블).

그 무렵 남북전쟁이 일어나 전쟁터로 향하며 멜라니를 부탁하는 애슐리에게 질투심이 생긴 스칼렛 오하라는 멜라니의 오빠 찰스의 청혼을 받아들여 결혼한다.

하지만 찰스는 전쟁에서 병으로 사망하고 어린 나이에 과부가 된 스칼렛 오하라는 애틀랜타에 가서 멜라니의 가족들과 지내게 된다.

전쟁은 남군에게 불리해지고 애틀랜타도 북군에 포위된다. 피난을 떠나야 하지만, 멜라니는 출산을 앞두고 있었고 애슐리의 부탁대로 스칼렛은 그녀의 출산을 돕는다.

아기는 무사히 낳았지만 북군의 포격이 애틀랜타를 뒤덮은 상황. 스칼렛 오하라는 레트 버틀러에게 도움을 청해 불길을 뚫고 구사일생으로 타라까지 피신한다. 하지만 남북전쟁으로 인해 북군이 휩쓸고 간 타라는 황무지로 변해 있는데~.

남북전쟁이 끝나고 애슐리도 타라로 돌아오고, 이후 스칼렛은 농장에 매겨진 세금을 충당하기 위해 장사꾼으로 성공한 동생의 약혼자 프랭크를 가로채 결혼하고, 북부 사람들과 손을 잡으며 재산을 모으기 시작한다.

동분서주하며 사업을 확대해 가던 스칼렛 오하라는 어느 날, 흑인 마을에서 성추행 당하게 되고 애슐리와 함께 이를 복수하러 떠났던 프랭크는 살해된다.

또 다시 과부가 된 스칼렛 오하라는 레트 버틀러의 오랜 구애를 받아들여 그와 결혼하게 된다.

레트와의 사이에서 딸 보니를 얻었지만 스칼렛 오하라는 여전히 애슐리에 대한 마음을 정리하지 못하고 있었다.

이를 알고 있는 레트 버틀러와의 불화로 스칼렛 오하라는 둘째 아기를 유산하는 사고를 겪고, 설상가상으로 첫째 딸인 보니마저 낙마사고로 사망하고 만다.

멜라니의 임종을 지키러 간 자리에서 레트 버틀러는 여전히 애슐리를 살갑게 대하는 스칼렛 오하라의 모습을 보고 그녀를 떠나기로 결심한다.

하지만 멜라니의 죽음으로 충격 받은 애슐리의 모습을 본 스칼렛 오하라는 자신이 사랑한 사람이 애슐리가 아닌 레트라는 사실을 깨닫고 뒤늦게 붙잡으려 하지만, 그는 끝내 떠나고, 남겨진 채 슬픔에 젖어있던 스칼렛은 타라로 돌아가 레트를 되찾을 방법을 생각하겠다고 다짐하며 일어선다.

유명한 고전 명작 영화인 '바람과 함께 사라지다' 의 명대사인 "내일은 또 내일의 태양이 떠오를 거야" 라고 하면서~.

바람의 나라 몽골

세계世界의 대지大地는 우리를 부른다.

그 초대의 손짓에 우리 일행은 서슴없이 비행기에 올랐다.

오월의 하늘, 천평선을 나는 비행기는 어둠을 뚫고 구름숲을 지나 몽골 울란바토르 칭기즈칸공항에 우리를 사뿐히 내려놓았다.

공항의 크기는 우리나라 시외버스 터미널 정도인데 관광객들로 복잡했다. 명쾌하고 활달한 몽골 아가씨가 이름이 '아라' 라고 하며 가이드라고 인사하는데 한국말을 매우 잘하여 한국인 같았다.

가이드 안내에 따라 우린 소풍가는 아이들처럼 가방을 지고 끌며 졸졸 따라 버스에 올랐다. 가이드의 일정 및 몽골의 소개를 들으며 몽골의 밤을 달려 호텔에 짐을 풀었다. 호텔이 제법 넓고 샤워 시설이 좀 불편했지만 비교적 편안했다.

태양이 구름 사이로 얼굴을 내민 몽골의 아침, 호텔 창문을 여니

탁 트인 울란바토르의 거리 풍경이 여행의 출발점을 알리는 신호처럼 설렘으로 들어왔다.

인생의 풀밭에 또 하나의 추억 조각을 세우게 되니 마냥 즐겁고 한편 추억이 없는 인생은 얼마나 쓸쓸하고 황량할까? 미지의 세계를 찾아본다는 일, 뭔가 기쁜 일, 좋은 일이 일어날 것만 같은 동경이 아침부터 마음을 흔든다.

몽골하면 사막의 흙먼지에 회오리바람을 일으키며 칭기즈칸이 군대를 이끌고 노도처럼 달리는 모습을 연상했는데 아침부터 바람이 곱게 빗은 머리칼을 하늘로 날리는 것을 보니 심상치가 않은 것 같았다.

울란바토르는 몽골의 수도이며 몽골의 대자연중 개척지이다. 몽골어로 울란바토르란 뜻은 'Ulaan' 은 붉다 라고 하고, 'Baatar' 는 영웅이란 뜻이다. 합쳐서 '붉은 영웅' 이란 뜻이 된다. 해발 1300m로 꽤 높은 지역인데 인구가 150만이 넘어 몽골 전체 인구의 절반 가량이 살고 있다. 광활한 영토에 비하여 너무 극단적으로 수도에 몰려 사는 이유는 아마도 유목문화에서 현대화에 정착해 살고픈 선택이 많아진 때문이 아닐까 생각된다.

우리는 조식 후 궁갈로트로 향했다. 광활한 사막과 드높은 파란 하늘이 맞닿은 지평선 위에 뭉게구름이 목화송이처럼 피어오르고 조각배처럼 떠다니는 풍경을 바라보며 달리는 버스엔 감상의 빛깔들이 놀라움으로 번져갔다. 좁은 땅에서 사는 우리가 언제 한 번 이렇게 드넓은 사막을 질주해 보았던가?

새로운 체험의 대가는 희열이었다. 간간이 창밖으로 비쳐오는 초지 위에 양, 염소, 말들이 한가롭게 풀을 뜯고 있는 풍경, 숨 막히는 도심 속 아스팔트의 열기 속에서 생존경쟁에 시달리던 우리는 이 여유롭고 평화로운 오염되지 않은 자연의 정서에 매료되어 빨려들기 시작했다.

버스는 중간에 우리를 테를지 국립공원내의 칭기즈칸 동상 앞에 쏟아 놓았다. 심호흡을 하고 앞을 바라보니 가슴이 탁 트이는 시원함, 몽골의 사막이 주는 선물이 아닌가 싶다. 허허로운 모래 언덕 위에 칭기즈칸이 말을 타고 앉아있는 모습은 위엄 있고 우람하였다.

세계 최대의 말(馬)동상으로 세계정복자의 기상이 등등해 보였으나 넓은 대지에 군졸 동상이 다소 있기는 했지만 동떨어지게 덩그마니 홀로 고향을 바라보는 모습이 외로워 보였다.

영웅이 사라진 뒷모습은 이리도 외로운가? 동상 안에는 그의 흔적을 남긴 유품인지를 전시하는 공간이 다소 있긴 하나 뭔가 관광지로서 주변의 면모를 갖추었으면 하는 아쉬움이 남는다.

동상을 향하여 올라가는데 옛 칭기즈칸이 몰고 온 바람인지 세차게 회오리바람이 일어 모자가 날아가고 단정히 빗고 온 머리를 폭탄 맞은 사람처럼 만들어 놓았다.

몽골제국 800주년 기념으로 세워진 길이 40m, 36명의 용사를 상징하여 기둥이 36개, 직경 30m, 중량 250톤, 올라가 보니 무서울 정도로 위엄 있고 기상이 하늘을 나는 것 같았다. 일행과 함께 기념촬영을 했다. 분명히 사진은 기상 있게 나올 것 같다.

내려오다 보니 독수리를 끈에다 매어놓고 독수리 체험용으로 활용하는데 나는 보지 않고 내려왔다. 집이라도 지어놓고 끈을 풀어주면 좋으련만 창공을 날아야 할 독수리를 끈으로 묶어놓고 구경하라니 너무 잔인한 것 같아 측은해서 볼 수가 없었다. 독수리는 얼마나 속상할까?

사막을 지나다 보면 돌무더기들이 있고 풍장과 조장의 흔적도 있는데 돌무더기는 동물들의 무덤이라고 하고, 풍장은 장례문화의 하나로 사람이 죽으면 시체를 돌이나 언덕 나무 위에 버려두면 자연에 따라 날아가니 풍장이라 한다.

이 시체들을 독수리나 콘도르(시체 먹는 새), 늑대 등 동물이 먹기도 하는데 사람이 동물을 잡아먹었으니 되돌려 주어야 다음 생에는 좋은 것으로 태어나고 잘 된다고 하는 윤회설의 의미를 부여하고 있었다.

티벳 같은 나라에선 조장을 치르는데 돔댄 시체 분리하는 사람이 시체 분리하여 라마 의식에 의해 독수리에게 던져준다고 하는데 그것도 지역의 명망 있는 자에게 행해진다고 한다.

지구촌엔 별 끔찍한 일들이 행해지고 있다. 나름대로의 종교관이 있겠지만 기독교인 나는 윤회설을 믿지 않으니 육신을 토막 치지 않고 깨끗이 죽은 사후에 천국과 지옥만 존재할 뿐이라고 생각을 했다.

우린 궁갈로트 캠프에 도착하여 승마하기에 편한 옷들로 갈아입었다. 유목민들이 잠시 시간을 내어 승마체험의 기회를 주는 것이다. 세상에 오염되지 않은 유목민들은 온화하고 순박함이 얼굴에 쓰여 있었다. 초원 위에 서 있는 말들은 멋있고 온순하고 착해 보였다.

유목민 지휘자가 말의 성격을 아는 고로 사람을 선정하여 태웠다. 유목민이 말을 타고 말고삐를 잡았는데 나는 초등학교 1학년쯤 되는 남자 아이가 잡았다. 귀엽고 사랑스러웠으며 한편 아빠를 도와 일을 하는 모습이 안쓰러웠다.

우린 모두 서부활극의 주인공 '황야의 무법자' 라도 된 양 마음 같아서는 이 넓고 푸른 초원을 맘껏 달리고 싶은데 처음 경험하는 사람이 많고 다칠 우려가 있어 걸어서 한 시간 가량 이야기를 나누며 돌아왔다.

일행의 백 부장이 말을 타지 않고 계속 사진기 셔터를 눌러댔다. 우리는 서부의 황야를 달리는 착각에 빠져 있었고, 사진도 멋있게 나올 것 같았다. 말이 힘든 것 같아 불쌍한 생각이 들었다. 나는 제주도에서 경험하고 두 번째의 체험을 했다.

말에서 내린 후 유목민과 아이들에게 사탕도 주고 약간의 팁도 주었다. 말은 통하지 않아도 잠시 함께한 정이 아쉬움으로 작별을 했다. 우린 몽골에서 두 번의 승마체험을 했는데 나는 두 번 다 어린아이와 함께했다. 지금도 아이들의 천진한 미소가 떠오른다. 다음에 가면 그 아이들을 찾아볼 수 있을까?

저녁 무렵 초지에서 양, 염소들이 풀을 뜯고 있는 모습을 보았는데 5월 말경인데도 풀이 자라지 않고 조금 올라오는 듯 말이 초원이지 사막 같은 데서 먹이를 뜯는 동물들이 살이 찌지 않고 말라 있는 것 같아 마음이 저렸다. 우리 한국의 시골에 그 넘치도록 풍성한 풀들을 먹였으면 하는 생각을 했다.

비가 오면 풀이 얼마나 빨리 자랄지 모르지만 비도 잘 안 오고 우리가 갔을 때는 병아리 눈물만큼 왔는데 그것도 비라고, 우리가 비를 몰고 왔다고 그리도 반가워했다. 우리나라 장대비 맛을 보여주고 싶었다. 그러나 신은 공평하시다. 사막엔 비대신 석유를 주시지 않는가?

염소는 뿌리째 먹기 때문에 염소만 기르면 사막이 된다고 한다.

마이츠산에 붙어있는 뾰족한 돌들을 밟으며 저녁 등산길에 올랐다. 산 아래로 약간의 습지에 물이 졸졸 흘러내려와 사막에서 오아시스라더니 실감이 났다. 우리는 발이 빠지지 않게 껑충 건너 뛰어 산을 올랐다.

산양들이 햇볕이 나면 산 넘어 들어가고 아침엔 물을 먹으러 내려온다 하여 눈이 빠지도록 기다렸으나 산양은 보이지 않고 애꿎은 바람만 세차게 불어 옷과 얼굴을 찢으려 한다. 몸을 간신히 바위에 붙여 지탱하며 내려오는데 없는 듯 있는 야생초들이 바람에 흔들리는 모습이 애처로우면서도 예뻤다. 꼭 할미꽃 같다.

저녁은 전통음식으로 유목민들이 주로 먹는 양고기, 샐러드, 과일 등을 맛있게 먹고 전통 가옥 '게르Ger' 에서 쉬게 되었다.

게르는 유목민들은 한 곳에 정착해 살기보다 가축을 기르기 위해 풀을 찾아 이동하면서 살아야 하므로 편리한 천막 겸 주된 주거형태로 사용해 왔는데 나무와 펠트양털, 주된 자료로 조립되는 형태로 되어 있다. 게르는 그들이 우주로 간주하는 경향이 있고 해시계로도 이용한다.

둥글 턴 2개, 기둥 2개는 부부를 상징하며 부부가 만나 인생을 돌며 산다는 의미가 있고, 성품이 착해 손님이 오는 것을 좋아하며, 집 문을 열어놓아 주인이 없어도 차나 먹을 것을 먹고 가라고 준비해 둔다고 한다. 명절 때 가족이 모이고 효도하는 것은 우리의 풍습과 흡사하다.

밤하늘을 바라보았다. 서울 도심의 불빛 속에 서럽게 가리었던 달빛 별빛이 따라와 이곳에 와서 꽃을 핀다. 구름 사라지고 끝없이 펼쳐진 하늘에 맘껏 자기의 아름다움을 발산하는 수많은 별들, 그래서 지상의 별은 꽃이요 천상의 꽃은 별이다.

수없이 쏟아지는 별들을 내 마음의 치마폭에 한없이 주워 담았다. 낮게 뜬 산 위에 있는 별들은 손이 닿아 뚝뚝 따도 될 것 같다.

은하수를 바라보니 견우직녀에게 만남의 다리를 놓아준 까막까치들이 머릿속에 날아들고, 북극성을 중심으로 한 별자리들의 이야기가 살아나올 때 어린 시절 동생들과 누워 별을 헤던 밤, 달아나버린 동화 같은 날들이 살아 영상으로 다가왔다. 시간이 멈춘 듯한 신비스런 스릴을 느꼈다.

별들을 붙잡고 끝없는 이야기를 쏟아냈으나 바람은 이유 없이 나를 이리 치고 저리 떠밀고 하여 게르에 들어와 누웠다. 추운데 장작불을 펴주어 따뜻했다.

궁갈로트의 그날 밤 난 별꿈을 꾸었다.

유네스코 세계자연유산으로 지정한 테를지 국립공원이 우리를 벌써부터 기다리고 있었다. 지나는 동안 몽골 민간신앙의 상징인 어워성황당을 보고 인간의 샤머니즘 신앙은 옛 우리나라를 비롯해서 동남아 등이 비슷한 것 같다. 몽골 티벳 불교사원 새벽사원 아리야발사원으로 바위산 기슭을 등반하는데 햇볕이 강하고 오르는 데 힘이 들어 우리 일행은 거의 오르지 않았다.

나와 룸메이트 선생님은 잠시 오르며 사원보다 곱게 피어 있는 야생화에 더 관심이 많아 사진을 찍으며 사원 가까이 근처 다 가서 겉만 보고 내려왔다.

이 사원은 코끼리 머리 형상으로 만들어졌는데 1008개 계단 부분은 코끼리의 코이고 사원은 머리를 의미한다고 한다. 몽골의 불교에서는 코끼리는 귀한 존재로 여겨진다. 그것은 석가모니의 어머니인 마야부인이 태몽으로 6개의 상아가 달린 흰 코끼리가 옆구리로 들어오는 꿈을 꾸었는데 이때 태어난 아이가 석가모니였다고 한다.

우리 일행은 큰 나무 아래에서 잠시 앉아 이야기를 나누며 여행이 주는 행복한 피로를 쉼으로 풀었다.

버스에 올라 테를지 명소인 거북바위, 책 읽는 바위, 기도하는 어머니 바위 등을 보며 가는데 참으로 인간이 할 수 없는 신이 빚어낸 걸작품이었다.

몽골의 대표적인 롤강을 산책했다. 이곳에서는 강이라고 하나 우리나라의 조금 넓은 냇가와 같았다. 그러나 사막에 강이 흐른다는 것은 기적 같은 일이다.

초원을 굽이쳐 흐르는 물은 정수와 같이 맑아 물밑에 고기가 살까 의심스러웠다. 학 비슷한 새가 한두 마리 강가에 앉아 먼 하늘을 바라보다 날아가는 것을 보니 신선하고 희귀해 보이며 한편 외롭고 고독해 보였다.

인간이 한 귀퉁이도 건드린 자욱이 없는 자연 그대로의 보기 드문 풍경이다. 자연도 인간을 배신하지 않고 인간도 자연을 배신하지 않는 곳이 아닌가? 그러나 자연의 모습도 좋으나 흙먼지를 날려 자기 나라뿐 아니라 이웃 나라까지 고통을 주는 곳엔 자연을 달래며 나무를 심어야 되지 않을까? 나무를 심으면 새들이 모이고 땅이 비옥해지고 이웃에게 황사로 인한 해를 끼치지도 않을 텐데…, 몽골에 관한 숙제를 롤강가에서 생각해 보았다.

저녁이 기다려졌다. 몽골의 전통 음식 바비큐 파티가 열렸다. 우리 일행의 어른이신 D문화원 이 원장님께서 즐거운 여행을 위하여 양 한 마리를 선물하신 것이다. 양에겐 미안하나 우리 모두는 살이 찌거나 말거나 열심히 웃고 떠들며 감사한 마음으로 맛있게 먹어댔다.

이 여행도 원장님의 제의로 이루어진 것이다. 회원 중에는 부부가 오셨는데 회원들을 위하여 오이, 과일, 과자 등을 준비해 오셔서 여행시 갈증을 해소하며 즐거움을 더했다. 솔선 헌신하는 마음이 지금도 사랑의 빛으로 남아 있다.

캠프파이어는 밖에 불을 피울 수 없어 실내에서 조촐히 이루어졌다. 최 국장의 사회로 원장님의 인사를 들으면서 시작하여 장기자랑으로 이어졌는데 모두의 노래 솜씨가 대단했다. 사회에서 한 가닥 하시던 훌륭하신 분들이다.

나도 부원장이라 하여 지명을 받아 순종하는 마음으로 나가 문화원 발전에 노고를 치하 드리며 가곡 '바위고개' 1절을 하고 다같이 2절을 합창하면서 행복을 만드는 데 일조를 하였다. 우리는 축배를 들며 문화원의 발전과 즐거운 여행을 기원했다.

테를지에서의 축배의 밤에도 별은 쏟아졌다. 일생의 추억에 한순간의 한 획을 하늘의 유성이 그어 주었다. 여행의 마지막 날 테를지 공원의 아침 햇살은 감미롭도록 따스하고 신선한 공기는 우리의 영혼을 맑게 했다.

게르 뒤의 바위산이 놓여 초원과 풀을 뜯는 말들이 어우러진 풍경은 서부영화의 한 장면 같다. 푸른 초원을 누비고 싶은 충동을 뒤로 하고 울란바토르로 이동했다.

거리의 건물들이 직사각형으로 예술적 감각이라곤 찾아볼 수 없고 옛날 사회주의 냄새가 풀풀 나는 것 같은 데 비해 사람들의 표정은 때 묻지 않은 순수한 자연미가 숨어있는 듯했다.

세계 2차대전시 러시아와 몽골연합군이 일본에 승리한 것을 기념하고 참전한 구소련군을 기리기 위해 러시아가 기증한 전승탑이다. 가파른 수십 개의 계단을 올라가는데 바람이 그냥 둘 리가 없다. 내 모자를 벗기더니 가져가다 안 되었는지 낭떠러지 바위 위에 굴려놓은 것을 몽골기념품 파는 상인이 재빨리 주워주었다. 고마워 기념품을 사주었다.

전승탑에서 울란바토르 시내 전경을 한눈에 감상할 수 있었다. 역사와 전시상황을 벽화로 나타냈으나 바람이 우리를 내쫓아 오래 볼 수도 없었다. 역사의 주인공들은 사라졌고 다만 기념탑만 서 있을 뿐이었다.

이태준 기념공원에서 기념관, 추모비, 가묘, 비석 등을 숙연하게 돌아보았다. 이태준 선생은 항일 애국지사로 만주와 몽골에서 독립운동을 하셨고, 몽골의 마지막 왕인 복드칸의 주치의를 지냈으며, 일반 서민들의 병까지 돌보아 몽골의 슈바이처라 불렸다. 1921년 일본군이 섞인 러시아군이 울란바토르를 점령했을 때 최후를 맞이하셨고 기념공원은 2001년에 조성되었다. 이런 의로운 분들이 지켜온 조국의 현실을 바라볼 때 심히 걱정스러운 마음으로 떠났다.

몽골 라마불교의 총본산인 간등사원을 보았다. 청나라 지배 후 라마교가 국교가 되어 17세기 설립된 사원으로 공산정권의 종교적 억압을 이겨낸 유일한 사원으로 울란바토르에서 가장 규모가 큰 라마

불교의 대표적 중심 사원이다. 들어가 보니 26m 높이의 거대 불상이 있는데 원래는 매독으로 시력을 읽은 복드칸이 시력을 찾고자 만들었으나 러시아가 가져가고 지금 있는 것은 일본과 티벳의 기부금으로 만들어졌다고 한다.

인간의 종교심이야 각자의 몫이요, 석가모니야 세상에 덕을 끼친 분이지만 인간이 스스로 형상을 만들어 놓고 그것에 비는 것은 어리석다고 나름대로 생각하며, 불상佛像에 비는 나약한 인생들을 하나님께 불쌍히 보아달라고 기도하는 마음으로 나왔다. 인간의 생生 사死 화禍 복福은 하나님께 달려 있다고 생각하기에….

몽골 역사박물관에는 몽골의 철기시대부터 근현대시대까지 주요 역사유물과 몽골 전역에 분포해 살고 있는 다양한 민족의 의상과 장신구 세공품 등이 전시되어 있고, 몽골의 전통 문화를 보여주는 게르, 안장, 악기, 사냥 도구 등을 볼 수 있었다. 특히 칭기즈칸에 관한 자료, 유목민의 생활 용품 및 생활 모습을 담은 것이 많았고, 몽골의 복식과 장신구들이 화려하고 아름다웠다.

'역사는 과거와 현재에 대한 그침 없는 대화' 라는 명언이 의미 있다고 생각했다.

우린 마지막으로 몽골 전통 공연을 관람하러 공연장으로 들어갔다. 공연장은 시내의 2층 사무실 정도 크기로 협소했는데 이미 각 나라에서 온 관광객들로 꽉 차 있었다.

우리 일행도 비집고 앉았다. 공연단 투밍예흐들의 가장 특색 있는 것은 '호미' 라는 몽골에서만 보는 특이한 발성이었다. 흉내도 낼 수 없는 신비한 소리였다. 두 줄로 된 마두금이라는 악기로 말울음소리를 내는데 정말 말울음소리와 흡사했다.

그 외는 전통의상과 춤 음악이 크게 낯설지 않고 중국, 일본, 한국과도 유사한 점이 있고 비교적 공연 템포가 빨랐다. 말을 타는 민족이기 때문에 그런 것이 아닌가 싶었다.

공연장에서 나온 우리는 90년 전통을 자랑하는 백화점과 마트에서 몽골이 추천하는 기념품 고비 캐시미어, 칭기즈칸 보드카, 골든 고비 초콜릿 등 그 외 필요한 선물을 받을 사람들을 생각하며 골랐다.

바람이 불지 않는 삶은 없다. 바람이 불지 않는 나라도 없다. 사회주의 바람이 사라지고 민주주의 바람이 불어온 곳, 바람과 함께 성장하는 몽골의 이모저모를 지금껏 바람 속에서 보았다.

몽골의 바람을 한 아름 가방에 챙겨 넣고 우리를 기다리는 한국행 비행기에 올랐다.

만남

여행은 만남이다.
자연을 만나고 사람을 만나고 역사문화를 만난다.

새로운 것을 보고 듣고 경험하는 것은 환희요, 감동이요, 인생을 살찌우게 한다.

미지에 대한 동경의 세계는 언제나 즐거운 일이 있을 것만 같고 황홀한 광경이 펼쳐질 것만 같다. 흐뭇한 행복이 기다릴 것만 같은 설레임에 잠 못 이루게 한다.

국적이 다른 천의 모습들을 안고 천평선天平線을 날던 비행기는 지구의 끝 정열의 땅, 태양의 나라 스페인에 눈이 내리듯 내려앉았다.

한동안 이국의 정취에 굶주렸던 나는 비행기 트랙을 밟으며 심호흡을 했다. 지중해의 맑고 감미로운 공기가 다 빨려 들어오는 듯 오랜 비행에 지친 몸이 생기를 되찾는 것 같았다.

신의 솜씨는 놀라워 눈, 코, 입 윤곽이 크고 입체적인 서구인들, 반대로 작은 평면형인 동양인들, 붉고, 노랗고, 까맣고, 흰색의 얼굴들이 섞여 바르셀로나 거리를 걷는 물결 속에 나는 황색의 얼굴로 끼어 흐르고 있었다.

세계인의 사랑을 받는 가우디와 구엘 콜럼버스와 이사벨라 여왕의 숨결을 따라 돌아보게 되었다. 보는 눈은 각기 다르겠으나 첫 눈에 들어오는 가우디의 건축물을 보고 저절로 탄성이 나왔다. 곡선으로 파도치는 모습 같고 바다 위에 배가 떠가는 모습으로 섬세한 예술적 아름다움을 좁은 표현으로 감히 나열할 수가 없다.

더욱이 구엘공원의 그의 건축물들은 신이 만든 선인 곡선과 자연물결의 선의 묘미와 관능미까지 갖가지 가우디의 천재성을 만났을 때 나의 눈이 성하여 볼 수 있다는 이 행복에 감사하고 그리운 이들에게 전하고 싶었다.

가우디는 비둘기나 동물들이 살 수 있는 공간까지도, 나무 한 그루도 소중히 여겨 다치지 않게 비켜 건물을 짓는 인간적인 그의 품성까지도 극찬할 일이다.

성가족 성당은 사그라다 파밀리아 가우디가 직접 설계한 대성당으로 건축 감독을 맡았다. 입체기하학에 바탕을 둔 네오고딕양식으로 지어진 8000명을 수용할 수 있는 규모를 갖고 있다. 1882년 처음 공사를 시작하여 1926년 죽을 때까지 교회 일부만 완성하고 현재까지 짓고 있으며 13년 후에 완공된다고 한다. 성가족에 연관된 성서의 사건 하나하나를 조각으로 풀어 건물에 표현하는 예술적 가치는 가우디가 아니고는 찾아볼 수가 없을 것 같다.

파격적인 건축혁신의 대표로 예술 부흥운동의 대표적인 건축가다. 스페인의 세계문화유산 9개 중 7개가 가우디 것이다. 이것이 스페인의 자부심으로 세계인을 불러들이고 있다. 이것은 가우디와 구엘의 만남이 빚어낸 역사의 산물이며 이것이 곧 스페인이다.

가우디는 본래 주물제조 구리세공업을 하는 집안에서 태어나 아버지가 일하는 대장간에서 쇠망치로 두드리기도 했다. 어릴 때부터 건축에 흥미를 느껴 바르셀로나 건축학교에 입학하여 공부는 최하위 점수로 건축사 학위를 받았다. 천재들은 학교 성적과는 무관한 것 같다.

개업을 했으나 파리만 날리다 만국박람회에 장갑 진열장을 출품하여 기발하고 독창적인 아이디어에 깊은 감명을 받은 스페인의 유명 섬유회사 회장이며 백작이자 바르셀로나 시의원과 에스파나 국회의원을 지낸 재력가 에우세비오와 구엘의 만남이 이루어졌다.

구엘 백작은 평소에 영국의 전원도시를 동경하던 인물이었다. 공원의 장소와 영국의 아름다운 전원도시를 모델로 살려 만든 자연주의 공원 바르셀로나 북쪽 페러다 산에 위치하여 도시전경과 해변을 한눈에 바라볼 수 있는 꿈과 같은 공원이다.

그의 천재성과 창의로운 조각에 감동하며 뒤돌아보고 또 돌아보며 아쉽게 내려왔다.

신호등이 없는 람블라스 거리를 걷는다. 거리 주변에는 작은 숍들이 있고 조그만 꽃가게들에 여행상품 가게들이 다정하게 서 있다. 주변에 과일시장들의 과일 진열이 진귀한 꽃처럼 색칠한 모자이크처럼 아름다워 이국의 정취가 물씬 묻어난다.

멀리 콜럼버스의 동상을 바라볼 때 그의 위대한 역사가 힘든 인생의 항해에 용기로 힘이 솟고 그를 보는 듯 실감이 났다. 걷는 길바닥은 입체로 선이 그어져 물위를 걷는 느낌이었다. 6m 높이에 망망대해를 바라보는 그의 동상은 아직도 끓어오르는 미지에 대한 열망으로 가득 차 있는 듯 보였다.

동상이 이곳에 세워진 이유는 후원자 이사벨라 여왕이 신발견지에서 콜럼버스 독자적 권리 인정에 관한 협약, 곧 산타페협약을 맺은 곳이라 한다. 그리고 인도를 찾아 대서양을 떠났던 콜럼버스가 온갖 희귀한 물자와 원주민들을 이끌고 귀환한 장소가 바로 이 항구다. '이사벨라 여왕이 맨발로 뛰어나와 콜럼버스를 맞이했다' 고 전해진다.

콜럼버스와 이사벨라 여왕의 천지개벽 같은 만남이 아니었던들 신대륙을 발견하는 항해의 꿈이 과연 실현되었을까? 막강한 스페인의 힘을 과시하며 오늘에 섰을까? 황금의 꿈을 꾸며 수많은 젊은이들이 이곳을 출항했을 바르셀로나 이 항구!

내가 서 있는 잠시 후면 노을이 타는 이 항구에 황금새들이 날아올 것만 같다. 아니 이미 세계의 7천만의 관광객들이 황금을 싸들고 몰려오고 있지 않는가?

나도 이 항구에 일행과 앉아 샹그리라를 마셔보며 주머니가 가벼워져가고 있었다.

그라나다의 아침 햇살은 태양의 나라답게 눈이 부셨다.

사이프러스 가로수 터널을 지나 아람브라 궁전을 가는 길엔 겨울인데도 석류나무가 빨간 열매를 달고 있는 것이 사랑스러웠고 오렌지가 노랗게 익어 입안에 군침이 돌았다. 입구는 조그만 연못가에 숲으로 가을꽃들이 군데군데 피어 정원이 잘 가꾸어져 있고, 줄지어 있는 작은 분수의 물줄기는 음악을 연주하는 것 같았다. 아람브라 궁전은 카를로스 5세의 궁전이라고도 하는데 외벽은 정사각형, 내부는 로마의 원형 경기장같이 건축되었다.

아람브라는 '붉다' 라는 뜻으로 외벽이 아름다운 붉은색 아라베스크 문양으로 되어 섬세한 예술성에 감탄하게 된다. 이슬람 건축에 맞서기 위해 르네상스 양식으로 지어졌고 헐어버리지 않은 것이 신의 뜻이었던 것 같다. 800년 동안 찬란했던 이슬람왕국은 사라지고 그 흔적이 남게 되었으며, 이슬람왕국의 슬픔과 찬란함을 동시에 간직한 이 궁전은 이슬람 건축의 진수라고 하며 이 건축물들이 지금 그라나다를 먹여 살리고 있다.

넓고 동그란 앞마당에는 매년 국제 무용제가 개최된다고 하여 열심히 메모하고 사진에 담고 돌아서는데 정원가에 뾰족한 돌에 걸려 내 몸이 사정없이 앞으로 밀리며 넘어졌다. 양손 바닥의 표피가 밀려

피가 나고 손등이 삽시간에 검푸르게 부어오르고 통증이 왔다. 얼굴은 왼쪽 눈 옆을 약간 다쳤다. 안경이 깨지지 않은 것이 다행이었다. 아무도 없으면 아이들처럼 앉아 울고 싶도록 쓰리고 아팠다.

넘어지는 것을 가이드만 보고 달려왔다. 일행들에게 폐가 될까 봐 괜찮다고 하며 마침 응급센터가 있어 약을 바르고 반창고를 붙이고 치료를 받았다.

근심스럽게 쳐다보는 가이드에게 "적어도 여행을 할려면 나 정도는 해야지"라며 정열의 땅에서 넘어지면서까지 열정적으로 하고 농담을 하여 웃겼다.

아마도 이 아람브라 왕궁의 애절한 역사가 마음으로만 담기에는 너무 벅차 몸으로까지 확실히 찍고 가는가 보다. 미련도 없이 코르도바로 향했다.

군중 속의 고독이라고 어려울 땐 그리운 이들이 생각나나 보다.

몸에 통증이 있어 우울함을 감추고 점심 식사하러 차이나타운 식당에 들어가 보니 낯선 모습들이 열심히 식사들을 하고 있었다. 순간 "신 선생님 아네요?" 하는 소리에 고개를 들어 보니 이 웬일인가? 문학 동지 홍 선생님(女)이었다. 얼마나 반가운지 얼싸안았다.

이 감동적인 만남! 이국만리 여기가 어디라고? 떠나온 날짜도 다르고 코스도 반대인데 이국의 하늘 아래 세계 60억분의 1로 만나니 참으로 기이한 인연인 것 같다. 그는 하나님 다음으로 나의 수호신과 같았다.

그는 전에도 이상하게 아플 때마다 나타나 주었다. 한 번은 문학기행 가서 눈을 다쳤을 때 연고를 가져와 발라주고 또 한 번은 시상식 축하해 주러 갔다 쓰러질 때 곁을 돌보며 병원 응급실로 안내했었다. 어찌 또 스페인에서 내가 다친 것을 알듯 달려온 것인가?

유행가에도 진리와 예시가 있다. '우리 만남은 우연이 아니야 그것은 우리의 바램이었어' 가 있듯이 부른 가수가 좋은 사람을 만나 잘 살고, 나 또한 통증이 사라져 다음 코스가 활기 있었다.

가우디와 구엘의 만남, 콜럼버스와 이사벨라 여왕의 만남이 스페인의 역사를 바꾸고 대국으로 우뚝 서 온 세계인을 끌어 모아 들썩이는 이곳에서 감동적인 홍 선생님과의 만남은 반드시 어떤 좋은 신의 뜻이 있으리라 기대해 본다.

| 작품해설 |

신인호의 인간과 글월누리(文學精神)

— 정수유심靜水流深, 심수무성深水無聲의 문장가

김 정 오
수필가 · 문학평론가

1. 들어가는 말

아름다운 마음 아름다운 글월

수필은 인간의 마음을 아름답게 해 주는 글월이다. 읽는 이에게 무량無量한 창조적創造的 슬기와 심미적審美的 결정結晶을 심어주는 글월이기 때문이다. 그러므로 좋은 수필은 수많은 사람들의 마음에 아름다운 꽃을 피워주는 것이다.

수필을 만인의 글월이라고 한 이유가 여기에 있다. 수필은 체험을 떠나서는 이루어질 수 없는 글월이다. 그러므로 정서mood와 감성에 뿌리를 두는 시와 다르며, 허구虛構에 무게를 두는 소설과도 다르고 행위deeds에서 비롯되는 희곡과도 다르다.

강범우는 "수필은 가슴에서 우러나오는 정서에다가 머리로 생각하는 지적知的 옷을 입히는 글"이라고 했다. 그러면서 "수필은 자기 현시顯示의 글이므로 체험을 바탕으로 주관적, 개인적, 심경적인 글이 그 본바탕을 이루기 때문에 다른 글보다 친근감을 주는 문장이다"[1]라고 했다.

수필은 언어의 질質이나 글월(文章)에 들어있는 뜻(意味)의 질에 무게를 둔다. 그러므로 생각과 뜻을 올바르게 전달할 때 글월의 내용은 알차게 이루어진다. 수필은 마음의 소리가 생명이기 때문에 가슴에 아름다움과 사랑이 넘쳐야 좋은 수필을 쓸 수 있다.

2. 신인호의 인간과 글월누리(文章世界)

사람은 오랜 만남을 통해서 그 사람의 깊이를 알 수 있다. 새뮤얼 스마일즈[2]는 "인격은 사람들이 긍정적으로 평가하는 고결한 재산이

---

1) 강범우, "100만인의 수필교실" p.21 참조.

2) 새뮤얼 스마일스(Samuel Smiles, 1812~1904) 영국 스코틀랜드,태생, 교훈적 작품〈자조 Self-Help〉(1859)를 썼다. 〈성품Character〉(1871) · 〈절약Thrift〉(1875) · 〈의무Duty〉(1880)와 더불어 '노동의 복음' 과 관련된 빅토리아 시대의 기본적인 가치관을 중시한 책이다. 1832년 에든버러에서 의사자격을 얻었으나, 리즈에서 1838~42년 진보적 · 개혁적인 노선의 〈리즈 타임스 Leeds Times〉편집자가 되었다. 공리주의 철학자('철학적 급진주의자') 제러미 벤담과 제임스 밀의 원칙을 따랐다. 철도의 창시자 조지 스티븐슨의 전기를 펴낸 뒤 자아발전이라는 주제로 〈자조Self-Help, with Illustrations of Character and Conduct〉를 출판했다. 이 책은 19세기말까지 날개달린 책이 되었고 여러 언어로 번역되었다. 그는 자조론(Self-Help)에서 다음과 같은 명언을 남겼다. 생각을 심으면 행동을 낳는다. 행동을 심으면 습관을 낳는다. 습관을 심으면 성격을 낳는다. 성격을 심으면 운명을 낳는다.(Sow a thought, and you reap an act; Sow an act, and you reap a habit; Sow a habit, and you reap a character; Sow a

다. 인격적인 사람은 세속적인 부자가 아니어도 존경과 명성의 보상을 받게 된다"라고 말했다. 인격적인 사람은 성품이 좋은 사람이다. 성품이 좋은 사람은 늘 밝고 긍정적인 마음으로 살아간다. 그래서 삶의 향기가 있다. 그런 사람은 자신과 세상을 변화시키는 힘이 있다.

신인호는 좋은 성품을 지니고 있다. 교육자로서 한 삶을 명문학교인 숭의여고, 혜화여고, 창덕여고 등 여러 학교에서 많은 제자들을 길러내었다. 그렇게 그는 한 사람의 인격자로서 후세들에게 아름다운 삶을 가르치면서 본을 보여주는 이 시대의 자랑스러운 교육자요 문인이다.

그는 배우고 익히기를 게을리 하지 않았다. 그리하여 촌음을 아껴 석 · 박사 학위까지 취득한 깊은 지적 소유자이기도 하다. 배우는 것은 생각하는 힘을 기르는 바탕이다. 베이컨은 "배우고자 하는 사람은 존귀하다"고 하면서 "지식은 힘이다"(Knowledge is power)라고 말했다. 윌리엄 제임스[3]는 "내면의 생각을 바꿈으로써 삶의 외면도

---

character, and you reap a destiny.)

3) 윌리엄 제임스(William James, 1842~1910)는 미국의 철학자, 심리학자. 프래그머티즘 철학의 확립자. 철학 · 종교학 · 심리학 등에 뛰어난 업적을 남겼다. 1855년에서 1860년까지 유럽에서 교육을 받고, 영국, 프랑스, 스위스, 독일에서 살면서 유럽 문물을 만났다. 1861년 하버드대학교에서 화학을 전공했다. 1864년 졸업 후 하버드 메디컬 스쿨로 진학, 1869년 의무박사(M.D.) 학위를 받았다. 1875년 하버드대학교 심리학 교수가 되었다. 실용주의 철학 운동과 기능주의 심리학 운동의 주도자이다. 새로운 사고의 씨앗을 심어주는 철학을 제시하여 심리학과 철학, 종교의 문제에 선구적인 질문들을 던져 주었다. 그에 의해서 심리학은 정신과학이 아니라 실험과학이 되었으며, 철학은 동의의 문법을 익히기 위한 훈련이 아니라 방법론의 창출과 형이상학적 발견을 추구하는 모험이 되었다. 그의 관심은 곧 철학과 종교의 문제로 확장되었다.

바꿀 수 있다"고 말했다. 배우는 사람은 날로 새로운 사람으로 거듭난다는 뜻이다.

신인호는 배움의 기쁨을 누리면서 소통을 소중하게 여긴다. 누구를 만나든지 배움의 기쁨을 누리기를 소망한다. 자신의 중심에서 타인에게로 관심을 갖고 소통하는 것을 기쁘게 생각한다.

필자는 그와 함께 역사와 문학을 공부하는 모임을 같이하고 있다. 그리고 한겨레역사문학 회원들과 함께 고구려 유적지, 발해 유적지와 독립운동의 발자취를 따라 김좌진 장군의 청산리 유적지와 백두산과 연변대학과 윤동주 생가를 비롯해서 여러 역사 유적지를 답사한 적이 있다. 그때 그는 누구보다 열심히 관찰하고 공부하는 모습을 지켜보았다.

그는 인생과 자연에 대해 깊이 성찰省察하면서 이웃을 위한 참된 봉사자로 값진 삶을 살아가고 있다. 지구문학작가회의 회장을 두 번이나 연임하였다는 사실이 그것을 증명해 주고 있다.

신인호의 수필은 억지로 꾸미지 않는다. 오직 내면의 소리를 섬세하고 담담하고 아름답게 그려내고 있다. 그런 글월들은 그의 집 가까이 있는 도봉산 자락에서 피어난 화사한 꽃처럼 아름답다. 이번에 상재하는 그의 첫 번째 수필집 《내 마음의 지우개》에서 그것을 유감없이 보여주고 있다. 작품은 모두 4부로 이루어져 있으며 그 속에 30여 편의 무게 있는 작품들로 채워져 있다. 작품들 중에는 이미 발표되어 눈에 익은 작품도 있지만 새로 선뵈는 작품들도 있다.

신인호는 시인으로 문단에서 활발하게 활동하고 있다. 그리고 많은 수필을 발표하여 좋은 평을 받고 있다. 그것은 지극히 당연한 길을 걷고 있다고 생각한다. 일찍이 윤오영[4]은 그의 저서 《수필문학입문》[5]에서 "수필을 이해하지 못하고 시를 쓸 수는 있어도, 시를 이해하지 못하고 수필을 쓸 수는 없다"[6]고 말했다. 그러므로 그는 시를 먼저 쓰고 수필 쓰기를 비롯했으니 지극히 정상적인 길을 밟고 있는 것이다.

지은이가 발표한 글월들을 쪼개고 나누어(分析) 보면 지은이의 삶과 문학누리(文學世界)를 엿볼 수 있다. 작품에는 지은이의 사상과 정서와 삶의 발자취와 혼이 깃들어 있기 때문이다. 좋은 수필은 깊은

---

4) 윤오영(1907~1976) : 서울 출생, 호는 치옹癡翁 또는 동매실주인桐梅室主人, 보성고등학교에서 20년 간 교직에 몸담았다. 현대문학에 〈측상락廁上樂〉을 발표한 후, 주옥 같은 수필을 많이 발표했다. 〈방망이 깎던 노인〉이 중학교 교과서에, 〈마고자〉가 고등학교 교과서에 실리어 청소년들에게 많은 영향을 주었다. 수필집 《고독의 반추》(관동출판사, 1975)와 편저 《批點評解 한국수필정선》(관동출판사, 1976)이 있고, 이 소론을 바탕으로 《수필문학입문》(관동출판사, 1975) 을 펴냈다.

5) 1972년 3월 1일 우리 문단사에서 처음으로 수필 전문지 월간 『隨筆文學』이 창간되었다. 발행인 김승우, 주간 박연구 편집인 김효자가 그 주인공들이다. 관동출판사에서 발간된 이 월간지는 1981년 11·12월호, 통권108호를 내고 문을 닫았다. 그 후 강석호 발행인, 오창익 주간으로 1988년에 같은 이름으로 수필문학지를 발간하여 오늘에 이르고 있다. 윤오영은 1972년 『隨筆文學』 통권 2호에서 동매실주인桐梅室主人이란 필명으로 '수필문학 강론' 을 6회에 걸쳐서 연재했다. 그리고 그 3호에 '수필문학의 첫걸음(1회)' 을 싣기 비롯하여 13회에 걸쳐 연재했다. 같은 『隨筆文學』지에 두 가지 수필론을 연재하였고, 연재가 끝나자 이를 한데 묶어 《隨筆文學入門》을 발간했다. 1965년 김덕환 교수가 우리나라에서 처음으로 《수필문예학》(형설출판사)을 발간함과 동시에 대학에 수필론 강의를 개설했다. 그 후, 수필의 이론서가 필요하던 때에 수필문학입문이 발간된 것은 문단사에서 큰 경사였다.

6) 윤오영, 수필문학입문, 관동출판사, 1975년 p.192.

지성의 온축蘊蓄을 바탕으로 하는 삶의 체험에서 빛을 낸다.

그 빛은 언어의 선택으로 이루어진다. 글월의 향기는 말이 유력한 연장Instrument이기 때문이다.

신인호의 문장력은 예술적 아름다움이 스며 있다. 수필의 시점時點이 1인칭 '나' 이기 때문에 지은이의 자아와 읽는 이는 1:1의 끈으로 이어지게 된다. 그러므로 지은이와 읽는 이는 내면적인 대화를 나눌 수 있고, 마음의 소리를 들을 수 있는 더없이 좋은 기회가 된다.

글월의 말뿌리는 '그리워서 긋고, 그리다' 에서 온 말이다. '그(그이)' 는 이기심을 벗어난 곱고 아름다운 '참 사람' 이다. 그러므로 한 편의 좋은 수필은 마음 속에 생명의 꽃밭을 일구어 준다. 언어라는 매개물이 글월로 바뀌면서 인간적이고 정신적인 만남으로 그 기능을 넓혀가기 때문이다. 그러므로 읽는 이는 지은이의 마음을 알게 되고 친숙한 만남이 이루어진다. 이 때 수필의 고백성이나 독백성은 증폭된다. 그러므로 수필을 읽을 때는 마음까지 열리게 되는 것이다.

프랑스 평론가 알베레스(R.M. Alberes, 1921～?)는 '20세기 문학의 결산' 에서 수필이란 "지성을 바탕으로 한 정서적 환상적 이미지의 문학, 불만과 격정과 관용의 유로" 라고 했다. 또 "수필은 만사를 설명하는 데 있지 않고, 밤하늘에 번지는 불꽃처럼 퉁겨 울릴 뿐 원래 휘황하게 반짝이되 토론을 멀리하고 한 곳에 머물려고도 하지 않는다" 고 했다.

수필이란 어떤 소재를 마음에 담아 회화적繪畵的 예미藝美의 누리로 그려내는 글월이다. 그러므로 글월의 바탕에 정서情緖와 상상想像,

'예술적 관조', 상념想念, 사상思想이 스며있게 된다.

신인호는 언어미학의 조탁彫琢을 위해 끊임없이 아름다운 글월의 광맥을 찾고 있다. 그의 글월누리는 혼신을 다한 삶을 그려내는 영혼의 메아리로 물결치고 있다. 그것은 깊은 신앙심과 인정미를 문학적 환기喚起의 언어로 승화시키고 있기 때문이다. 그러므로 전달적인 언어 묘사에서는 피동적일 수밖에 없지만 그의 환기적 언어미학적 예술성은 능동적인 문학성을 지니게 된다.

그의 작품 몇 편을 살펴보면서 그의 학식과 삶의 모습을 보기로 한다. 많은 사람들은 어떤 한계에 이를 때 탄식으로 일관하는 경우가 많다. 그러나 신인호는 난관을 슬기롭게 헤쳐 나가는 성품의 소유자이다. 슬펐던 일, 안 좋았던 일을 다 잊어버리려 애를 쓰고 있다. 그의 수필 〈지우개〉를 본다.

…(전략)…

하늘에는 먹구름을 지우는 태양의 지우개와 바람의 지우개가 있듯이 내 마음의 먹구름은 어떤 지우개로 지우겠는가?

근심 걱정의 먹구름, 증오의 먹구름, 복수심의 먹구름, 시기 질투의 먹구름, 욕망의 먹구름, 죄의 먹구름 등 끝도 한도 없이 떠있는 마음의 먹구름도 지우개를 잘 선택하여야 되리라 생각한다.

청아한 푸른 하늘에 목화꽃송이처럼 떠있는 하얀 구름은 그대로 한 폭의 그림으로 더 아름다운 것처럼 내 마음에 떠 있는 사랑의 흰 구름, 기쁨의 흰 구름, 나눔의 흰 구름, 소망의 흰 구름, 용서의 흰 구름, 이해의 흰 구름, 은혜의 흰 구름 등 이런 것들은 지워서는 안 될 것이다.

…(중략)…

내 인생에 충격적으로 다가와 뼈저리게 아팠던 일들은 지우고 싶어도 쉽게 지워지지가 않는다. 이런 좋지 않은 일들을 속히 지울 줄 아는 사람이 행복하게 사는 사람이라고 본다. …(중략)… 괴롭고 고통스러웠던 일들, 좋지 않은 일들은 그냥 두면 내 마음, 정신, 영혼, 육체까지 좀먹어 들어가 언젠가는 병들어 쓰러지게 만들기 때문이다. 이럴 땐 빨리 잊어버리도록 망각의 지우개를 사용해야 될 것이며 자기 인생에 고통을 주었던 미움의 대상은 용서의 지우개로 지워야 할 것이다.

…(중략)…

나 또한 삶에 참 기쁨의 장미꽃을 피우고 향기롭고 행복한 삶을 위하여 지울 것은 열심히 지우며 살아가리라.

품질 좋은 크고 아름다운 색깔의 내 마음의 지우개로…….

– 수필 〈지우개〉 중에서

프랑스의 사실주의 작가 발자크[7]는 "천재는 역경을 디딤돌로 삼고, 유능한 사람은 역경을 재산으로 만든다. 하지만 약자는 이를 끝

---

7) 발자크(Jean-Louis Guez de Balzac, 1597~1654) : 프랑스의 문인 · 비평가. 아카데미 프랑세즈의 초대 회원이며 프랑스 고전주의 산문의 발전에 큰 영향을 끼쳤다. 저서 : 정치 논문 〈군주 Le Prince〉(1631), 스토아학파의 윤리학과 그리스도교 윤리학을 통합한 〈그리스도교도 소크라테스 Le Socrate chrétien〉(1652) 등이 있다. 그러나 가장 많은 영향력을 끼친 것은 1624년부터 계속 증보 개정된 〈서간집 Lettres〉(정치와 도덕 및 문학 문제에 대한 짧은 논문들)이었다.

없는 고통으로 생각한다" 고 말했다. 사상가 벤자민 프랭클린[8]은 "받은 상처는 모래에 기록하라. 실패했던 일, 상처받았던 일, 괴로웠던 일들은 다 지워버려야 한다" 고 말했다. 밀물이 들어왔다가 썰물이 되면 모래 위의 글씨는 다 지워진다. 그렇게 과거지향적인 생각을 지워 버리지 않으면 불면증과 심하면 우울증에 빠지기까지 한다. 지워버릴 줄 아는 사람이 앞으로 나아갈 수 있다. 그러나 "받은 은혜는 대리석에 새겨라" 라고도 했다. 은혜는 잊지 않아야 하기 때문이다. 성어거스틴도 말했다. "비록 지난날 상처를 주었던 사람도 용서하고, 잊어버리고, 덮어버리고, 기억하지 않고, 새 사람으로 대할 수 있어야 사랑이다." 부활하신 예수님께서도 세 번이나 배신한 시몬 베드로의 과거를 묻지 않으셨다. "지금 너는 나를 사랑하느냐? 지금 이 사람들보다 나를 더 사랑하느냐?" 라고. 지금 새로워지는 것이 중요하다.

받은 은혜를 대리석에 기록해서 그 은혜를 잊지 않고 기억하는 사

---

8) 벤자민 프랭클린(Benjamin Franklin, 1706~1790) : 18세기의 미국인 가운데 조지 워싱턴 다음으로 알려진 인물이다. 전기에 관한 실험보고서와 이론은 유럽 과학계에까지 영향을 미치게 되었다.
1757년에 정치에 입문하여 30여 년 동안 큰 발자취를 남겼다. 아메리카 식민지 자치에 대해 식민지의 대변인으로 활약했고, 독립선언서 작성에 참여했으며, 미국 독립전쟁 때 프랑스의 경제적 · 군사적 원조를 얻어냈다. 영국과 협상하여 미국을 대표하여 13개 식민지를 하나의 주권 국가로 승인하는 조약을 맺었으며, 2세기 동안 미국의 기본법이 된 미국 헌법의 줄기를 만들었다.
리처드 손더스라는 필명으로 펴낸 금언집 〈가난한 리처드의 연감 Poor Richards Almanac〉(1732~57)은 처세술의 교본으로 자리를 굳혔으며, 전기에 관한 실험보고서와 이론은 유럽 과학계에 널리 알려지게 되었다.

람은 은혜를 갚아야 하겠다는 마음으로 열심히 살아갈 수 있다. 그런 사람은 일을 즐겁게 하고, 공의로 한다(시 112:5). 은혜를 기억하는 사람은 겸손하다(잠 3:34). 은혜를 받은 사람은 늘 평안하다(눅 1:28).

신인호는 "삶에 참 기쁨의 장미꽃을 피우고 향기롭고 행복한 삶을 위하여 지울 것은 열심히 지우며 살아가리라"고 쓰고 있다. 그리고 받은 은혜를 늘 잊지 않는다. 하늘나라로 떠나가신 어머니가 너무 그리워 쓴 글월은 읽는 이의 가슴을 적시게 한다. 어머니를 그리워하지 않는 사람이 어디 있겠는가! 그래서 더 공감이 가는 것이다. 그의 어머니를 그리워하는 사모곡 〈그곳엔 휴가도 없나요〉라는 글월을 본다.

…(전략)… 그 후 어머니는 조금 편찮으시다 하얀 길을 밟고 하늘나라로 이사하시게 되었다. …(중략)… 어머니! 그곳엔 휴가도 없나요? 이사하신 후 한 번도 못 오시니…. …(중략)… 옷을 입으시면 그리도 맵시가 나셨고 여행도 좋아하셨는데 이젠 온 정성을 다 쏟아 잘해 드리고자 준비를 다해 놓았는데 소식이 없으시면 어떻게 해요? …(중략)… 이곳엔 다 휴가가 있는데 그곳엔 휴가도 없나요? 감람나무는 이렇게 컸는데….

딱 한 번 잠깐만이라도 휴가를 내보세요. 그렇게 아이들 길러 주시느라 고생만 하시다 가시면 저는 이 아픔을 가라앉힐 길이 없어요. 드릴 말씀도 많고 여쭈어 볼 말씀도 너무 많아요. 가실 때 왕복표도 없었나요? 초가을 베란다 꽃들 속에 앉아 응고된 불효의 절규가 드높은 하늘 멀리 어머니께 전해지지 않고 메아리만 풀벌레 울음에 녹아 돌아온다. …(중략)··· 지상의 법은 자주 개정도 하는데 천상의 법은 1회로 영원한가요?

딱 한 번만이라도 휴가를 받아 이곳에 다녀가셨으면 좋겠다.

-〈그곳엔 휴가도 없나요〉 중에서

딱 한 번만이라도 휴가를 받아 이곳에 다녀가셨으면 좋겠다고 어머니를 그리워하는 그 마음에 공감하지 않은 사람은 없을 것이다. 많은 사람들이 어머니를 그리워하는 글월을 썼다. 그 가운데 김명인(1946~)의 산문집 《소금바다로 가다》에서 어머니를 그리워하며··· 쓴 글을 본다.

"어머니는 최초의 감각이다./ 거기서 세상을 익히기 시작했으니,/ 고향의 또 다른 이름이다./ 끝없는 희생을 감내하시니,/ 그대로가 거룩한 종교다."

- 김명인의 〈어머니를 그리워하며〉 중에서

어머니의 위대함을 한 마디 글월로 잘 드러낸 말이다. 또 율곡의 어머니 신사임당이 어머니를 그리워하며 쓴 '사친思親' 이라는 글을 본다.

천리가산만첩봉千里家山萬疊峰 – 산이 겹친 내 고향은 천리건마는

귀심장재몽혼중歸心長在夢魂中 – 자나 깨나 꿈 속에도 돌아가고파

···(중략)···

하시중답임영로何時重踏臨瀛路 – 언제나 강릉길 다시 밟아
갱착반의슬하봉更着斑衣膝下縫 – 색동옷 입고 어머니 앞에 앉아 바느질할꼬

– 신사임당의 〈사친思親〉 한 대목

어머니를 그리워하는 마음이 짙게 배여 있는 〈사친思親〉은 신사임당이 생전에 쓴 두 편의 시 가운데 한 편이다. 이 칠언율시는 덕수이씨가승德水李氏家乘에 실려 있다. 강원도 강릉에 살고 있는 친정어머니를 경기도 파주에서 살고 있는 사임당이 어머니가 그리워 밤잠을 설치며, 눈물을 흘리면서 쓴 시이다. 그러나 이 시의 주인공은 언제라도 마음만 먹으면 어머니를 만날 수 있다.

그러나 신인호는 그리운 어머니를 뵙고 싶어도 다시는 뵈올 수 없으니 그 한恨이 얼마나 클 것인가! 그래서 어머니 〈그곳엔 휴가도 없나요〉라는 글로 절규하고 있고 읽는 이들의 가슴을 함께 미어지게 한다.

또 오랜 동안 정들었던 애완견이 어미와 강아지까지 곁을 떠나자 땅속에 묻고 가슴아파하는 글월을 썼다. 〈나를 울리고 떠난 기쁨이〉 한 대목을 본다.

…(전략)… 사람도 죽음 앞에서의 가슴 찢는 통곡은 그를 잃었다는 아픔도 원인이겠지만 함께 있을 때 그에게 잘해 주지 못한 죄책감 때문이며 함께 있을 때 그가 나에게 잘해 주었던 고맙고 행복한 시간들 때문이다. 내 곁에 누군가가 있을 때 그가 내게 즐거움이 되든 괴로움이 되든 함께

있다는 자체가 행복이라는 것을 기쁨이가 일깨워 주고 떠난 것이다.

…(중략)…

13년 동안을 어미 '기쁨이'와 함께한 '루치'는 죽음이 무엇인지 이별이 뭔지 알리가 없다. 매일 어미와 같이한 집안 곳곳을 돌며 어미를 찾고 흐느낀다. 이 루치의 피눈물의 시간을 함께하는 나의 쓰라림이 기쁨이에 대해 다소 속죄가 될까?

오늘도 어미 기쁨이를 생각하며 우는 루치를 데리고 개나리꽃이 만개한 한강가를 걸으며 달래본다.

…(이하략)…

-〈나를 울리고 떠난 기쁨이〉 중에서

13년 동안 가족처럼 함께 살다가 떠나버린 애완견 어미 '기쁨이가 떠나고 그 기쁨이가 낳은 루치마저 어미를 그리워하며 시름시름 앓다가 어미 곁으로 떠나고 말았다. 지은이는 미어질듯 아픈 가슴으로 〈기쁨이를 찾아 떠난 루치〉라는 수필로 그려냈다. 그들을 떠나보내고 여러 가지 상념에 젖어 가슴 아파하는 지은이의 마음이 공감을 불러일으킨다.

나는 1년 사이에 개나리꽃 피는 동산에 애견 두 마리를 묻었다. 이 미어지는 아픔을 누가 이해하겠는가?

겪어본 자가 아니고는 아무도 모른다. 하나님이 주신 생명은 그것이 식물이든 동물이든 살아 숨 쉬고 움직이는 자체가 아름답고 고귀한 것이다.

처절한 아픔 속에 어미 기쁨이가 떠나고 남겨졌던 새끼 루치가 어미가 떠난 후 1년이 못되어 어미를 애타게 찾다가 끝내 어미 곁으로 갔다.

…(중략)… 온 집안 구석구석을 찾다가 어느새 까만 눈망울에 고인 눈물이 강물처럼 흘러내린다. …(중략)… 어미 기쁨이가 죽은 지 10개월 되는 어느 날 너무 고통스럽고 아파하던 루치는 가슴에 안고 한없이 울며 속죄하는 나를 버려둔 채 어미 기쁨이 곁으로 떠나갔다.

…(중략)…

사람도 누군가와 함께할 수 있을 때 그 자체가 행복이며 베풀 수 있는 시간이 남아 있다는 것은 참으로 행운처럼 생각해야 될 것이다. 개나리 피는 동산에 루치가 그리도 찾아 헤맸던 어미 기쁨이 옆에 루치를 묻었다.

…(이하략)…

–〈기쁨이를 찾아 떠난 루치〉 중에서

신인호의 수필은 정과 사랑이 함께하고 있다. 생활 주변에 있는 소박한 자연의 현상을 아름다운 글월로 엮어내는 솜씨가 예사롭지 않다. 이웃을 사랑하는 정은 집에서 기르다가 멀리 멀리 떠나버린 애완견에까지 인격적인 사랑을 부여하면서 그리워하는 여린 마음으로 빈 가슴을 적시고 있다.

정은 인간의 본성에서 우러나온 순수한 감정이다. 정과 사랑은 따뜻한 관계로 이어진다.

그러나 정과 사랑은 성격과 역할이 다르다. 정은 시간이 지날수록 늘어나고, 어려움을 함께할 때 더 쌓인다. 정은 미웠던 마음도 되돌릴 수 있게 한다. 그러나 정에 꽂히면 빠져나올 수 없어 계속 마음을 아프게 한다.

반면에 사랑은 아름답고 올바른 인격을 갖추게 한다. 사람은 사랑할 때 가장 큰 보람과 행복감을 느끼고 삶의 활력을 갖게 된다. 사랑은 온유하기 때문이다(고전 13:4). 온유와 사랑을 가진 사람은 이웃을 위해 헌신한다. "온유한 마음은 세상을 아름답게 하고, 비난을 해결하고, 실타래처럼 얽힌 어려운 일을 쉽게 풀어주고, 즐겁게 하기 때문이다."

풍부한 감성과 상상력으로 농축시킨 글월로 읽는 이의 마음을 사로잡는 글월을 예술[9]의 진수라고 한다. 다시 말해 투명한 정신적 지향을 신神과 자연과의 친화 사상으로 아름답게 함축시키는 정신을 말한다.

신인호의 수필에는 삶을 아름답고 긍정적으로 살아가는 모습을 보이고 있다. 사랑과 감사의 마음으로 가득 차 있는 작품들에는 부드러운 숨결과 꾸밈없는 생각이 스며 있다. 더함도 덜함도 없는 분량의 언어로, 적확的確한 묘사로 쓰여진 글월들은 읽는 이들의 마음에 깊은 감동을 주고 있다.

---

9) "예술이란 자아自我 확충擴充의 미화이다. 자아自我를 인류의 마음에 지워지지 않도록 새기려는 소망이 종교가는 설교를 하게 하며, 예술인은 글을 쓰고, 음악을 하게 하고 그림을 그리게 한다. 예술가의 마음바닥을 밝혀본다면 영원히 지워지지 않게 자아를 타인의 마음 속에 새기겠다는 충동이 숨어 있음을 인정치 않을 수 없다. (이토 히도시, 문학과 예술의 심리학, 미리내, pp.20~21)

수필은 이지(理知, intelect)적이며, 무량한 심미적 창조의 글월이다. 신인호의 수필은 틀에 박힌 표현이나 관습적인 글이 아니다. 자신의 혼이 깃들어 있다. 신인호의 수필들은 딱딱하거나 만연체의 글월이 아닌 간결체의 글월을 쓴다. 필요한 상황에서 필요한 말만을 골라 써서 감수성과 의미의 소담한 향연을 펼친 기어騎馭의 솜씨가 돋보인다.

신인호는 자연을 사랑한다. 자연을 늘 응시하면서 꽃 속에서 봄을 줍고, 배꽃이 필 때를 잊지 못하며, 하늘을 향해 생명을 던진 꽃에 비유한다. 생명력을 아름다운 인간성에 대비시키는 놀라운 상상력으로 신과 세상과 자연을 아름답게 찬미하는 글월을 쓰고 있다.

아리스토텔레스(BC 384~BC 322)는 말했다. "사랑한다는 것은 자신을 그와 같은 반열에 두는 것" 이라고. 사랑하는 마음에서 좋은 수필은 나온다. 그녀의 수필 〈꽃 속의 봄을 줍는다〉 한 대목을 본다.

…(전략)… 온갖 새싹들이 꽉 닫힌 나무의 문을 찢고 서로 나오려고 경쟁에 온 힘을 쏟고 있다. 겨우내 사막의 마른 막대기 같던 벚나무 가지에서 꽃들이 쏟아져 나와 꽃구름을 만들고, 목련 개나리 진달래 라일락 등 온통 꽃천지요 별천지다. …(중략)… 볼수록 신비와 오묘함, 정교와 섬세함, 황홀함과 경이로움에 탄성이 저절로 쏟아진다.

꽃은 신의 창조물 가운데 최고의 걸작품이며, 이런 신의 천재성에 놀랄 수밖에 없다.

'지상의 별은 꽃이요, 천상의 꽃은 별이다' 라는 말에 공감이 간다.

…(중략)…

향기에 끌려가 보니 라일락이었다. 그 향기가 주는 그윽한 행복감은 말로 표현할 길이 없다. 등에 울산바위라도 지고 다니는 듯한 무거운 몸이 가벼워지고 혼탁한 영혼이 맑게 씻긴 듯 산뜻하다. 라일락은 우아한 목련이나 화려한 장미에 비하면 그리 우아하지도 화려하지도 않으며 가지 끝에 잘디잔 꽃들이 한 데 어울려 서로의 숨결소리를 들으며 송이를 이루는 수수함을 지녔는데 내면에서 뿜어져 나오는 향이 너무나도 향기로워 가던 걸음을 멈추고 그 곁에 오래 머물고 싶은 충동을 느낀다.

사람에게도 마찬가지인 것 같다. 빼어난 미모는 아닐지라도 교양과 지성이 한 데 어우러져 고귀한 인품이 빛과 향기로 나타날 때 모든 사람들이 우러러보게 되고 함께 하고픈 마음이 생긴다.

…(중략)…

인생도 고난과 역경의 가시에 찔릴 때 더욱 빛을 발하며, 사막과 굴곡의 파도를 넘은 사람일수록 시련의 무게만큼 숭고한 향기를 나타내는 것을 볼 수 있다. 예수 그리스도도 전무후무한 부귀영화를 누린 솔로몬의 영광이 이 한 포기의 백합꽃만 못하다고 했다.

혹한을 견딘 꽃일수록 향기가 짙고 모습도 아름답다. 눈 속에서 피는 매화는 한평생 춥게 살아도 향기를 팔아 안락함을 구하지 않는다는 그 고결한 마음, 그리고 기품, 결백, 품격을 지닌 꽃이다.

…(이하략)…

–〈꽃 속의 봄을 줍는다〉 중에서

신인호의 수필누리는 "정수유심靜水流深, 심수무성深水無聲"이다. 고요한 물은 깊이 흐르고, 깊은 물은 소리가 나지 않듯이 상념은 질박質朴하지만 샘솟듯 솟아나는 글월의 큰 물줄기(長江大河)는 글월에 숨겨진 진리의 힘으로 만인을 감동시킨다. 그렇게 쓴 수필의 '향'은 메아리가 되어 멀리 솟아오른다. 그것은 '진실'과 '소박'한 마음이 물 흐르듯 하면서 자유롭고, 신선한 언어의 유창성과 뚜렷한 역사의식이 글월의 가치를 높여 주면서 잔잔한 감동의 파장을 일으키기 때문이다.

실존 철학자 하이데거[10]가 말했다. "사람은 본질적인 삶을 살아가는 사람과 비본질적인 삶을 살아가는 사람이 있다." 본질적인 삶을 사는 사람은 힘이 들더라도 자기중심과 자신의 결단으로 살아간다. 그렇게 사는 사람은 어려움을 겪으면서도 내면이 성장해 간다. 세속에서도 영원한 실체를 알기 원한다. 반면에 비본질적인 삶을 사는 사람은 막연히 주위 사람들을 따라서 호기심과 잡념 속에 껍데기 삶을 살아간다. 신인호의 수필 여러 곳에서 행복이라는 낱말을 찾아볼 수 있다. 사람은 누구나 행복해지기를 원하고 행복을 사랑한다. 그의 수필 〈작은 보람들〉에서 한 대목을 본다.

…(전략)… 언제 보아도 수도 서울의 역사를 안고 육중한 무게와 운치

---

10) 하이데거(Martin Heidegger, 1889~1976) : 독일의 철학자. 20세기 실존주의의 대표자로 꼽히는 독창적인 사상가이며 비판가이다. 당대의 대표적인 존재론자였으며, 유럽 대륙 문화계의 신세대에게 커다란 영향을 끼쳤다.

있는 아름다운 궁들을 드나들며 볼 수 있다는 것은 우리만이 갖는 거친 격랑 끝에 찾아오는 고요함 같은 평화로운 행복일 것이다.

…(중략)… 저마다의 특징과 아름다움으로 어우러져 감탄을 자아낼 즈음 빗자루와 대걸레 등의 청소도구들을 그대로 방치해 보는 이들로 하여금 눈살을 찌푸리게 했다. 나는 서슴지 않고 관리인을 찾았다. 우리나라 국보인 창경궁에 외국인들을 비롯해 수많은 사람들이 관람을 하는데 청소도구를 보이지 않는 곳에 놓아야지 미관상 안 좋으니 치워야 하지 않겠느냐, 했더니 귀찮은 듯 못마땅한 얼굴이기에 그러면 제가 치워드릴 테니 놓을 장소를 말하라고 했다. 그때서야 주섬주섬 치우는 것을 확인하고 나오니 벚꽃이 잘했다는 듯 화사하게 웃어준다. 나도 따라 해맑게 웃었다.

…(중략)…

주말 아침마다 엎드려 담배꽁초 휴지조각 병 깨진 오물들을 줍는 한 사람을 보았다. 처음에는 미화원인가 했다. 알고 보니 강 건너 사시던 분이 이사를 온 것이다. …(중략)… 이 신선하고 아름다운 산에 휴지 등 오물들이 떨어져 있는 것을 보고 다닐 수가 없어 줍는다고 했다. 누구를 탓하고 원망하기에 앞서 나 한 사람이라도 치워주면 많은 사람들이 즐겁게 다닐 것이 아니냐고 하며, 이런 날엔 이 작은 일이 행복한 잠을 가져다준다고 했다.

…(중략)…

행복은 멀리 있는 것이 결코 아니다. 그렇다고 누가 가져다주는 것도 아니다. 내 삶의 주변 가까이에서 찾아야 한다. 남이 하기 싫은 일을 희생하는 마음으로 찾아야 할 때 오는 작은 보람이 행복을 불러오는 것이라고 본다.

부나 명예, 권력이 사람에 따라 행복의 기준이 될 수도 있겠지만 나의 작은 인류애적인 희생이 많은 이들에게 기쁨이 된다면 거기서 오는 보람은 그 이상의 행복을 낳고 그것은 큰 행복을 부르는 초석이 될 것이다. 받는 기쁨은 짧고 주는 기쁨은 길 것이며, 늘 기쁘게 사는 사람은 주는 기쁨을 가진 사람이라고 생각한다.

– 〈작은 보람들〉 중에서

신인호는 "부나 명예 권력이 사람에 따라 행복의 기준이 될 수도 있겠지만 나의 작은 인류애적인 희생이 많은 이들에게 기쁨이 된다면 거기서 오는 보람은 그 이상의 행복을 낳고 그것은 큰 행복을 부르는 초석이 된다고 본다"라고 피력한다. 사람들은 한 순간 한 순간을 소중히 여기고, 사랑을 베풀며 살아갈 때 행복을 찾을 수 있다.

행복happiness의 기준은 사람마다 다르다. '주관적인 안녕감subjective well-being' 이라고도 하고, '만족과 기쁨을 느끼는 상태' 라고도 하는가 하면 '주관적인 만족감' '영육이 아울러 풍요로운 삶' 이라고 정의하기도 한다.

옛 그리스시대는 풍요롭고 행복한 삶을 "유다이모니아(*ευδαιμονια*)/ey(좋은)+daimonia(영혼)" 이라고 했다. 행복은 평안하고 건강한 삶을 살아가면서 이웃을 위해 도움을 줄 수 있는 삶이기 때문이다.

하버드대학교 의과대학 정신과 전문의 조지 베일런트[11] 교수가 42

년 동안 행복에 관한 연구를 했다. 그는 저서 《인생관찰보고서, Triumphs of experience : The men of the Harvard Grant Study》에서 행복하게 살아가는 지혜와 행복한 삶의 비결을 말했다. "품위 있고 건강한 삶은 유전적인 영향보다 자신이 어떻게 살아가려고 하는가에 달려 있다. 사람은 한삶(平生)을 살아가면서 신체적으로, 정서적으로 끊임없이 변화하고 성장한다. 80대, 90대에도 변화하고, 성격도 변한다. 행복의 비밀 코드는 성숙한 삶이다. 성숙하지 못한 삶은 고통이 따른다. 성숙한 삶은 지혜를 부른다. 성숙한 사람은 자신의 정서를 이해시키는 능력이 있다. 행복한 삶은 정신적인 평안에서 온다. 사랑하고, 사랑받았던 경험이 있는 사람은 행복지수가 그러하지 않은 사람들 보다 훨씬 높다. 행복을 아는 사람은 서로의 차이를 인정하고, 사랑하고 인내하며, 책임감을 갖고, 삶을 발전시킨다"라고 말했다.

〈배꽃이 필 때면〉 한 대목을 본다.

봄이 얼음으로 응고된 침묵을 깨고 화산처럼 터졌다. 온통 꽃바다다. 산수유, 개나리, 진달래, 벚꽃, 매화, 복사꽃, 앵두꽃, 살구꽃 등등. 신은 저리도 앙상한 가지에서 탐스런 꽃들을 쏟아내게 만드시는지…. 빛깔, 향기, 자태를 볼 때마다 탄성이다. 신의 창조물 중 최고의 걸작품은 꽃이 아닌가 싶다.

---

11) 조지 베일런트(George Eman Vaillant , George Vaillant, 1934년~) : 미국 하버드대학교 졸업, 하버드대학교 의과대학 교수, 브리검 여성병원 정신의학분과 연구소장.

나들이객 모두가 온통 꽃물에 젖어 얼굴이 꽃으로 핀다. 꽃피는 환희의 봄이 있기에 자연도 인생도 겨울을 견디나 보다.

…(중략)…

배꽃이 낙화로 지면서 공깃돌만한 열매를 달고 우리의 웃음소리가 함박꽃으로 필 때마다 점점 커져 노란 달덩이들을 가지가 찢어지도록 달고 부풀어 갔다. 이 배는 돌배라서 크는 동안은 이가 들어가지 않을 정도로 딱딱하나 초겨울 서리를 맞으면 싱싱하게 농익어 한입 베어 물면 답답한 가슴이 뻥 뚫릴 정도로 시원하고 또 달고 맛있었다. 배를 따면 동네에 배 잔치를 벌려 가난한 이들에게 배의 꽃말처럼 다소나마 위안을 주었다.

여름엔 시원한 배나무 그늘에서 책을 읽고 매미들은 누구의 목소리가 더 큰가 내기라도 하듯 울어댔던 그 배나무가 항상 고맙고 믿음직스러웠다.

…(이하략)…

– 〈배꽃이 필 때면〉 중에서

---

12) 金始原(본명 김정희, 1934~) : 전북 남원 출생, 1961년 원광대학교 국문학과 졸업, 1960년 「평화신문」 수필 발표로 문학 활동, 1961년 「전북일보」 신춘문예 소설로 등단, 1987년 《고독한 영혼과의 대화》 수필집 공저, 1987년 《사랑과 진실의 눈빛으로》 수필집 공저, 1990년 《물빛 같은 그대 헤아리다가》 수필집 공저, 1993년 《대바람 소리》 수상집 상재, 1995~1997년 한국신문학회 고문, 1998~2001년 한국민족문학회 자문위원, 1998~현재 『지구문학』 발행인 겸 주간, 2001~2003년 한국문인협회 『월간문학』 편집위원2001~현재 지구문학작가회의 자문위원, 2002년 《갈대발 산조》 수필집 상재, 2007~2011 한국문인협회 이사, 현재 자문위원, 2007~현재 한겨레역사문학회 고문, 2007년 《풍다의 사랑에 흔들리는 능수매화》 수필집 상재, 2007년 《달밤의 요정》 콩트집 상재.

수필가 김시원[12]은 신인호에 대해서 말한다. "그녀의 수필은 담백하고 청신하며, 인간미가 넘쳐 흐른다. 사물을 보는 눈이 긍정적이고 언제나 청춘 같은 마음 바탕이 스며 있다. 그래서 신인호의 수필은 읽는 이의 마음에 잔잔한 울림을 주게 된다."

예술성이 있는 글월은 무한불성無汗不成이 따른다. 땀을 흘리지 않으면 뜻을 이룰 수 없다. 좋은 글월은 삶을 소중히 여기면서 늘 자연을 사랑하고 이웃을 사랑하면서 깊고, 넓은 체험을 통해 사리를 분별할 수 있는 힘에서 나온다.

신인호의 기행수필

신인호는 환상과 감동이 함께하는 미지의 세계를 여행하면서 여러 편의 기행 수필을 썼다. 윤동주 생가를 찾아서 쓴 〈한 점 부끄럼 없는 삶〉을 비롯하여 〈하와이에서〉, 〈레이크 조지의 하루〉, 〈알바니 초원의 집〉, 〈바람과 함께 사라지다〉, 〈스톤 마운틴에서 가족과 함께〉, 〈바람의 나라 몽골〉의 작품들이 그것이다.

여행을 통해 견문을 넓히고, 역사적인 사건이나 삶의 기록, 또는 체험이나 아름다운 풍경을 가슴에 담고, 객관적으로 묘사하며, 그것을 사실과 상상력이 아름답게 조화를 이루면서 구체적인 정서까지 함께 엮어가는 기행수필들이다.

기행문학(紀行文學 : travel literature)은 1인칭 고백체告白體의 서경문敍景文이 주류를 이룬다. 신인호는 여행지의 독특한 풍물이나 자연의 경치 등을 제재로 현장감을 사실적으로 표현하기 위하여 여정旅情을 경이驚異로움으로 예찬하는 글월들을 서사적으로 제시하면서 미지의 세계에서의 보고 들었던 견문見聞과 자신의 생각을 추보식(推步式 : 直列式) 얼개로 엮어 전하고 있다.

먼 길 떠나 새로운 누리에서 새로운 것을 보는 것은 가슴 떨리는 일이다. 더구나 역사의 현장을 찾아 그 숨결을 느끼는 감동을 기행문체의 글월로 남긴다는 것은 보람 있는 일이다. 아침 물안개 곱게 펴지는 강줄기 산줄기를 넘어 윤동주의 생가를 찾아 그 역사의 현장을 감동으로 그려낸 〈한 점 부끄러움이 없는 삶〉의 한 대목을 본다.

…(전략)…

윤동주 생가를 돌아보는 기념관 칠판에 '오늘의 청소당번 윤동주, 떠드는 학생 송몽규' 라고 써놓은 것을 보니 그들이 살아있는 듯 감춰 놓은 추억들이 걸어나오는 것 같았다.

세월이 흘러 명동촌 먼 산은 아득히 푸르름에 젖어있는데 피끓는 문학도들은 어디에 가고 아무도 없는 빈집 마루에 고요를 깨며 우리들이 앉아 기념촬영을 했다.

일송정처럼 나라 위한 지조와 절개를 생명으로 지킨 시인 윤동주, 그의 시처럼 역사의 십자가를 지고 민족의 방향을 제시하며 하늘을 우러러 한 점 부끄럼 없는 그 길을 갔다.

…(중략)…

윤동주 '서시' 에서 방향을 제시하듯, 하늘을 우러러 한 점 부끄럼 없이 살려고 노력할 때 하늘이 도와 이 나라를 지켜줄 것이라고 생각하며 명동촌 윤동주 생가를 아쉽게 나왔다.

-〈한 점 부끄러움이 없는 삶〉 중에서

신인호의 기행수필을 읽으면서 한 문명 비평가의 말이 떠올랐다. "무심한 돌덩이의 한 점 이끼에도 세월의 흔적을 느낄 수 있고, 기둥 한쪽이 무너져 내린 쓸쓸한 건축물에도 한 시대를 떠받쳐온 당당한 정신이 숨어 있다"라고 한 말이다. 또 유홍준 교수는 "인간은 아는 만큼 느낄 뿐이며 느낀 만큼 보인다"고 하면서 "사랑하면 알게 되고 알면 보이나니 그때 보이는 것은 전과 같지 않으리라"[13]고 했다.

여행이란 정감이 따르게 된다. 현장에서 느끼고 체험한 사실은 내면의 사상적인 것까지 포괄하면서 공감력empathy을 갖게 되기 때문이다. 공감력은 색다른 만남에서 정감을 느끼는 힘이다. 미지의 세계를 여행하는 것은 다른 문물과 경험을 공유하고 소통하는 능력을 기른다. 세계적인 문명비평가 제레미 리프킨 교수는 "인간이 세계를 지배하게 된 것은 뛰어난 공감능력 때문이라고 말했다. 공감능력을 가진 인간을 '호모 엠파티쿠스Homo Empaticus' 라고 한다. 인류의 역사를 이끌었던 가장 강력한 에너지가 공감력이다. 여행을 통해서 미지의 세계에 대해 공감하는 것은 새로운 눈으로 세상을 보는 것이다.

뛰어난 문사들은 역사를 분석하는 능력이 있다. 그러므로 예언자라 우러름을 받기도 한다. 그들이 여행을 통해 남긴 아름다운 글월들

13) 유홍준, 《나의 문화 유산 답사기》 '머리말' 참조. 창작과 비평사.

이 읽는 이들의 가슴에 향기를 심어주면서 오래도록 빛을 내는 이유이다.

신인호의 기행문들은 단순한 역사이야기나 견문록만이 아닌 '형상화된 문학' 으로 승화될 수 있는 소재들과 깊고 오묘深奧한 생각이 내포되는 작품들이다. 다만 깊은 인생문제와 더불어 문학성 깊은 기행문학으로서 그 어떤 힘을 드러내 주었으면 더욱 좋았을 것이라는 생각이 들었다. 한 편 한 편의 글월들을 모두 분석 음미해 보고 싶지만 지면 관계상 생략하는 것을 아쉽게 생각한다.

3. 맺음말

신인호는 작품을 쓸 때 억지로 꾸미려거나 기교를 부리지 않는다. 오직 자신과 사회와 주위의 사물과 자연스럽게 교감하면서 담담한 마음으로 글월을 쓰고 있다. 바꾸어 말하면 화려한 미문보다는 자신의 생각과 느낌을 진솔하게 밝혀서 읽는 이의 마음에 꿈을 심어주고자 애를 쓰는 문인이다.

그러나 신인호는 온갖 사물을 경이의 눈으로 바라본다. 그런 글월은 만인의 마음에 기쁨을 안겨준다. 좋은 수필을 쓴다는 것은 무한한 사고思考와 고뇌와 함께 밤을 지새우는 아픔이 따른다.

그런 생각을 바탕으로 인간의 정서를 아름다운 언어로 그려내는 글월은 인류의 마음을 풍요롭게 해 주는 견인차 역할을 한다. 순수한 의식의 맑은 빛은 마음 속을 비춰주는 거울이기 때문이다. 그래서 글월을 사랑하는 사람들의 마음 속에 평화와 안식의 꽃밭을 가꾸어 주는 것이다. 그러므로 글월을 짓는 일은 그 어떤 창조 정신보다 뛰어나고 아름답고 위대한 것이다.

신인호는 한 편의 수필을 쓰기 위해서 깊은 사고와 고뇌의 아픔을 이겨내면서 쉽지 않은 글상(文想)을 문혼文魂으로 떠올리면서 주제를 뚜렷하게 알리기 위해 노심초사하고 있다는 것을 알 수 있다. 기어綺語의 틀에서 자유롭고, 감흥 없는 일상어(cliche')를 벗어나 참신성 있는 언어 선택으로 글월의 가치를 높여주고 있다. 그의 글월이 읽는 이들에게 사랑과 아름다움을 줄 수 있는 기능성과 예술성을 갖추고 있는 이유이다.

앞으로 더욱 좋은 글월을 지어내어 만인의 사랑을 받을 수 있는 수필가가 되기를 기원하면서 글을 마친다.

신인호 수필집

내 마음의 지우개

•

지은이 / 신인호
발행인 / 김영란
발행처 / **한누리미디어**
디자인 / 지선숙

•

08303, 서울시 구로구 구로중앙로18길 40, 2층(구로동)
전화 / (02)379-4514, 379-4519
Fax / (02)379-4516
E-mail/hannury2003@hanmail.net

•

신고번호 / 제 25100-2016-000025호
신고연월일 / 2016. 4. 11
등록일 / 1993. 11. 4

•

초판발행일 / 2017년 10월 31일

•

•

값 12,000원

•

•

ISBN 978-89-7969-761-2 03810